Le jour où j'ai tué mes ennemis

Charles de Mirandol

Éditions Aqua Viva

ISBN : 2955313718
ISBN-13 : 978-2955313718

Sommaire

« Les espèces qui survivent ne sont pas les espèces les plus fortes, ni les plus intelligentes, mais celles qui s'adaptent le mieux aux changements. »

Charles Darwin

1ère partie

L'utopie moderne

Difficile à manager

Ce matin-là, Arthus était plus stressé qu'à son habitude. Pourtant il ne s'agissait que d'un entretien de recrutement. Il détestait cette procédure qui visait à écarter les moins performants. « D'ailleurs que signifiait être performant ? » Cela lui semblait complètement subjectif. « Était-ce le moyen de traduire le fait qu'il n'y avait pas assez de travail pour tout le monde ? » En l'occurrence, Arthus postulait à un poste de cadre qui devait récompenser les longues études des candidats retenus. Mais les choses avaient bien changé en quelques années. Détenir un diplôme Bac+5 n'était plus suffisant pour obtenir un bon poste. En dépit d'un cursus universitaire sans accroc, quantité de jeunes devaient accepter des stages à répétition en attendant vainement un contrat à durée indéterminée, correctement rétribué. Le mot d'ordre était d'être jugé performant et quoiqu'en disaient les services de recrutement des grandes boîtes, les critères de sélection restaient flous et sujets à interprétation. Perdu dans ces pensées depuis un bon moment, il se dirigeait néanmoins d'un pas décidé, s'efforçant de rentrer dans le personnage. Au pied d'une de ces immenses tours qui défigurent le paysage de l'ouest parisien mais contentent les grands noms de l'architecture moderne, il fit une halte afin de vérifier l'adresse. Ces immeubles qui jouaient la démesure dans une course au plus haut se remplissaient chaque jour à heures fixes de dizaines de milliers de gens que les recruteurs avaient soigneusement sélectionnés. « Comment faisait cette élite pour distinguer au fil du temps les meilleurs éléments sachant que seuls les pédigrées les plus cotés avaient le privilège d'être accepté au sein de ces multinationales ? »

Paradoxalement ces entreprises recherchaient des profils qui sortaient du lot, tout en ayant la capacité de se fondre parfaitement dans le moule des règles internes. Arthus allait faire l'expérience de cette quête schizophrène dans l'heure à venir.

Après avoir rejoint le trente-septième étage de la tour, il se présenta à l'accueil que constituait une vaste entrée où le silence régnait. Derrière ce qui ressemblait à un guichet, s'affairait une hôtesse ravissante, tirée à quatre épingles dans un tailleur foncé strict. « Pas de doute, elle était esthétiquement performante. » Intimidé par les deux rangées de candidats qui s'étiraient de part et d'autre du guichet, Arthus déclina son identité dans un murmure, puis prit place à la suite de ses adversaires. Il fallait bien les désigner ainsi puisqu'il n'y aurait pas de place pour tous. La plupart rentreraient bredouilles, pestant contre la malchance. En s'enfonçant dans un des opulents canapés, il se fit la réflexion que les banques s'efforçaient de conserver un certain décorum pour flatter l'ego des jeunes recrues. Un instant plus tard, le recruteur vint les chercher, mettant fin aux regards furtifs que cet aréopage se lançait depuis de longues minutes. Il les conduisit dans une vaste salle qui traversait tout l'étage, se terminant par de larges baies vitrées qui allaient du plafond jusqu'au sol. Le panorama était saisissant avec cette vue unique du quartier d'affaires qui s'étalait à leurs pieds. Il en avait presque le vertige tant les vitres donnaient l'impression de ne pas exister.

Au loin, on apercevait les contours gris des toits de la capitale. On les invita à s'asseoir bien que le ton employé était peu amène. Ils étaient une quinzaine répartis autour d'un alignement de tables en U. Le maître de cérémonie, après une courte introduction où il exposa la nature de l'exercice auquel ils allaient se livrer, acheva son discours en soulignant l'opportunité que constituait pour eux ce recrutement. Ainsi, il semblait acquis pour tous qu'ils devaient d'ores et déjà ressentir une profonde gratitude vis-à-vis de leur potentiel employeur pour cette chance qu'il leur accordait. En effet, être admis dans ce lieu signifiait que les candidats avaient passé le premier barrage des sélections, que leurs curriculum vitae avaient survécu au tri impitoyable des petites mains de la direction des ressources humaines. En bref, ceux qui sortaient d'une grande école devenaient quasi-automatiquement éligible à ce type d'oral. Sinon, il ne restait plus à espérer que le stage de fin d'étude vous ouvre les portes d'un contrat de longue durée.

Le jeu paraissait simple : chacun devrait dans un premier temps choisir un personnage réel ou imaginaire, vivant ou mort, et l'annoncer à l'auditoire. On leur laissa cinq minutes de réflexion mais cela ne suffit pas à apporter l'inspiration à Arthus. Perplexe quant à la suite du processus, il hésita et prit le parti de donner le nom de Boris Becker. C'était idiot mais il avait été fan de ce champion de tennis aux coups spectaculaires qui avait – à peine âgé de dix-sept ans – remporté le tournoi de Wimbledon, battant tous les précédents records de précocité.

Dans une longue litanie, ses concurrents égrenèrent leur choix à tour de rôle : de Napoléon au Général De Gaulle en passant par l'abbé Pierre, sans oublier une légende du journalisme de la presse écrite. Cette liste incongrue reflétait finalement l'admiration de chacun pour ces destins peu ordinaires. Arthus esquissa un sourire face à la contradiction ainsi exprimée : tous postulaient pour un emploi sans relief et sans gloire mais secrètement chacun rêvait à d'autres horizons, à d'autres aventures humaines. A ce moment précis, Arthus éprouva de la compassion pour ses comparses car chaque candidat était venu dans l'espoir de remporter un premier emploi mais à contrecœur. Il se demandait comment on pouvait avoir envie de devenir cadre dans une banque. Le groupe réuni dans cette pièce avait définitivement tiré un trait sur ses illusions de jeunesse…

Le recruteur interrompit ses réflexions et leur expliqua que cet exercice collectif constituait pour lui, et ses deux assesseurs silencieux chargés de noter les comportements des candidats, le moyen de tester leurs capacités à argumenter, à soutenir les contestations des autres postulants, à défendre une position et à obtenir du reste du groupe un consensus en faveur du personnage choisi. La règle du jeu était la suivante : les personnages, réunis sur une île déserte, allaient faire face à un raz-de-marée et, dans l'attente, ils allaient devoir construire un radeau de fortune mais seulement trois passagers pourront monter à bord.

– Les uns après les autres, vous allez exposer pourquoi votre personnage doit faire partie des trois rescapés, poursuivait le représentant du service des ressources humaines avec une voix nasillarde. Et il y aura un vote à main levée à l'issue des débats pour désigner les trois vainqueurs mais – bien entendu – vous ne pourrez pas voter pour votre personnage, acheva-t-il le souffle court. Il avait débité les instructions d'un seul trait en oubliant de reprendre sa respiration. Le piètre orateur faisait penser à une petite chose parce que, soucieux de bien faire, il prenait trop à cœur ses responsabilités.

Arthus était mal embarqué car il ne voyait pas bien comment un sportif de haut niveau pouvait devancer des figures nationales ou historiques d'envergure. Heureusement l'ordre de passage était imposé par la disposition des tables et se ferait dans le sens des aiguilles d'une montre. On reconnaissait bien là l'esprit méthodique d'une institution bancaire. Étant placé en fin de rangée et à raison de cinq minutes par candidat, cela lui laissait pratiquement trois-quarts d'heure pour organiser sa défense. Tant mieux car Arthus avait du pain sur la planche…

Le premier était un jeune homme aux cheveux plaqués, habillé d'un costume gris classique, émotif comme le trahissait l'agitation de ses doigts. Il argumenta longuement afin que l'empereur Napoléon puisse monter sur la frêle embarcation. Personne ne se rendait compte du ridicule de la situation. Avant même qu'il n'ouvre la bouche, sa nervosité perceptible agaça Arthus. Le débit de sa voix était saccadé et une certaine morgue pointait, probablement parce qu'il manquait de confiance en lui. Cela mettait mal à l'aise d'entrée de jeu et réduisait ses chances de séduire ses concurrents. Ceux-ci n'allaient pas tarder à confirmer l'intuition d'Arthus.

A la fin de son exposé, timidement les premières questions soulignèrent certaines contradictions dans l'argumentation. Au lieu de laisser calmement ses interlocuteurs finir leur raisonnement, il les coupait et répondait du tac au tac, ce qui ne manqua pas d'énerver certains comme on pouvait le lire subrepticement sur les visages. Sans douter le moins du monde, l'énergumène poursuivait plus en avant dans ses propos. C'est alors que le groupe sembla se liguer contre lui, les objections fusèrent à un rythme soutenu et rapidement cela tourna au lynchage verbal. Pris sous le feu croisé d'autant d'opposants, le défenseur de la cause napoléonienne fut contraint de battre en retraite. Un comble ! Arthus s'était bien gardé de prendre part à la chicane. « Nul besoin d'en rajouter quand un adversaire se prend tout seul les pieds dans le tapis… » En outre, l'attitude du jeune homme était antipathique à l'égard de l'assemblée. Sous les assauts, il finit par rendre les armes. Penaud et vexé, il se cala dans le fond de sa chaise et s'enferma dans un silence contrit.

Arthus observait les réactions des uns et des autres pendant ce jeu de quilles où il fallait surtout garder son sang-froid si l'on voulait éviter la curée.

La candidate suivante était toute différente. Très enjouée, elle était manifestement pleine d'assurance et s'affirma aussitôt comme une meneuse naturelle. Il lui sembla opportun de la soutenir car quand son tour viendrait Arthus savait qu'il aurait besoin de soutien. Elle comprit quel parti elle pouvait tirer de son appui et par un échange de regards lui signifia sa reconnaissance. Il pouvait espérer désormais un ralliement supplémentaire. C'est un principe fondateur des sociétés humaines, les forts se regroupent pour imposer leur loi aux plus faibles. Arthus ne dérogea pas à cette règle quand vint sa plaidoirie, il fallait éviter l'isolement au milieu de cette assemblée prête à en découdre. Ses arguments se résumaient à souligner l'engagement de son personnage auprès des jeunes via sa fondation, ainsi qu'à son mariage, contre vents et marées, avec une femme de couleur. Le joueur de tennis avait fait l'objet d'une polémique Outre-Rhin, certains de ses concitoyens trouvant peu approprié que le héros de la nation allemande épouse une femme originaire d'Afrique. Il s'agissait bien de relents racistes mais le champion n'en avait eu cure. Cet exposé simpliste rehaussait son personnage dans le subconscient de l'auditoire : au lieu de voir un banal sportif, ils avaient désormais devant eux un homme dont l'intégrité et l'altruisme étaient établis, apportant un je-ne-sais-quoi d'essentiel à l'humanité. Bien sûr, Arthus n'échappa pas aux tentatives de déstabilisation de ses rivaux mais dans l'ensemble il détourna les questions agressives en faisant des appels du pied à ceux auxquels il avait précédemment apporté son concours. L'important était davantage la conviction qu'il réussit à faire passer que la pertinence de ses arguments.

Le tour de table continuait, les erreurs des uns faisaient le bonheur des autres et, quand arriva enfin le temps du vote, Arthus prit le temps de réfléchir à la meilleure approche pour s'assurer le maximum de suffrages. Malgré sa démonstration, il n'était pas confiant dans ses chances. Face à Mère Teresa, au général De Gaulle ou encore à l'abbé Pierre, les probabilités d'être élu par les autres candidats semblaient réduites. Mais l'arithmétique allait parler.

Arthus serait dans les derniers à se prononcer compte tenu de la disposition des tables, ce qui lui procurait un avantage indéniable. Il connaitrait ainsi le vote des autres avant de communiquer le sien… et ses soutiens lui apporteraient leur suffrage sans garantie de contrepartie de sa part. Son succès reposait sur un calcul consistant à évincer ses alliés déclarés en votant pour un candidat sans envergure. Les postulants les plus faibles suivirent son exemple et – contre toute attente – ceux qui s'étaient distingués à l'oral ne se détachèrent pas aussi facilement qu'ils pouvaient l'espérer.

Le plaidoyer d'Arthus avait convaincu le public présent, il recueillit donc un quart des voix, ce qui s'avéra suffisant pour hisser le joueur de tennis dans le peloton de tête, à la surprise générale. Le décompte le mettait à égalité avec l'illustre religieuse, le Général De Gaulle et la célèbre journaliste qui officiait à la grand-messe audiovisuelle du vingt heures. Trois bulletins chacun. Ceux qui s'étaient ralliés à lui lançaient maintenant des regards inquisiteurs dans sa direction. Plus que cinq voix à exprimer, la sienne comprise. Sur qui Arthus allait-il porter son choix ? En désignant l'un de ses plus proches colistiers, il pouvait procurer une avance qui l'exposait, lui, à être exclu du trio final pour peu que ceux qui suivaient lui préféraient un de ses adversaires. Arthus avait la possibilité d'écarter l'un d'entre eux en rendant son vote nul. « Ce serait bien de la malchance que de ne pas recevoir au moins un des quatre à venir ! » se dit-il. Alors, détournant la tête des solliciteurs, il donna sa voix à l'orateur le plus médiocre qui se trouvait après lui dans l'ordre de passage. Sa stratégie fut payante car – touché de cette attention inattendue – l'autre vota pour Arthus en retour, ce qui assura l'élection de Boris Becker parmi les trois personnages autorisés à monter sur le radeau. Le triomphe fut total quand le dernier suffrage accorda à son personnage le privilège d'être désigné premier, devant Mère Teresa.

Parmi les quatre prétendants à la victoire, Arthus perçut l'humeur maussade des perdants qui avaient escompté son suffrage. « Peu importe ! » L'objectif qu'il s'était fixé était atteint avec ce résultat incontestable. Les assesseurs invitèrent les candidats à continuer le processus en rencontrant en tête-à-tête un recruteur pour affiner les évaluations. Ce fut donc plein d'enthousiasme qu'Arthus emboîta le pas de son évaluatrice.

Le bureau, étriqué et peu lumineux, le ramena à une réalité plus terre-à-terre et donnait un avant-goût du quotidien une fois recruté. Fini les salles de réunion spacieuses et les vues panoramiques, le travail devait se faire dans l'étroitesse de locaux vétustes pour le plus grand bénéfice de la banque. C'était le genre de psychologue qui appliquait méticuleusement la batterie de questions tarte-à-la-crème apprises à l'université selon les derniers courants de pensées à la mode. Difficile de sortir de l'ordinaire.

– Quels sont vos trois défauts principaux ? lui demanda-t-elle au milieu de l'interrogatoire.

La tentation de lui répondre « vous le verrez bien assez tôt ! » lui traversa l'esprit mais la crainte que son humour ne soit pas apprécié l'incita à une conduite plus raisonnable. Sagement, Arthus lui débita l'argumentaire, tiré par les cheveux, qu'il avait préparé à l'occasion d'autres entretiens. « Impossible de la dérider, une vraie porte de prison ! » se dit-il.

A la fin des quarante-cinq minutes, vint le moment de conclure ce fastidieux tête-à-tête. Son interlocutrice s'engagea dans une analyse des plus et des moins de sa candidature. Il avait passé brillamment le jeu de rôle mais pressentit que sa personnalité ambitieuse sortait du gabarit imposé. Cette jeune cadre devait enchaîner les entretiens tout au long de ses journées et avait une expérience certaine, prenant toutes les précautions oratoires pour ne pas le froisser. Voyant qu'Arthus cherchait à la pousser dans ses retranchements avec ses questions, elle finit par laisser échapper une formule lapidaire.

– Je crois que vous allez être difficile à manager… dit-elle en détachant les dernières syllabes de sa phrase.

« C'était bien le dilemme des grands groupes, pensa Arthus, ils veulent des profils de tueurs pour aller chercher les clients mais ces super-salariés doivent se transformer en moutons lorsqu'il s'agit des prétentions de carrière. Comment concilier les deux ? » Impossible avec de tels antagonismes. La démonstration aboutissait à la conclusion que l'essentiel était de rentrer dans le moule. En raccompagnant Arthus à l'ascenseur, elle lui précisa qu'on le rappellerait si après discussion interne l'avis était favorable.

Au final, cela confirmait le sentiment d'Arthus : les banques étaient avant tout des administrations, incapables d'offrir autre chose que le train-train confortable des succursales de province.

« Où était le chalenge dans cette vie moderne ? » se demandait Arthus à qui il semblait qu'il n'avait plus d'aventures permises. Ses contemporains avaient épuisé le champ des possibles. Le siècle qui venait de s'écouler avait consacré les derniers explorateurs. « Restait-il encore un endroit de la planète où l'Homme n'avait posé le pied ? » Le genre humain avait tout vu, tout exploré. Plus rien ne pouvait désormais étonner ses congénères. On faisait des croisières en Antarctique sans risque et dans le plus grand confort. Même les peuplades les plus reculées recevaient la visite de célébrités pour des émissions télévisées où l'aventure se résumait à capter les émotions d'un européen en proie à l'authenticité venue du fond des âges. Le spectateur s'extasiait face à cette mise en scène du « bon sauvage » et finissait inéluctablement par éprouver une étrange nostalgie à l'égard de ces civilisations primitives en voie d'extinction. Tout était donc fait pour complaire aux citoyens et le *politiquement correct* était devenu la norme.

Ainsi chaque jour le monde s'aseptisait davantage selon Arthus qui se désespérait de ce quotidien bouffi et indigeste où tout était écrit d'avance par les biens pensants, les administrations publiques et privées qu'étaient devenus les grands groupes internationaux. Alors en ce jour, il décida d'une entreprise insensée. Puisque les règles du jeu étaient opaques dans le monde professionnel, Arthus mettrait ses scrupules et ses états d'âmes de côté ! Il se promit à cet instant de devenir un imposteur, un faussaire vantant des mérites imaginaires, un politicien intriguant auprès des dirigeants, un opportuniste marchandant son intégrité contre n'importe quelle récompense. Une lutte souterraine et peu glorieuse à première vue. S'il ne savait pas encore où elle le conduirait, il était certain d'y gagner un supplément d'âme : celui d'être libre de décider de son destin en dépit des règles édictées par la société.

Arthus serait au cœur de l'organisation humaine et personne ne saurait rien de ce qu'Arthus tramait. Il allait vivre une aventure peu commune, dominant ses émotions et utilisant les sentiments des autres pour obtenir en coulisse les plus grandes faveurs. Il ne respectera pas les codes puisque tous jouaient contre lui… Il sera son seul maître et, s'il se voyait obliger de composer, ce ne serait que pour mieux frapper plus tard ceux qui se seront mis en travers de sa route. Sa détermination était ferme, sans retour, implacable car il n'avait pas d'alternative.

Démission

Il restait à mettre en musique cette idée folle qui venait de naître de son imagination. « Mais par où commencer ? » Arthus avait un job que beaucoup enviaient, cependant l'ennui qu'il en retirait avait été la cause de sa candidature spontanée dans cette banque concurrente. Arthus tournait en rond : la probabilité d'être embauché reposait sur son poste actuel… qu'il cherchait à quitter à tout prix. Heureusement le sort vint à sa rescousse. Cela faisait maintenant quelques semaines qu'il avait par hasard découvert qu'un ami de son grand-père, qui partageait sa passion de la chasse, venait d'être nommé président-directeur général d'une filiale, récemment créée, appartenant à un groupe du CAC 40. « Quelle aubaine ! » Il ne pensait plus qu'à cela depuis plusieurs jours, échafaudant différentes tactiques d'approche pour arriver à ses fins. Il ambitionnait ou plutôt entrevoyait la possibilité de se faire recruter parmi les jeunes talents que cette société devait rechercher pour soutenir sa croissance affichée. Arthus ne disposait pourtant d'aucun détail sur les profils qui correspondaient aux besoins de la filiale mais, sans attendre, il lança la machine. Après discussion avec son grand-père, il obtint la semaine suivante, grâce à cette recommandation, un entretien avec celui qui pouvait décider de son destin professionnel pour les quatre ou cinq prochaines années. Cela tombait à pic car il n'espérait plus grand-chose de son employeur pour qui le diplôme était l'unique mesure de la valeur de ses salariés. Tout le reste passait en second plan. Au milieu de cette armée de robots disciplinés, les perspectives étaient à peu près nulles… en dehors de la progression à l'ancienneté. A un tel point que l'avancement hiérarchique dépendait, pour l'essentiel, du classement de vos titres universitaires au sein d'une échelle très précise, élaborée en interne. Un de ses collègues, recruté un an après son arrivée, s'était récemment vu décerner une promotion alors qu'en ce qui concernait Arthus aucune date ne pointait à l'horizon. Étonné, il avait questionné son management et invariablement la réponse était dilatoire : il fallait savoir être patient. Ce qu'il aurait cru bien volontiers si un de ses pairs ne lui avait ouvert les yeux au détour d'une conversation.

– Tu y crois encore ? Ne sois pas naïf, tu n'as pas le bon diplôme, c'est tout ! lui avait-il asséné.

A bien y réfléchir, Arthus se disait que celui-ci avait peut-être raison... Pourtant Arthus avait passé brillamment quelques mois auparavant un audit conduit par l'Inspection Générale qui aurait dû lui garantir, compte tenu de la notation, l'attention particulière de la Direction Générale. De guerre lasse, il décida d'en avoir le cœur net en sollicitant une entrevue avec un représentant du siège, responsable de la gestion de carrières des jeunes diplômés.

Le jour dit, il se présenta à l'entrée d'un impressionnant bâtiment haussmannien, logé au cœur de Paris, qui reflétait le patrimoine historique de cette banque puissante, fleuron de la finance française. La directrice, l'air rogue, l'accueillit froidement, peu habituée à ce qui pouvait être pris pour un interrogatoire de sa part puisqu'il venait exiger des explications. Il avait soigneusement mentionné dans le courriel qu'il avait adressé son incompréhension en regard à cette notation récente et à la situation de son camarade déjà récompensé... bien que guère plus expérimenté que lui. Cette discussion faisait perdre son temps de toute évidence à la représentante des Ressources Humaines, ce qui était plutôt curieux pour quelqu'un dont la mission quotidienne était d'accompagner les jeunes cadres de l'entreprise. D'ailleurs la formulation qu'elle employa pour lui répondre avait la tonalité d'un discours appris par cœur, dénué d'empathie. Si ce n'était un agacement à peine perceptible, rien ne transpirait des émotions de son interlocutrice. Il persistait à trouver la faille dans cette argumentation jusqu'au moment où son vis-à-vis lâcha à brûle-pourpoint :

– Mais comprenez bien monsieur que la progression de carrière au sein de notre maison, c'est un peu comme la conduite en ville : limitée à cinquante kilomètres heure !

La logorrhée se poursuivit mais après une telle annonce, son esprit vagabondait ailleurs, estomaqué par autant de fatalisme. Débutant dans la vie professionnelle, on lui affirmait sans sourciller que quoi qu'il fasse, quels que soient ses résultats, il ne serait pas récompensé ! Son investissement personnel ne pèserait pas dans la balance. On ne pouvait lui offrir plus piètre horizon. Arthus venait d'être ramené brutalement à la réalité par cette gorgone, et son orgueil piqué au vif ne pouvait trouver de soulagement que dans une action d'éclat. Il attendit que le chuintement désagréable produit par cette bouche cesse enfin. Et quand la directrice eut terminé son verbiage infect, elle resta silencieuse, guettant sa réaction. Pensait-elle qu'elle avait vaincu toute résistance ? Selon elle, il devait docilement rentrer dans le rang. Point final. Mais cet univers feutré et hypocrite était subitement devenu insupportable.

– Je crois que j'ai compris le message, déclara-t-il avant de conclure, je n'ai plus qu'à vous donner ma démission !

Et pour joindre l'acte à la parole, il se leva, signifiant que l'entrevue venait de prendre fin.

Le visage de la DRH qui l'instant d'avant venait de s'éclairer, se figea brusquement. On pouvait y lire une surprise mêlée d'incrédulité. Le moment était jubilatoire pour Arthus. Tout venait de basculer parce qu'il en avait décidé ainsi. Balayées les dénégations, aux orties les atermoiements, le sort en était jeté ! Il était soudainement léger d'une liberté nouvelle où tout redevenait possible. Il abandonna la vieille pie après une poignée de main molle et furtive où filtrait le désarroi de celle qui incarnait l'institution bancaire et qui avait essuyé un échec retentissant malgré un entraînement maintes fois répété.

Encore éberluée, elle repartit à son bureau d'un petit train, la tête basse, ce qui en disait long sur la tournure qu'avaient pris les événements. Il dévala quatre à quatre les marches de l'escalier imposant qui donnait sur la cour arborée au milieu de laquelle trônait une magnifique fontaine semblable à celles de la place de la Concorde. Il inspira à pleins poumons cet air vivifiant que l'on redécouvre lorsqu'on sait que l'on vient d'échapper à un péril.

Il était désormais temps de passer à l'action car Arthus avait toutes les raisons d'être extrêmement motivé pour le prochain entretien de recrutement, maintenant qu'il était sans emploi. Acculé, on trouve toujours les ressources pour donner le meilleur de soi-même et c'était un nouveau départ qui s'annonçait. Il était impatient de se jeter dans l'arène, sûr de ses capacités à renverser le cours des choses.

La règle du jeu

Arthus ne voulait pas d'une vie normale et fuyait ce quotidien ordinaire où son pédigrée lui imposait d'évoluer dans tel ou tel cercle. Ce fichu diplôme qui – selon sa valeur – sacrait les individus parmi l'élite ou les en excluait définitivement. Arthus pensait que c'était un blanc-seing pour les plus brillants, nul ne mettrait jamais leurs compétences en doute. Ils avançaient bon gré mal gré, obtenant les postes de premier plan et faisant travailler dans l'ombre des collaborateurs à qui ils devront leur réussite au jour le jour. Ce système vivait de services, limités à une communauté réduite. « Les caciques n'avaient aucun intérêt à changer ce mode de recrutement qui leur garantissait de faire carrière sans risque, de percevoir des rémunérations indécentes sans rapport avec leur performance, de retomber sur leurs pieds quelle que soit la conjoncture économique et de ne jamais être sanctionnés ! Leurs diplômes les précédaient, on pardonne toujours aux enfants prodiges… » se disait-il avec rancœur.

Sauf qu'Arthus voulait en être aussi et accéder à ces fonctions où les autres parlent avec prudence en votre présence, où les nuisibles se censurent de peur de s'exposer, où tout peut vous être accordé car vous êtes au-dessus de la mêlée. Vous saviez que vous en faisiez partie parce que dans les yeux des autres la crainte se mêlait au respect. Mais il semblait à Arthus qu'il n'avait aucune chance d'y arriver sans franchir les limites invisibles qui l'obligeait à baisser l'échine, à mettre en œuvre sans mot dire, à accepter des augmentations risibles, à devoir exprimer sa satisfaction alors que l'organisation œuvrait à le duper. « Comment attendre quarante ans pour être éligible à ce niveau de responsabilité ? » s'agaçait-il. Arthus refusait une récompense honorifique et désirait une parcelle de pouvoir par tous les moyens et sans avoir à patienter toute une vie.

Malgré la recommandation de son grand-père, Arthus était resté deux mois dans l'attente du verdict. Plusieurs entretiens avaient eu lieu… « avec succès » pensait-il. Pourtant la réponse positive tardait à venir. Et la Direction des Ressources Humaines de la Banque auprès de laquelle il avait passé quelques semaines plus tôt le fameux entretien de recrutement l'informait pas courrier qu'ils déclinaient à regret de pouvoir l'embaucher. Une inquiétude légitime s'empara de lui et il s'endormait en se remémorant par bribes le tout premier entretien :

– Entrez, entrez ! fit le PDG d'un ton cordial tandis que son assistante refermait la porte derrière Arthus.

– Merci de me recevoir, répondit-il avec une humilité marquée après s'être assis confortablement dans un des fauteuils en cuir qui meublaient la pièce.

– Je connais très bien votre grand-père, vous savez...

Il incarnait parfaitement cette nouvelle race de dirigeants bronzés toute l'année. La mode était aux PDG fringants, charmeurs et dans le vent. « Tout à fait le style à rouler en voiture de sport », estima Arthus. La discussion se poursuivit sur les charmes de l'Anjou où séjournait le PDG lors de ses chasses auquel participait le grand-père d'Arthus. C'était un peu gênant ; il venait pour se faire recruter et l'on ne parlait que de loisir sportif qu'il ne pratiquait pas lui-même. Puis vinrent les questions sur ses compétences :

– Alors, dites-moi ce que vous savez faire ?

– Eh bien, depuis trois ans mon métier est de valoriser les entreprises technologiques à forte croissance...

– Parfait, c'est exactement ce que nous rechercherons, coupa-t-il, mais je laisserai le soin aux managers de décider. Voyez-les... je me rangerai à leur avis.

En d'autres termes, il ne prenait aucun engagement formel et laissait aux autres le soin de se mouiller. La suite de l'entretien tourna autour de banalités mais Arthus en retira des informations utiles pour les prochains rendez-vous.

Dans les jours qui suivirent cette entrevue, Arthus fut contacté par un des managers en question qui fixa la date de leur rencontre trois semaines plus tard.

Arrivé un peu en avance, Arthus réfléchit une dernière fois à ce qu'il allait dire. Il avait préparé avec un ami un discours qu'il pensait percutant. Il vit arriver de loin son interlocuteur dans le couloir. De forte corpulence, l'individu était d'un abord charmant. Après une courte présentation de son activité et plaisantant pour détendre l'atmosphère, le chef de département entama la conversation par une batterie de questions.

Arthus nota qu'il était si costaud que son costume menaçait de craquer aux coutures. Ses petits yeux en amande en mouvement perpétuel, incapables de rester fixes, rendait son regard inquiétant. Il semblait scruter le moindre détail. Sa convivialité était feinte. « Que cherchait-il réellement ? La faille ? Un mouton à cinq pattes ? » Malgré l'ambiance détendue au début, une certaine tension s'installa progressivement. On ne jouait plus. Arthus avait répété ce moment comme on prépare un concours. Il avait fait le tour de ses connaissances proches travaillant en banque d'affaires pour se former aux techniques de valorisation d'entreprises. Pendant l'intervalle de temps entre le coup de fil et la présente séance d'évaluation, il avait appris le jargon de la finance, ce qui lui permettait aujourd'hui de donner le change. Arthus qui n'avait jamais travaillée sur des fusions-acquisitions devait masquer son inexpérience dans le domaine. Heureusement recruter un collaborateur se révèle être un exercice compliqué, ce n'est pas une science exacte et – pour qui sait dissimuler – c'est toujours jouable. Une seule condition impérative : un aplomb redoutable. Arthus en avait à revendre.

Au bout d'une demi-heure, il sentait qu'il avait su instaurer la confiance dans l'esprit de sons assesseur. Le moment de conclure approchait et l'excitation le gagnait. Sa victoire se dessinait quand le colosse s'enquit d'une ultime vérification :

– Combien d'opérations avez-vous réalisé lors de ces deux années passées ? dit-il en jetant un coup d'œil à ses notes.

« Zut, la question-piège ! Le truc imprévu… » Arthus n'en avais aucune idée puisqu'il bluffait depuis le début du tête-à-tête et l'espace d'une seconde, il se vit démasqué. Mais se ressaisissant en un quart de seconde et tentant le tout pour le tout, sa réponse fusa :

– Une soixantaine, annonça-t-il sans sourciller.

Pendant un laps de temps qui dura une éternité, où Arthus eut l'impression que le temps s'arrêtait, son sort était suspendu aux lèvres de son examinateur. Celui-ci le fixait dans les yeux quand un sourire retenu rompit l'inexpressivité de sa face. La répartie l'avait convaincu, le pari était gagné. Pourtant Arthus n'avait pas la moindre idée de la pertinence du nombre énoncé. L'examen de passage était un franc succès. Enfin rassuré, Arthus put l'interroger sur les prochaines étapes en laissant poindre une note d'humour. Le contrat de travail devait lui être adressé sous huitaine. « Tout allait pour le mieux, les imposteurs ont encore de l'avenir ! » se dit-il intérieurement.

Les jours passèrent sans qu'Arthus n'y prête attention. Seulement après bientôt six semaines écoulées, il n'avait toujours rien reçu. C'était plutôt mauvais signe. Il rappela de nombreuses fois pour s'entendre dire « dans quelques jours tout au plus »… Quelque chose était en train de se gripper mais il n'arrivait pas à savoir quoi. Une énième tentative aboutit de nouveau au manager qui, cette fois, lui confia qu'il n'en savait pas davantage. Arthus comprit qu'on faisait traîner, que s'il ne forçait pas la décision maintenant son plan tomberait à l'eau. Alors, très posément, Arthus se mit à expliquer qu'il avait conduit en parallèle des recherches dans d'autres directions et que, sans nouvelle de sa part d'ici à la fin de la semaine, il serait amené à considérer comme caduque l'opportunité de rejoindre son équipe. Arthus se montrait ferme, presque menaçant. L'autre devait réaliser qu'il ne pouvait plus atermoyer. Si ce n'est à prendre le risque qu'Arthus signe avec la concurrence. Qui irait rendre compte au grand patron ensuite ?

– D'accord, lui dit-il laconiquement, je vais en informer la direction des ressources humaines, puis il raccrocha.

Arthus resta pensif, doutant de la conclusion de cet échange sans chaleur : « Cela allait-il marcher ? Les journaux s'étaient récemment faits l'écho d'un ralentissement de l'économie européenne, aussi les mastodontes de l'internet pouvaient s'enrhumer… ».

Trois jours plus tard, avec soulagement Arthus reçut le coup de fil tant attendu pour venir signer son contrat. Il s'en était fallu de peu, Arthus avait joué une grosse partie et venait d'en gagner la première manche.

Dès le lendemain, il accourut au siège social du groupe et pendant qu'il traversait la cour carrée aux dimensions impressionnantes, il ne put s'empêcher de ressentir une excitation, heureux d'avoir échappé au chômage suite à sa démission précipitée de la banque mais plus encore d'avoir retourné la situation à son avantage en dépit de toute qualification pour le poste qu'il venait de décrocher. La première pièce du puzzle était en place. Dans le couloir qu'il emprunta le conduisant à la RH, Arthus lançait des sourires radieux à tous ceux qu'il croisait. Désormais, ils étaient ses pairs.

Arthus était donc de nouveau salarié d'un groupe international coté en bourse faisant partie du club très fermé du CAC 40 et en soi cela constituait un formidable sésame. Le gage de trouver sans difficulté un logement agréable et bien placé. L'assurance de susciter l'intérêt de la gent féminine car, passé trente ans, ces demoiselles recherchaient moins les Apollons que le mari potentiel, ou encore l'accès à certains privilèges. Mais il abandonna ces réflexions car il avait mieux à faire à présent : fêter dignement cette embauche inespérée.

Le soir même Arthus retrouva sa bande d'amis dans un bar de quartier à la mode où ils célébrèrent au champagne son nouveau poste. Leurs agapes se finirent tard dans la nuit et sur le chemin du retour il repensa – non, sans une certaine angoisse – aux mensonges auxquels il s'était livré, ainsi qu'aux conséquences s'ils venaient à être découverts. Pourtant tout s'était déroulé comme dans un film, même si un tel recrutement posait des questions quant aux compétences du recruteur.

Premier jour

C'était un élégant immeuble en pierre de taille du XIXème siècle qui déployait ses six étages autour d'une immense cour carrée, pavée à l'ancienne. L'horloge située sous les toits en ardoise marquait huit heures trente mais les rares piétons qui jetaient un œil à l'édifice en passant devant le porche n'avaient que le temps de voir le vigile en costume qui barrait l'entrée. Arthus resta un moment comme en suspens sur le trottoir d'en face. Le silence était interrompu par les voitures qui s'égrenaient lentement dans cette rue calme du septième arrondissement. Ce jour était celui de son entrée chez un des géants de cette nouvelle économie dont la presse relatait les excès depuis bientôt dix-huit mois. Et Arthus ne se doutait pas encore dans la lumière blafarde du matin qu'une lutte invisible commençait – froide et féroce – qui récompenserait les plus aptes à écarter les rivaux potentiels, comme dans un mauvais feuilleton américain.

Après avoir obtenu un badge d'accès, il gravit lentement l'escalier qui menait à l'entrée principale et l'ascenseur l'emporta au sommet de l'édifice. Arthus apprendrait vite que l'importance des managers se mesure à l'étage auquel leurs bureaux sont situés. Arrivé au dernier niveau, derrière la porte vitrée aucune lumière ne filtrait. Tous les bureaux semblaient éteints comme endormis dans les rayons du jour qui pointaient. Il sonna car manifestement le badge temporaire ne permettait pas de déclencher l'ouverture de la porte. Au bout de quelques minutes, un quinquagénaire jovial vint l'accueillir d'un pas lent. Ce dernier se présenta, puis lui expliqua que dans le monde de l'Internet personne n'arrivait avant dix heures au bureau. Voilà qui changeait Arthus de l'univers de la banque où le conformisme poussait insidieusement tous les salariés à une stricte ponctualité matinale. Sur les conseils de son hôte, il se dirigea vers un des bureaux inoccupés au fond du long couloir qui desservait tout l'étage. Les cloisons donnant sur l'allée centrale étaient toutes en verre, permettant de voir, selon Arthus, qui était présent et avec qui les réunions se tenaient. Pour l'instant, les compartiments étaient vides.

Au bout de dix minutes ainsi désœuvré, Arthus pour tuer le temps et éviter d'être surpris à tourner en rond, passa un coup de fil pour faire part de sa bonne fortune à cet ami qui l'avait aidé à préparer l'entretien d'embauche. Quand il lui raconta l'anecdote sur la question subsidiaire, l'autre éclata de rire.

– Tu sais que tu es incroyable ? dit-il à Arthus.

– Non… pourquoi ? répondit-il légèrement surpris.

– Parce que le nombre que tu as revendiqué représente la totalité des opérations signées par une banque d'affaires sur une année ! C'est juste humainement impossible de réaliser autant de montages financiers… un banquier d'affaires ne peut traiter plus de cinq ou six *deals* par an. Mais je te tire mon chapeau, il fallait oser !

Arthus réalisa alors que, pour avoir laissé passer une telle bévue, son chef était manifestement aussi incompétent que lui dans le domaine. Il remercia son interlocuteur et raccrocha.

Après une heure de patience, Arthus vit ses premiers collègues remplir les cases qui leur étaient attribuées comme les abeilles laborieuses dans les alvéoles d'une ruche, et peu après dix heures, son manager vint le chercher pour prendre un café. D'origine libanaise et pesant plus de cent kilos, il se révélait au premier abord chaleureux et sympathique.

Arthus nota qu'il avait la manie d'engager systématiquement la conversation par une boutade. Un peu comme si la discussion avec autrui le mettait mal à l'aise. Quelques instants plus tard, Arthus découvrit ce qui serait son bureau pour les prochains mois. En fait l'espace était exigu et il pouvait tout juste recevoir un visiteur mais il s'en moqua car il appartenait maintenant à la « nouvelle économie ».

La porte de son bureau restait ouverte afin de percevoir le bruit du couloir. Une ambiance décontractée et légère transparaissait des conversations dont il captait des bribes en tendant l'oreille. En cette année 1999, l'euphorie provoquée par l'émergence de l'internet suscitait les espoirs les plus fous. On parlait d'une nouvelle société où tout le monde pourrait accéder aux plus hautes marches. Le réveil serait douloureux mais personne ne s'en doutait encore. Quant à Arthus, il n'échappait pas à cet enthousiasme contagieux. Il se sentait au cœur d'une nouvelle ère avec l'impression de contribuer à cette révolution invisible. Pas de celles qui accéléraient l'effondrement d'un modèle dépassé mais plutôt qui promettaient une forme de justice pour tous. La méritocratie pour les plus travailleurs.

Cependant, l'Histoire enseignait que ceux qui prenaient et conservaient le pouvoir le faisaient, non pour servir le plus grand nombre mais – bien au contraire – pour leurs intérêts personnels. Comment pouvait-il en être autrement dans cette période de bouleversements technologiques ? En tout cas, tout le monde y croyait et le management de ces entreprises récentes était en première ligne pour soutenir ce rêve collectif. On ne tarda pas d'ailleurs à annoncer aux cadres qu'un séminaire d'équipe se tiendrait prochainement, réunissant tous les nouvelles recrues du siège. En fait les différentes activités de l'entreprise avaient été partagées en plusieurs filiales. Celle qui employait Arthus s'occupait de la publicité en ligne, marché prometteur selon les analystes financiers et les journalistes. Les milliards d'euros virevoltaient lors des conférences de presse, attirant les opportunistes de tout bord. Les grands groupes internationaux n'en revenaient pas et, par peur de rater le virage de l'internet, abondaient dans ce sens en rachetant à prix d'or les plus belles pépites de l'internet que dirigeaient le plus souvent de jeunes diplômés de Grande Ecoles sans réelle expérience.

Le séminaire d'entreprise était prévu dans trois semaines, le temps de finaliser les derniers recrutements. Il aurait lieu à Chamonix. Arthus n'y avait jamais mis les pieds, et c'était l'occasion de s'aérer à la montagne. Tout le monde partirait en avion à Genève, avant de rejoindre la station. Une centaine de billets en classe Affaires, la nouvelle économie disposait décidément de moyens impressionnants ! Dans la semaine qui précéda le départ, Arthus observa les autres recrues ; les plus chevronnés n'avaient guère plus de neuf mois d'ancienneté dans l'entreprise. Au milieu de l'effervescence, il avait du mal à distinguer les compétences des uns et des autres, la jeunesse de la nouvelle économie excluait de facto l'existence d'experts. Malgré leur faconde, les leaders emblématiques de l'internet n'avaient qu'un train d'avance sur lui, celui de la maîtrise du jargon propre à ce nouveau secteur d'activité. C'était donc une mosaïque de profils qui constituait l'entité dans laquelle travaillait Arthus. La direction générale, pressée par ses actionnaires, avait foncé, recrutant à tout de bras sans prendre le temps de vérifier si les impétrants avaient les qualités exigées. En l'espace d'un semestre, près de quatre cent personnes rejoignirent les rangs de la filiale, doublant la taille de l'effectif. Les heureux récipiendaires étaient happés dans le tourbillon des projets dès leur arrivée. Immédiatement ils étaient pris en charge, intégraient les équipes et, en quelques semaines, se montraient capables de deviser sur tous les sujets de la toile numérique, maniant les néologismes et acronymes comme les gourous de la nouvelle économie. Chacun se composait un rôle, il fallait donner le change, ne pas avoir l'air de se maintenir avec difficulté à la surface de ce torrent.

Arthus assista à plusieurs conférences où des jeunes gens aux cheveux longs expliquaient avec aplomb à un aréopage de cheveux gris les fondamentaux de la nouvelle économie, laissant béats d'admiration les journalistes dépassés par cette révolution de société. En fait personne ne savait quels étaient les modèles économiques gagnants. On débattait jusqu'à plus soif des scénarios possibles, on s'efforçait de démontrer que les prévisions de croissance du marché étaient solides. Mais cela n'empêchait pas le petit camp des sceptiques de soutenir que tout cela était déraisonnable. Ces Cassandre recevaient en retour des commentaires assassins du petit monde de la Finance qui pilotait les opérations d'introduction en bourse et autres augmentations de capital de sites internet prometteurs : les oiseaux de mauvais augures, ce n'était pas bon pour les affaires ! Le jeu de dupes pouvait continuer et les commissions de pleuvoir pour les banquiers d'affaires. Arthus, comme tant d'autres, finissait par penser que les arbres pouvaient monter jusqu'au ciel…

Impatient, il prépara sa valise pour ce week-end qui lui permettrait de faire connaissance avec ses congénères. Seule la dernière vague de recrutés avait été conviée, soit environ cent cinquante personnes. Le dimanche soir, ils se retrouvèrent à l'aéroport où un avion spécialement affrété les attendait. On ne pouvait faire mieux pour leur signifier leur importance, ils étaient traités comme des V.I.P. et un apéritif au champagne fut servi une fois l'embarquement terminé. Arthus avait l'impression de partir en vacances. Le directeur général se fendit d'un mot d'accueil qui mit les passagers dans d'excellentes dispositions. Manifestement les séances de travail n'allaient pas être intenses durant ce court séjour, la priorité était de tisser des liens. Le vol tournait au cocktail et, dans les allées, ses camarades debout, les yeux brillants, savouraient cet instant quelque peu irréel. Arthus venait de changer de monde, l'univers froid de la banque était loin derrière lui. Nul costume-cravate à l'horizon, c'était le royaume des tenues décontractées. On venait au bureau comme l'on partait en week-end ! Cette économie juvénile imposait ses codes et tous s'habillaient en conséquence. L'internet changeait la donne professionnelle, aussi impossible d'y échapper au quotidien.

Cependant, Arthus commençait à percevoir confusément que cette convivialité n'était qu'une façade. Tout cela était trop beau à son goût.

Si on rachetait Microsoft

Sa fenêtre donnait sur la cour intérieure, lui laissant le loisir de rêvasseries en fin de journée, fatigué de lire tous ces business plans remplis de colonnes de chiffres qu'une présentation synthétique en couleur rendait de temps en temps plus digeste. Lors de ces instants, Arthus s'étonnait encore de son coup de bluff en se remémorant les conditions de son embauche. Il avait réussi à se faire recruter comme expert en valorisation d'entreprises sans en avoir la moindre expérience mais en utilisant le jargon technique recueilli auprès de spécialistes du sujet. Le succès repose parfois sur des petites choses, un détail insignifiant qui vous sert ou vous perd irrémédiablement. Ses collègues devaient-ils également leur place à un tour de passe-passe ?

L'atmosphère au sein du département était joyeuse et, même si tout ce beau monde affichait le plus grand sérieux, l'arrogance n'était pas de mise. La satisfaction d'être au cœur de la révolution numérique, tel que les médias le formulaient, sans pour autant savoir précisément où cela menait, avait semble-t-il fait naître un rapport quasi-religieux à l'égard de l'entreprise. Ce nouveau territoire économique promettait de faire basculer la civilisation occidentale dans un nouveau siècle, le retentissement était déjà mondial. Pourtant il arrivait fréquemment à Arthus d'être sceptique sur la compétence de ses coreligionnaires pour peu qu'on s'attarda à la moyenne d'âge d'à peine trente ans. Il s'aperçut assez rapidement qu'en fait chacun apprenait sur le tas. Arthus fit de même et c'est probablement ce qui lui évita d'être démasqué. Les dirigeants comprenaient vaguement quelle stratégie mettre en œuvre tant la multiplicité des modèles économiques rendaient difficiles la lecture des tendances du marché. On en était réduit à échafauder un discours théorique, en escomptant que les prévisions se réalisent par la force des choses. Au-delà des déclarations officielles dans la presse, le quotidien était l'objet de beaucoup d'improvisations. Était-ce le manque d'éléments tangibles qui les berçait de tant d'insouciance ? Personne ne détenait la vérité, aussi faisaient-ils bloc entre collègues, cherchant une proximité qui les préserverait d'un faux pas, comme de débiter une énormité en public qui les discréditerait immédiatement. Ce qui ne manqua pas d'arriver cependant et ce fut le manager d'Arthus qui essuya les plâtres à l'occasion de la publication des résultats mensuels de mesure d'audience des sites internet. Cette parution qui était attendue avec angoisse car elle distribuait de facto le classement des sites internet, constituait la seule source d'information impartiale dont disposait la filiale pour identifier des proies potentielles. En quête d'un coup d'éclat qui lui aurait permis de se faire remarquer par le comité de direction, son chef fit irruption dans une réunion de travail interne qu'Arthus animait et les interpella avec morgue :

– Je viens de lire le rapport des mesures d'audience. Il serait intéressant de racheter MSN, non ?

Il paraissait réjoui de sa trouvaille mais à voir les mines déconfites, il se dit qu'il avait manqué un épisode. En effet, il projetait tout simplement racheter le site en ligne de Microsoft, le géant mondial du logiciel ! Interdits face à cette bourde colossale, c'est avec tact que ses ouailles lui expliquèrent de quoi il retournait. Il sortit aussitôt de la salle, humilié et vexé. Arthus et ses compères ne purent retenir un sourire moqueur : l'estime de leur chef de service venait de chuter brutalement mais de telles péripéties participaient au charme de cette période agitée où une effervescence contagieuse suscitait une fierté naïve et un réel sentiment d'appartenance à l'entreprise. La moyenne d'âge renforçait cette complicité de tous les jours. Les promesses de leur futur commun étaient radieuses. Ils étaient enviés par leurs camarades de promotion ou encore dans les dîners en ville.

L'ambiance était bon enfant au bureau et les fins de semaine voyaient des courses de trottinettes à l'étage en dessous où se concentrait l'équipe chargée de vendre les espaces commerciaux des sites internet. Ils se livraient à des blagues potaches et nul ne s'en offusquait. Cette joyeuse bande baignait dans l'euphorie de ce chiffre d'affaires qui devait atteindre des sommets en moins de trois ans selon les analyses les plus détaillées.

L'équipe était maintenant au complet. Le manager d'Arthus avait été efficace et les deux nouveaux venus étaient de très haut niveau. L'un sortait de Normale Sup et l'autre avait fait l'École Supérieure des Mines de Paris, en parallèle de Sciences-Po. Autant dire que le curriculum vitae d'Arthus faisait pâle figure à côté de ces super-diplômés mais, puisqu'il était supposé être le spécialiste de la valorisation d'entreprises, son statut supposé faisait sa légitimité.

Arthus avait grandi en banlieue parisienne au sein de la petite bourgeoisie. Son père, chef d'entreprise, avait sacrifié ses week-ends pour offrir à sa femme et à ses enfants une certaine qualité de vie. Pourtant Arthus avait éprouvé des difficultés au cours des dernières années de sa scolarité par manque de motivation et le couperet était tombé lorsqu'il avait échoué au baccalauréat. Contre l'avis de ses parents, il avait refusé de redoubler, jugeant inacceptable de perdre davantage son temps au lycée. Son caractère s'accordait mal avec le système de notation de l'enseignement secondaire et il préférait s'investir dans les compétitions sportives où il excellait. Champion départemental en judo et tennis, il sentait au fond de lui une incroyable capacité à surmonter les obstacles. Aussi s'inscrivit-il en candidat libre dans une filière courte de deux ans après Bac qui – étrangement – ne nécessitait pas d'avoir obtenu préalablement le précieux sésame. Il passait par la petite porte par rapport à ses camarades qui avaient majoritairement opté pour une classe préparatoire aux Grandes Ecoles. Au final, il décrocha son diplôme supérieur et accédait au droit de concourir aux Ecoles de Commerce de 3ème catégorie. Quand il apprit qu'il était admis à l'une d'entre elles, il se dit que le plus dur était fait. Bien sûr, l'Administration de l'Ecole exigea une copie de ses diplômes précédents, dont le baccalauréat mais il prétexta que celui-ci se trouvait quelque part dans les cartons de son déménagement... Avec le temps, les demandes de l'Administration finirent par s'espacer et cela tomba dans l'oubli. Arthus n'avait jamais eu l'intention de révéler ce secret qui lui aurait assurément causé des problèmes vis-à-vis de l'Administration de son Ecole.

Ces études onéreuses permirent à Arthus de trouver un emploi quelques mois avant la remise du diplôme. L'essentiel paraissait être atteint et il était la fierté de sa mère. Le profil du jeune cadre plein d'ambition, heureux d'accéder enfin à l'indépendance financière. A vingt-cinq ans, il quittait tardivement le domicile familial et savourait son autonomie récemment acquise.

Le premier contact avec ses équipiers fut plutôt bon. Ils étaient sympathiques et, très vite, ils devinrent proches, probablement en raison du temps qu'ils allaient être amenés à passer ensemble. Leur petit département jouait un rôle important au sein du dispositif stratégique de la division. Ils avaient la responsabilité du *business development*, terme vague qui désigne tout ce qui devait permettre à la filiale de multiplier son chiffre d'affaires. Plus prosaïquement, Arthus et le reste de l'équipe arbitraient les différentes options possibles sur chaque dossier : soit on engageait des discussions en vue d'une participation au capital, soit on préférait un partenariat commercial, ou bien – en dernier ressort – on lançait un service concurrent s'ils estimaient qu'il n'y avait pas de réel savoir-faire de la cible. En d'autres mots, l'entreprise avait le droit de copier le concept de la concurrence selon le principe établi qu'une idée ne pouvait juridiquement être brevetée. L'objectif était bien de faire mieux et plus vite que le premier entrant sur le marché. Ses co-équipiers avaient une approche analytique alors qu'Arthus se fiait davantage à son intuition. Il avait acquis lors de son passage au sein d'une banque une expérience toute particulière dans l'évaluation des dirigeants, ce qui pouvait s'avérer déterminant car les projets reposaient sur peu de choses.

Cette compétence lui avait évité une catastrophe dans son précédent poste... Un ancien directeur de banque qui effectuait un tour de table pour financer un montage complexe de rachat d'entreprise était venu solliciter un emprunt important. Cela paraissait simple mais s'avérait extrêmement risqué dans les faits. Voilà pourquoi les banques, toujours tatillonnes, prenaient toutes les précautions nécessaires à ce type d'opération. Sur le papier, l'acheteur en question réunissait les qualités requises : il affichait une carrière exemplaire, sans faute de parcours. A priori le dossier idéal. Quand la journée précédant la remise du rapport toucha à sa fin, Arthus était en train de relire pour la dernière fois les éléments du dossier, notamment le curriculum vitae du dirigeant mais quelque chose attira son attention, quelque chose qui lui avait échappé jusque-là. En fin de page, il était fait état de sa décoration de la Légion d'Honneur, élément secondaire qui ne méritait pas qu'on y prête attention. « Mais pourquoi avec un tel pédigrée, éprouvait-il le besoin de mentionner cette breloque ? La qualité de sa candidature n'exigeait nullement de la faire figurer sur son CV. Comme si cette ligne visait à impressionner le jury qui se pencherait sur son projet, c'était manifeste ! » Le postulant voulait se donner un surcroit de respectabilité comme pour dissimuler quelque chose. Cela mit la puce à l'oreille d'Arthus qui mandata aussitôt une enquête auprès des services de renseignement de la banque. Il savait que les établissements de crédit et institutions financières disposent du droit de se livrer à des investigations préalables à l'octroi de financement, et cette procédure pouvait être étendue au passé des dirigeants. Une telle mesure permettait d'écarter les escroqueries dont sont victimes les banques. Les conclusions lui parvinrent sous deux jours. Arthus apprit que l'intéressé avait subi un licenciement par son précédent employeur pour abus de biens sociaux… plutôt gênant pour un directeur de succursale bancaire ! Malgré sa Légion d'Honneur, reçue quelques années avant sa condamnation, Arthus avait bel et bien à faire à un aigrefin qui tentait de berner la banque en se drapant derrière une apparente probité. Un simple détail en trop avait permis de déceler le ver dans le fruit. L'intuition d'Arthus était confirmée et la maxime « à trop vouloir en faire, on en devient suspect » s'avérait en l'occurrence fondée…

Un drôle de joueur de golf

L'été arrivait et cette saison allait glorifier la nouvelle économie au-delà de l'inimaginable. Chaque jour les médias étalaient les formidables succès des start-up qui pullulaient semaine après semaine. Les levées de fonds s'enchainaient à un rythme frénétique. Les portraits des jeunes dirigeants de ces entreprises offraient un visage étonnant. Pas de place pour les quadras ou les quinquagénaires. Les grands groupes enregistraient des démissions à la pelle ; un grand nombre de cadres confirmés cédaient aux sirènes de l'aventure et se précipitaient avec opportunisme, plongeant aveuglément dans cette économie où tous deviendraient riches. Internet, c'était un souffle nouveau ! Une génération d'entrepreneurs balayait les apparatchiks vieillissants, et les journalistes amplifiaient l'écho de leurs exploits. Les valorisations s'envolaient. Les Directeurs Généraux les plus connus se pressaient pour rencontrer les gourous, tout juste diplômés, de ces microsociétés afin d'essayer de rentrer au capital. Pour ceux qui savaient manier le jargon de l'internet et étaient dotés d'une bonne dose de culot, l'accès aux grands patrons devenait un jeu d'enfant. Multimillionnaires sur le papier, ils les subjuguaient et ces derniers s'émerveillaient de leur audace, de cette vague de talents si précoces sortant tout juste de leurs écoles d'ingénieur ou de commerce pour la grande majorité.

Au dernier étage du vaisseau amiral du groupe, Arthus et ses collègues éprouvaient le sentiment d'être aux commandes d'un nouveau monde ; leurs dirigeants n'échappaient pas à cette folie et Arthus en était le témoin privilégié.

Un jour, à l'occasion d'un rendez-vous avec un potentiel partenaire, il fut convoqué dans le bureau du directeur général avec ses équipiers. Leur filiale, récemment rebaptisée *Operandi*, devait démontrer sa volonté d'accélérer sa croissance au moyen de partenariats. L'idée « qu'en s'appuyant sur des synergies avec des acteurs d'autres secteurs économiques on pourrait transformer le plomb en or » avait germé en interne. Il suffisait de partager les fruits de la coopération autour d'internet. Ainsi, on minimisait le risque et le partenaire profitait des compétences numériques d'*Operandi*. « C'était un *deal* gagnant-gagnant » comme le disait le PDG d'Arthus. L'urgence était donc de débusquer des opportunités crédibles. Le directeur général adjoint passait pour un génie des affaires avec, à son actif, la métamorphose d'une filiale étrangère moribonde en une machine à dividendes pour la maison-mère.

En pénétrant dans le bureau, Arthus ne fut pas surpris par l'allure de son occupant, c'était l'archétype du cadre-dirigeant gonflé d'égo. Tout en lui respirait la suffisance et sa poignée de main donnait une assez bonne idée sur son ambition de tout écraser sur son passage. Habillé sur mesure, le sourire carnassier et des cheveux blonds légèrement gominés indiquaient la volonté de plaire tout en dissimulant mal un bouillonnement intérieur. A la manière qu'il avait de serrer les mâchoires à intervalles réguliers et qui faisait alors saillir les muscles maxillaires, on devinait une forme de violence chez lui. Il fit brièvement les présentations d'usage puis entra dans le vif du sujet. Son hôte se tenait à sa droite, les doigts croisés. Il était très bronzé – mauvais signe pour quelqu'un supposé passer l'essentiel de son temps au bureau – et un peu enrobé. Arthus apprit qu'il était le fils – plus exactement l'héritier – d'un célèbre commissaire-priseur. Il souhaitait déployer le commerce de son père sur le web mais, malgré ses multiples affirmations, sa compétence demeurait vague aux yeux d'Arthus qui écoutait religieusement, acquiesçant de temps en temps, par pure courtoisie. Ce rentier devait aller de soirées nocturnes en vernissages mondains. Son père, constatant cette oisiveté persistante, s'était senti obligé, selon toute vraisemblance, d'y mettre un terme. Ouvrant son carnet d'adresses, il avait poussé son rejeton hors de ce quotidien opulent. L'héritier ne s'était pas fait prier, alléché par les effluves capiteux de la nouvelle économie : il demandait béatement de mettre vingt millions d'euros sur la table afin de sceller un accord. Et le pire était qu'il revenait à Arthus l'honneur de monter le dossier afin de le soumettre au Président Directeur Général. « La tuile ! » Un dangereux mélange des genres en vérité où la relation personnelle menaçait l'intégrité de la décision finale. Arthus scrutait son adversaire… comment en effet qualifier autrement un individu qui vendait la notoriété familiale au plus offrant sans amener quoique ce soit de tangible dans la corbeille de la mariée ? Ce monsieur ne leur tendait pas la main mais tentait plutôt de leur faire les poches ! Ce marché léonin qui se dessinait fut confirmé un instant plus tard quand, en parcourant le document de présentation, Arthus tomba sur la page détaillant les rémunérations du futur comité de direction de la société. Le fils à papa avait prévu de s'accorder des émoluments annuels à hauteur de cent cinquante mille euros, rien que cela ! De toute évidence, l'hurluberlu envisageait de se mitonner un statut très confortable qui le mettrait pour un bon moment à l'abri. De plus son titre pompeux renforcerait son aura auprès des femmes qu'il croiserait. Directeur d'une société internet étant le meilleur moyen de s'offrir une tribune publique tant la presse économique était friande de nouvelles têtes. « Interviews garanties, invitations à des tables rondes d'experts, le monde serait aux petits soins pour lui ! »

La frénésie boursière en faveur des valeurs internet n'échappait à personne. Voilà pourquoi Arthus vivait ce type de réunion surréaliste. La conversation se poursuivait, monotone, se cantonnant à des généralités inquiétantes. « Allaient-ils réellement investir une telle somme dans une affaire vouée à l'échec dès sa conception ? » Le n+2 d'Arthus, debout, se lança dans une apologie bien rodée sur la révolution qu'engendrait l'émergence de l'internet. Marchant de long en large, agitant les mains pour souligner certaines idées phares, il continua son discours qui ne menait nulle part. Régulièrement son regard se posait sur Arthus tout en martelant qu'il fallait absolument réaliser ce *deal* pour le plus grand bienfait du Groupe. Son interlocuteur était aux anges, charmé par cette déclaration qui lui ouvrait des horizons merveilleux. Puis l'orateur finit par s'arrêter, épuisé de cette débauche verbale mais apparemment satisfait de son allocution. Le fringant héritier prit sa suite. Près de la fenêtre, le dos tourné, le Directeur Général adjoint se laissait maintenant aller à mimer son swing de golf, délaissant totalement l'auditoire. Perplexe, Arthus se demandait comment allait s'achever ce simulacre de séance de travail et jugea bon de se retrancher derrière une politesse de bon aloi. Le dernier quart d'heure fut insupportable tant les inepties proférées foisonnaient. Une boutade du bellâtre fit résonner le rire bruyant du golfeur qui n'avait cessé d'exécuter de grands moulinets avec les bras comme s'il disputait une partie de golf imaginaire. Pour eux, l'affaire était dans le sac. Arthus pris congé rapidement et alla s'isoler dans son bureau, pestant à voix basse sur ce projet sans queue ni tête. Il se jurait d'enterrer progressivement ce dossier en faisant traîner en longueur les discussions, priant que son interlocuteur lui apporte involontairement son aide par son incompétence. Arthus subodorait qu'il serait moins prompt à travailler le fond qu'à jouer les fanfarons auprès de son entourage sur ses fonctions imminentes.

Les propositions d'investissement ne manquaient pas et il était facile d'écarter les dossiers bancals sous couvert d'autres priorités stratégiques dont on ne pouvait révéler le nom, confidence oblige. Inutile d'œuvrer quand le casting des dirigeants était de bric et de broc. Néanmoins la multitude des projets qui tombaient chaque jour alerta Arthus, notamment en raison d'un contenu plutôt pauvre et dont les projections financières étaient pour le moins farfelues. Approximativement un dossier sur cent valait la peine d'être décortiqué, le reste était bon à être jeté à la poubelle immédiatement. La position privilégiée d'*Operandi* attirait les sollicitations de tout bord mais la fragilité des projets incitait Arthus à penser que l'heure du réveil allait bientôt sonner pour la majorité des créateurs de sites internet. Les investisseurs privés réclameraient sous peu des preuves matérielles des ambitions couchées sur le papier… et là tous les petits génies de l'internet ne pourraient plus compter sur des conférences conceptuelles. L'argent allait devoir rentrer dans les caisses, sinon adieu châteaux en Espagne !

Petites cachotteries

Derrière l'effervescence *Operandi* cachait un autre visage, celui des aventures d'un soir. La moyenne d'âge, relativement basse, fournissait des tentations illimitées à cette population de cadres trentenaires et majoritairement célibataires qui passaient beaucoup de temps au bureau. Les relations amicales facilitaient le passage à l'acte et les coucheries se multipliaient. Le processus de recrutement dans le monde de l'internet aboutissait à sélectionner de jeunes gens dynamiques, à l'éloquence certaine et s'habillant à la mode. D'ailleurs Arthus soupçonnait ses managers d'introduire discrètement un critère supplémentaire concernant les cadres féminins. Les célibataires du sexe « faible » étaient parfaitement lucides et soignaient leur présentation. On assistait régulièrement au défilé de candidates toutes plus affriolantes. Bien évidemment, ce choix jouait favorablement sur la motivation des troupes masculines. C'était typiquement latin. Les filiales à l'étranger n'auraient jamais toléré de tels agissements licencieux.

Les directeurs lorgnaient également les formes avantageuses des recrues les plus attrayantes. Personne ne prenait de précaution et Arthus fit avec quelques camarades dans la confidence la carte des escapades sexuelles de l'entreprise, même si cette comptabilité particulière devint difficile à tenir tant les corps et les esprits se dissipaient. La direction des ressources humaines se bouchait les oreilles tant que ces ébats ne dépassaient pas la sphère privée. Après tout, ces débordements reflétaient la vigueur des cadres dans l'accomplissement de leur activité professionnelle quotidienne. Trop de têtes brûlées entraînaient forcément des comportements séducteurs dans tous les sens du terme. D'ailleurs, les plus performants dans ce domaine étaient également les plus productifs au bureau. Tout rapport sexuel produisant des hormones relaxantes, les Don Juan géraient beaucoup mieux leur stress. Leur confiance s'en trouvait naturellement dopée. Les cadres d'*Operandi* étaient sous le feu des projecteurs et l'assurance qu'engendre le succès attirait comme des papillons les candidates à la bagatelle.

Dans un premier temps, Arthus évita de prêter flanc à cette dérive qui menaçait d'être une source de problème. En effet, un des joyeux drilles de la bande qui accumulait les conquêtes au sein du personnel rencontra l'hostilité larvée de ces ex-partenaires quand elles eurent à collaborer ensemble sur différents projets qu'il conduisait car tout le monde finissait par être au courant de ses affaires de cœur. Sa réputation s'en ressentit et il dut faire un mea culpa auprès de sa hiérarchie afin de clarifier les tensions internes l'entourant. Malgré cet acte de contrition son exclusion fut décidée avant la fin de l'année et gérée diplomatiquement avec un chèque de départ, preuve que la direction avait jugé indispensable de calmer l'agitation bien qu'aucun cas de harcèlement sexuel n'avait été enregistré. La gent féminine n'était nullement effarouchée mais plutôt réceptive à cette testostérone environnante. Quand on sait que la majorité des aventures sexuelles ont lieu avec une relation de bureau, il était assez logique que toutes ces histoires naissent spontanément au sein d'*Operandi*.

Les occasions ne manquant pas, il finit par être difficile pour Arthus de rester insensible tant le ton était à la drague. Cela commençait par des plaisanteries et les affinités aidant, cela se terminait de la même manière qu'en boîte de nuit.

Il se trouvait qu'Arthus effectuait tous les quinze jours le trajet Paris-Londres afin de participer à différentes réunions de la filiale anglaise. La correspondante là-bas, une Française, avait apparemment le mal du pays et sa venue lui apportait un certain réconfort moral. Elle était un peu esseulée dans la bouillonnante capitale anglaise, ce qui facilita les approches d'Arthus. A l'occasion de leur réunion, la relation se tissa petit à petit, invisiblement. Très vite, leurs échanges glissèrent sur le terrain des confidences. Sa silhouette était des plus sensuelles et sa conversation distrayante. Arthus aimait beaucoup les taches de rousseur que ses chandails évasés laissaient entrevoir sur ses épaules. Au bout de trois mois, leurs apartés qui véhiculaient une certaine ambiguïté donnèrent lieu à un premier rapprochement. Profitant d'un passage au siège social, elle l'appela la veille pour lui annoncer son arrivée. Arthus n'était pas sûr des dispositions de la demoiselle à son égard car elle était assez réservée. Elle l'appréciait indéniablement mais était-ce suffisant ? Il devait en avoir le cœur net, d'autant que ses courbes féminines ne le laissaient pas de glace. Elle avait pour habitude de porter des vêtements moulants, ce qui, à la vue de sa poitrine saillante sous son chandail, gênait la concentration d'Arthus lors des séances de travail. Cette fille devenait entêtante, aussi une dizaine de minutes avant la réunion Arthus s'arrangea pour qu'ils se retrouvent dans la salle prévue à cet effet.

Quand elle pénétra dans la pièce, il l'avait devancée... Elle se retourna pour fermer la porte et quand ce fut fait – parce qu'Arthus s'était positionné discrètement derrière elle – ils n'étaient plus qu'à quelques centimètres l'un de l'autre. Une distance incongrue pour deux collègues mais qui n'offrait plus de doute sur la nature des intentions d'Arthus. Elle resta comme paralysée, ne sachant comment réagir. C'était hasardeux de la part d'Arthus mais l'effet de surprise lui donnait un avantage ; c'était le moyen de la contraindre à se dévoiler. En la déstabilisant, Arthus prenait l'ascendant psychologique et pouvait ainsi conduire plus aisément les choses à sa guise. Il adorait sentir le moment où la relation bascule, ce sentiment diffus d'accélération du temps. Alors très doucement il avança ses lèvres vers les siennes et l'embrassa. Tout s'arrêta pendant ce long baiser qui se prolongea avec effusion.

Ils furent dérangés par des voix dans le couloir et aussitôt, comme piquée par une guêpe, elle se rejeta en arrière, à temps car la porte s'entrouvrit pile à ce moment-là. Il y eut comme un flottement de la part des intrus. Reprenant ses sens, Arthus trompa ces mines inquisitrices tandis qu'elle se mit à fouiller sa sacoche pour masquer sa gêne.

– Oui c'est bien ici que se tient la réunion, dit-il froidement en prenant place autour des tables.

Elle eut tout le loisir de se poser des questions durant cette interminable heure de travail, aussi ennuyeuse qu'inutile. Sa réponse à ce contact physique augurait une soirée à la température élevée. Pourtant ils se séparèrent afin de donner le change au reste de groupe, et immédiatement après elle l'appela sur son mobile.

Quelques heures plus tard, Arthus était dans son appartement, bouillant d'impatience. Elle alluma la radio pour créer un peu plus d'intimité, elle écoutait une station qui passait des vieux titres de rock'n roll. C'était désuet mais elle assumait... à l'image de son intérieur : un peu provincial. Timidement, ils recommencèrent leur étreinte qu'ils arrêtaient par intermittence pour respirer. Puis elle éteignit le luminaire et les lampes jusqu'à ce qu'ils soient quasiment dans l'obscurité, seules les lumières de la rue parvenaient à eux. Arthus la déshabilla et tout doucement ils firent l'amour par terre sur la moquette épaisse du salon. Leurs corps faisaient des ombres chinoises sur les murs. Dans l'intimité, elle semblait très à l'aise avec son corps. Sa docilité rendait Arthus encore plus entreprenant ; coucher avec une collègue de bureau se révélait particulièrement érotique. Il éprouvait quelque chose d'illicite, comme un interdit que l'on brisait, à l'image de ce que devait être une relation extraconjugale. Arthus assouvissait un fantasme en expérimentant de nouvelles positions sexuelles.

« A quelles pensées nous livrerions-nous lors de nos prochains face-à-face sur le lieu de travail ? » s'interrogeait-il. Probablement à se rappeler la nudité de sa partenaire pendant que ses collègues débattaient de sujets rébarbatifs.

Quand leur appétit charnel fut enfin satisfait, ils s'allongèrent côte-à-côte en regardant dans la pénombre les reflets lumineux qui montaient de la rue et s'inscrivaient au plafond. Les deux amants ne prononçaient aucune parole, comme pour mieux écouter en eux les derniers échos de la jouissance.

Le lever du soleil vînt interrompre la volupté de cette nuit. Ils s'éveillèrent lentement, engourdis par la dureté du sol. Une douche rapide remit Arthus d'aplomb. Elle le rejoignit nue. Ils s'embrassèrent longuement, puis Arthus l'abandonna dans la salle de bain sans savoir quand il la reverrait. La plénitude qu'il retira de cette première nuit perdura plusieurs jours. Cette liaison allait mettre un zeste de piquant dans son quotidien.

Elle s'appelait Laurence et sa chevelure d'un blond vénitien brillait dans la lumière du matin. En franchissant la porte cochère, il se fit la réflexion que les femmes étaient comme une palette de couleurs qui interrompaient la grisaille de sa vie.

Chers collègues

Trois mois s'étaient écoulés et la routine commençait de se faire sentir. Aux discussions banales entre deux portes succédaient désormais les premiers potins sur les uns et les autres.

Les bureaux, trop exigus, étaient dépourvus d'imprimantes individuelles. La logistique avait installé au milieu du couloir de l'étage une imposante imprimante couleur qui obligeait chacun à aller récupérer ses impressions. Ce va-et-vient constant donnait à Arthus l'occasion de feuilleter discrètement celles de ses collègues. A chaque aller et retour, il se renseignait de la sorte et en retirait une connaissance fine des dossiers en cours de préparation. Une source d'information comme une autre qui présentait l'avantage d'avoir la primeur des présentations débattues en comité directeur. Petit-à-petit, Arthus recomposait la carte des jeux de pouvoir, notant qui poussait ses pions dans le but d'accroître sa position dans cet organisme vivant que constituait l'entreprise.

Par une belle journée de juin à l'heure où ses coreligionnaires délaissaient leur bureau pour aller se restaurer – le contentement retiré de leur mission ayant progressivement allongé les pauses-déjeuners – Arthus se trouvait seul relisant une note de service. Il se déplaça à l'imprimante et, en ramassant le paquet de copies produites par la machine, découvrit parmi celles-ci des feuilles qui attirèrent son attention. Il y figurait en colonne le nom des salariés classés par ordre alphabétique et, en poursuivant jusqu'au bout de la ligne, quelle ne fut pas sa surprise de voir les éléments de rémunération de chacun. Incroyable ! Les ressources humaines venaient d'imprimer le listing des salaires. D'un mouvement circulaire de tête, il balaya le couloir afin de s'assurer que personne n'était en chemin. Puis subrepticement, il glissa la précieuse copie sous le paquet des précédentes impressions qu'il déposa bien en vue à côté de l'imprimante. Le propriétaire de ce document hautement confidentiel n'oublierait pas de venir ramasser son bien mais dans le doute Arthus manigança un scénario pour s'emparer de cette liste. Quelle aubaine ! Et quelle inconscience…

Il quitta l'endroit dans la seconde et se refugia dans son bureau, l'oreille tendue, guettant avec excitation les pas du responsable des ressources humaines qui osait laisser trainer de telles informations. Les minutes s'égrenaient sans que rien ne bouge dans le couloir. Alors qu'il pensait l'affaire finie, un pas feutré se fit entendre, à l'autre bout et qui venait dans sa direction. Tous ses sens étaient en alerte. Les bruits qu'il percevait lui indiquèrent que la personne devait désormais faire face à l'imprimante mais elle tourna les talons aussitôt. En retrait par rapport à l'encoignure de la porte afin d'éviter que sa présence ne soit remarquée, il risqua une tête et aperçut le dos de sa victime s'enfoncer au fond du corridor. Bredouille, l'assistante de direction s'éloignait, pensant que l'impression n'avait pas fonctionné, ce qui arrivait parfois. Il était treize heures trois quart et le ballet des collaborateurs regagnant leur bureau allait débuter dans quelques minutes. Pas de temps à perdre ! Arthus imprima une série de documents et alla ensuite les placer entre les copies du matin et le fameux listing de manière à empêcher quiconque de faire la même découverte que lui.

Le reste de la journée défila lentement. Arthus survolait distraitement les réunions, préoccupé par le succès ou l'échec de son plan. Ponctuellement, il assurait une surveillance en se rendant près de l'imprimante. Vers dix-neuf heures, il rangea avec fébrilité ses dossiers et sortit de son bureau tout en scrutant si les cellules voisines étaient encore occupées. Il devait prendre garde à d'éventuels témoins. En passant devant la machine à imprimer, il fit mine de trier les épreuves afin de récupérer les siennes… ainsi que l'objet de sa convoitise.

Hourra ! La grille des salaires était maintenant en sa possession, du plus simple stagiaire jusqu'aux membres du comité de direction. La lecture du document l'occupa toute la soirée. Il savait déjà quelle arme cela représentait entre ses mains. Tout y était indiqué, cela dépassait ses espérances. Il avait su saisir sa chance, son audace était récompensée ! Il découvrait des différences significatives dans les rémunérations mais cela ne le surprit pas. Arthus y voyait plutôt une occasion prometteuse. Grâce à ces informations, il était déterminé à s'entretenir avec son manager au sujet d'un réajustement salarial qui désormais s'imposait. Ses deux équipiers étant payés vingt pour cent de plus que lui, ce n'était que justice de rétablir l'équité dans l'équipe.

Dès le lendemain, il en formula la demande à son chef. A la stupéfaction d'Arthus, celui-ci ne remit pas en cause sa démarche, ni ne contesta la légitimité ou le montant évoqué ; ce qui acheva de le convaincre que son chef était au courant de cet écart injustifié lors de son recrutement. « La règle est que si vous ne revendiquez pas, c'est que vous étiez manifestement satisfait de votre sort » se dit Arthus. Son supérieur ne s'enquit pas non plus de la façon dont il s'était procuré ces informations. Il aurait été embarrassant d'en justifier l'origine sans trahir l'indélicatesse à laquelle s'était livré Arthus.

Cependant, la négociation dura plusieurs semaines car de telles prétentions pouvaient créer un précédent fâcheux au sein des équipes si cela venait à se savoir. Les ressources humaines jouaient la montre. Arthus insista auprès de son supérieur et finit par changer d'angle d'attaque en déclarant que – s'il n'obtenait gain de cause – il démissionnerait, tout en soulignant qu'il faudrait le remplacer par un recrutement externe. Le problème resterait donc entier pour *Operandi* car pour le salaire qu'Arthus exigeait, les ressources humaines n'auraient aucune garantie que son successeur fasse l'affaire. Cela revenait au même au final et le réalignement salarial d'Arthus restait la meilleure option compte tenu de ses résultats visibles. Le chef d'équipe finit par en convenir et déploya son énergie auprès de la directrice des ressources humaines qui souscrit enfin à la demande. Enhardi, Arthus se promit de ne pas s'arrêter là. Ses efforts avaient abouti à rendre légitime sa requête et forgèrent son credo : ne jamais se résigner quel que soit le discours qu'on vous oppose. Après tout c'est humain, dans toute négociation la partie adverse finit tôt ou tard par faire des concessions. Si l'on acceptait une injustice, c'est parce que l'on était faible...

Arthus retint de cette expérience une leçon : les règles étaient faites pour être outrepassées. Il choisissait donc d'être l'exception à la règle ; le monde de l'entreprise ne visait pas à résoudre une équation mais à assurer le bon fonctionnement de son organisation, aussi l'entreprise n'était pas à une incohérence près. Certains collaborateurs avaient été embauchés au double de la rémunération de leurs homologues directs. Chaque histoire contenait ses spécificités et produisait des écarts de traitement stupéfiants. Tant pis pour les perdants ! La plupart des salariés ne négociaient pas car ils craignaient de perdre la face en cas d'échec. Alors que celui qui montrait les crocs était récompensé en proportion de sa capacité à s'affranchir de cette peur.

Malgré ce succès, un événement survint dont le dénouement poussa Arthus à développer par la suite une vigilance presque paranoïaque. Un de ses co-équipiers, Arnoult, toujours impeccablement coiffé d'une raie sur le côté, cravate discrète et costume gris, détonnait avec le reste des troupes qui privilégiaient les tenues décontractées. Ce personnage arborait en toute circonstance un visage flegmatique. Arthus lui trouvait un air des années cinquante à l'image des photos de cette époque. Son manque d'empathie semblait provenir d'une éducation rigide où l'expression des sentiments était interdite. Catholique pratiquant, il était marié et déjà père de trois enfants, ce qui était précoce pour quelqu'un âgé de vingt-huit ans. Sa trajectoire rectiligne le destinait à être le premier de la classe. Ses gestes étaient empesés comme s'il réfléchissait préalablement à tout mouvement. Arthus avait noté qu'il était fort précautionneux. Ce matin-là en le croisant dans le hall, il remarqua qu'il fuyait son regard. « Mauvais réveil, contrariété passagère ? » Arthus n'y prêta pas plus attention.

Vers onze heures, le manager d'Arthus l'appela sur son téléphone fixe.

– J'arrive, répondit-il.

Assis à son bureau, il offrit à Arthus l'un des deux cafés que son assistance venait de lui apporter. Petit-à-petit la discussion impromptue dériva sur la nécessité de mieux s'organiser. Il paraissait bien mystérieux et Arthus ne voyait pas quel était le but de cet entretien matinal. « A quelle révélation le préparait-il ? » La question qui brûlait les lèvres du manager jaillit :

– Que dirais tu si Arnoult devenait ton supérieur hiérarchique ?

Désarçonné, Arthus resta coi un court instant avant de rétorquer face à une telle revendication :

– De quel droit ? Qui a décidé cela ?

Sans se démonter, il répondit :

– C'est lui qui me l'a demandé hier soir…

– Tu n'y penses pas une seule minute ? dit Arthus, vindicatif, en haussant le ton.

– Non, non… bien sûr mais je voulais connaître ta position.

– Si cela doit être ainsi, je te préviens : ce sera la guerre ! enchaîna Arthus en détachant chaque mot pour montrer qu'il ne plaisantait pas.

Gêné, le manager reprit :

– D'accord. Inutile d'en rajouter, j'ai compris… Je te prie juste de ne pas faire d'esclandre en allant le voir. J'ai été transparent vis-à-vis de toi, en retour tu me feras la faveur de garder cela pour toi.

Arthus opina mais ne se le tint pas pour dit. Ce collègue, à qui il avait accordé toute sa confiance, avait sournoisement tenté de prendre du galon à ses dépens. « Quel toupet ! » Cet incident constitua une sévère mise en garde contre ses compagnons de route. Arthus avait mis le pied dans un grand groupe et certains camarades rôdaient, prêts à dévorer les naïfs.

Les jours qui suivirent, il ruminait l'explication où il comptait bien lui dire ses quatre vérités afin de mater toute nouvelle velléité de ce genre. Mais son manager avait joué cartes sur table en dévoilant le jeu de cet adversaire de l'ombre. Il était préférable de ne pas déclarer les hostilités à l'égard d'Arnoult et, depuis ce jour, Arthus s'abstint de communiquer sur ses dossiers vis-à-vis de ses collègues. Il épiait l'ambitieux et, lorsque ce dernier s'absentait à l'occasion de réunions extérieures, allait visiter son bureau pour s'informer des projets en cours que son ennemi traitait. Arthus avait de cette manière toujours un coup d'avance, là où ce rival avait failli le mettre *échec et mat* sans qu'il l'ait vu venir.

La nouvelle économie faisait de ces jeunes cadres des gagnants et la majeure partie des nouvelles recrues ne s'embarrassaient pas de scrupules, jouant des coudes pour décrocher une promotion. Quand les temps durs viendraient, les plus féroces déchireraient à belles dents les plus timorés.

Indiscrétions sur l'oreiller

Laurence était à de passage à Paris. Le couple ne s'était pas reparlé depuis la dernière fois où ils avaient fait l'amour mais l'abstinence des deux semaines passées mettait Arthus à dure épreuve, aussi les retrouvailles promettaient d'être charnelles. Quand elle sonna à sa porte, Arthus sortait tout juste de sa douche et elle le trouva en peignoir blanc. Elle tiqua, le croyant prêt à se dévêtir pour passer à l'acte. Il la détrompa bien qu'elle demeura un peu soupçonneuse. Changeant de sujet, Arthus la questionna sur les récentes évolutions d'organisation en Angleterre. Une heure de bavardage fut nécessaire pour qu'elle puisse se départir du stress du boulot et accepte de se lover dans ses bras. A ce jeu, elle ne résista pas longtemps à ses avances et se donna à lui. Dans ces moments-là, elle faisait preuve d'un tempérament plus affirmé. Pourtant, à part l'environnement professionnel ils avaient peu de chose en commun à partager. Cependant leurs rapports sexuels se passaient de manière excellente, c'était suffisant du point de vue d'Arthus.

Inlassablement, ils revenaient sur les gens du bureau, critiquant les uns ou les autres, attribuant des satisfecit à ceux qui facilitaient leur quotidien. C'était plutôt amusant car ils confrontaient leur perception et parfois l'écart était notable, fruit de la différence des sensibilités féminine et masculine. Arthus apprit certaines choses croustillantes : des relations cachées entre un directeur et sa stagiaire, aux bonus discrétionnaires de plusieurs cadres dirigeants, elle était au courant de choses confidentielles, ce qui le surprit tant elle était effacée pendant les horaires de bureau. Vraisemblablement sa personnalité devait mettre en confiance son entourage professionnel qui lui faisait part de petits secrets. Elle lui raconta en détail l'histoire de cet ancien directeur financier de province qui avait su conserver un logement de fonction à Paris sans que la direction des ressources humaines ne le sache ; le loyer passait sous les radars. Elle renseigna Arthus également sur les recrutements de copinage de certains directeurs. Rien ne semblait échapper à ses oreilles…

Il valait mieux faire attention à ce qu'on lui disait car manifestement elle ne conservait pas ces indiscrétions pour elle. Certes, le lit autorisait toutes les confessions mais Arthus ne souhaitait pas en être victime à son tour. Aussi, il bottait en touche lorsque le dialogue devenait trop inquisiteur à son goût.

Néanmoins, cette découverte laissa Arthus songeur et il entrevit soudain de nouvelles possibilités. Si des informations privées pouvaient circuler par le biais de confidences faites à la gent féminine, les relations qu'il pouvait nouer dans le cadre du bureau lui procureraient une utilité supplémentaire : ces infos correctement exploitées pouvaient lui donner un avantage décisif pour avancer ses pions. Le nerf de la guerre, ce n'était plus l'argent mais la maîtrise de l'information et cette source insoupçonnée stimulait son imagination. Ces dames ne se sentaient pas sous le sceau du secret professionnel et s'épanchaient naturellement. C'était redoutable pour ceux qui ne voyaient pas le risque qu'ils encourraient à se livrer à de tels apartés. Arthus voulait comprendre si Laurence levait le voile sur ces cachotteries parce qu'elles étaient sans conséquence ou bien à cause d'un besoin irrépressible de se confier.

L'art de la guerre reposant sur l'anticipation, Arthus se promit d'y réfléchir : « Comment détecter parmi ses collègues celles susceptibles de lui divulguer ces messes basses si précieuses ? » Il lui vint à l'esprit que le choix de ses prochaines partenaires ne devrait plus s'établir sur des critères physiques mais bien en fonction des renseignements qu'il pourrait en retirer.

Le lendemain, un samedi, ils passèrent la journée à flâner dans les allées du bois de Boulogne, sans but, bien qu'Arthus suive scrupuleusement l'itinéraire tracé dans sa tête. Il redoutait de croiser un salarié d'*Operandi*, un telle rencontre aurait aussitôt mis la puce à l'oreille de tout collègue sur la réalité de sa relation avec Laurence. Le regard d'Arthus s'attardait fréquemment sur les courbes plantureuses de Laurence et il ne se souciait guère, dans ces moments-là, de la qualité de leur conversation qui était plutôt plate. Finalement l'alchimie au sein du couple n'opérait qu'en position couchée. Arthus se débrouilla pour rentrer tôt à l'appartement avec une idée bien précise. Il avait une préférence pour faire l'amour dans l'après-midi au lieu du soir où un dîner copieux diminuait le plus souvent son appétit sexuel. Il fit savamment durer les préliminaires. Les zones érogènes échauffées, Laurence consentait à tous ses désirs et il profitait de sa docilité. Le corps particulièrement souple de sa partenaire offrait à son imagination les positions les plus élaborées du kamasoutra. Elle appréciait d'être dirigée.

Comme la perfection de ses seins et de ses fesses excitait le désir d'Arthus, il ne s'arrêtait qu'une fois éreinté. Laurence, le corps complètement laxe, paraissait alors comme désarticulé sur les draps blancs. Les côtes de son amant se soulevaient avec cadence tandis qu'il s'efforçait de retrouver son souffle, étendu sur le lit dans l'autre sens. Arthus n'utilisait pas de préservatif car elle lui avait dit prendre la pilule mais c'était réellement jouer avec le feu. Un des cadres qui avait eu une aventure avec son assistante tout en étant marié en fit les frais. Le sort fit qu'elle tomba enceinte et choisit de garder l'enfant. Le géniteur fut muté *manu militari* de service dès que la nouvelle fut connue.

Personne n'était à l'abri de ce genre d'accident.

Arthus et Laurence se revirent à la fin du mois de septembre mais il était compliqué de se voir régulièrement et il ne tarda pas à lui faire part de sa volonté de mettre un terme à une relation hachée qui ne permettait pas de construire sérieusement dans la durée. Elle accueillit froidement cette annonce. Cependant lucide, elle convint que leurs échanges se limitaient par trop à des ébats sexuels, et d'un commun accord la décision fut entérinée. Arthus espérait désormais qu'elle saurait tenir sa langue sur cet épisode. Ayant recouvré la latitude nécessaire à ses ambitions, il se mit à spéculer sur la prochaine cible. Les tentations étaient nombreuses au sein d'*Operandi* et cette parenthèse lui avait mis l'eau à la bouche. Avoir des liaisons au bureau s'avérait beaucoup plus facile que dans la vie privée car les gens apprenaient à se connaître au fil du temps. La vie moderne qui imposait aux individus des performances dans tous les domaines de la société ne pouvait réguler les émotions qui naissaient sur le lieu de travail. Entre collègues, la confiance favorisait le développement de la complicité, prémices à des émotions plus personnelles. La disponibilité des intéressés suffisait alors à allumer tôt ou tard un intérêt plus marqué pour le co-équipier. Dans un environnement jeune et dynamique, les échanges quotidiens faisaient grandir une ambiguïté propice à des comportements licencieux. Arthus y plongea à son tour avec délectation.

Nocturnes

Le téléphone d'Arthus venait de sonner. Décrochant le combiné en prenant le temps de lire le nom de son correspondant qui s'affichait automatiquement sur l'écran numérique du poste, il n'eut que le temps de dire « allô ». C'était le directeur des fusions-acquisitions.

– Bonjour Arthus, peux-tu te joindre à une réunion ? Nous sommes au quatrième étage, à proximité de la salle de vidéo-projection.

Le ton était impératif. Il descendit en trombe l'escalier et arriva devant la porte. Il frappa et quelqu'un lui ouvrit. Il entra. Une dizaine de personnes étaient attablés autour d'une pieuvre, sorte de poste téléphonique dépourvu de combiné qui autorisait la tenue de conférences téléphoniques entre des salles de réunion situées à distance les unes des autres. La forme de cet outil de communication représentait les tentacules de l'animal aquatique. En l'occurrence, la conversation réunissait des correspondants à Londres comme Arthus le devina grâce à leur accent anglais impeccable. Un siège libre lui tendait les bras, à côté d'un grand type blond à lunettes, âgé d'une quarantaine d'années. Dès qu'Arthus se fut assis, son voisin lui tendit la main et se présenta simplement d'un « bonjour, moi c'est Marc ». Arthus lui rendit son salut et décrocha un signe de tête aux autres occupants de la pièce. La discussion reprit, très animée. Pendant une demi-heure, Arthus demeura silencieux, s'efforçant d'identifier les rôles et positions de tous les personnages. A l'évidence, il se trouvait en présence de banquiers d'affaires qui conseillaient *Operandi* pour le rachat d'un site de commerce électronique. L'atmosphère était électrique et la température de la pièce laissait penser que cette session durait depuis plus de deux heures. Pourtant les reclus continuèrent de débattre de la valorisation de la cible sans faire de pause. Arthus connaissait la cible en question mais préféra attendre pour intervenir. On parlait de trois cent cinquante millions d'euros et Arthus réalisa au bout d'un moment que celui qui l'avait accueilli si simplement n'était autre que le PDG de la division numérique du

Groupe. Le directeur des fusacs, visiblement nerveux, dévisagea Arthus plusieurs minutes avant de faire un signal au grand chef qui aussitôt se retourna vers lui :

– Arthus, combien pensez-vous que cela vaut ?

Tous les regards se braquèrent alors sur le nouveau venu. Intrigués par cet invité mystérieux qui ne s'était pas présenté, le silence se fit soudainement au milieu de cette assemblée de spécialistes en opérations financières. La question était frontale, inutile de vouloir gagner du temps. Arthus devait frapper un grand coup et, comme mû par un réflexe, lâcha laconiquement :

– Au maximum la moitié…

La foudre s'abattant sur le toit n'aurait pas fait plus d'effet : stupéfaits par une telle sentence, les banquiers échangèrent des mimiques inquiètes. Mais le PDG ne leur laissa pas le temps de réaliser et, le plus calmement du monde, déclara :

– Bon, vous avez la nuit pour revoir les modèles avec Arthus et l'on se revoit demain à neuf heures. Merci à tous.

Tous dévisagèrent Arthus, hochant la tête d'un air abattu et l'entourèrent une fois que le PDG eut quitté la salle. Arthus avait l'impression d'être face à une nuée de pigeons se battant pour un quignon de pain. Il lut les interrogations dans leurs yeux. Il allait devenir incontournable pour ce petit monde de conseils financiers et pourtant à cet instant il restait un parfait inconnu. On lui désigna un associé junior à qui revint la tâche de travailler cette nuit avec son concours. Jeune et motivé, c'était l'archétype de l'analyste super-brillant et corvéable à merci. Malgré la situation tendue, ce dernier était décontracté et souriait volontiers. Comme d'habitude, il se pliait sans ciller à l'exigence du client. Son bonus en dépendait… plusieurs centaines de milliers d'euros par an probablement. Arthus savourait pleinement son coup de poker et remonta à son bureau prendre sa sacoche avant de partir pour les locaux de la banque d'affaires. Il sauta dans un taxi qui démarra pour un de ces temples de la Finance, situé boulevard Haussmann. La nuit promettait d'être longue.

Le trajet dura une vingtaine de minutes. L'acolyte d'Arthus le questionna habilement comme pour le percer à jour. Il éluda, ramenant la discussion sur l'organisation des prochaines heures. Poliment, l'analyste le renseigna et Arthus comprit que son aide se limiterait à donner les grands indicateurs qui conditionnaient le scénario de référence, puis à apporter sa caution au résultat final. Arthus trouvait agréable cet éphémère compagnon de voyage. Franc, il était doté d'humour et son esprit pétillait. Un coup de frein annonça leur arrivée au pied de l'immeuble majestueux dont la façade flamboyante s'étalait sur une cinquantaine de mètres. Le soleil maintenant couché, la pénombre envahissait les rues.

Ils gravirent l'escalier en marbre. La décoration moderne du hall offrait un contraste étonnant et produisait son effet. C'était intentionnel et donnait une idée des commissions payées à la banque. Tout était agencé pour impressionner les visiteurs. L'hôtesse les pria de la suivre et ils s'enfoncèrent dans le couloir qui desservait différentes salles de réunion affublées de noms de capitales. Les murs recouverts de boiseries du XIXème siècle s'accordaient avec la moquette rouge foncé. Pas un bruit ne filtrait sous les portes. La confidentialité était assurée pour les équipes au travail.

La porte massive d'une des salles s'entrouvrit pour leur laisser le passage. Esseulé au milieu de cette pièce dimensionnée pour un conseil d'administration, un associé-junior se leva pour saluer Arthus. Bien pâle, il fut chargé d'apporter les modifications nécessaires aux modèles financiers sur lesquels ils allaient plancher. Commencèrent alors plusieurs heures de discussion pendant lesquelles Arthus et ses assesseurs modifiaient les hypothèses jusqu'à ce que le résultat paraisse cohérent. Toutes ses explications étaient notées avec soin avant d'être injectées dans l'ordinateur. Les instructions d'Arthus défiaient le raisonnement des financiers. Pourtant c'était simple : Arthus appliquait un principe de prudence qui imposait de ne jamais considérer les valeurs maximales pour toutes les lignes du modèle. Ainsi il réduisait fortement la courbe de progression du chiffre d'affaires, des bénéfices et, par conséquent la valorisation de l'entreprise visée. De telles modélisations informatiques s'appuyaient principalement sur le bénéfice des années à venir. L'incertitude était donc à son maximum et Arthus était surpris de constater que ces conseillers prenaient autant à la légère son approche. Leur méthode préférée était de comparer la cible avec d'autres sociétés du secteur. De cette façon, si celles-ci étaient survalorisées, l'entreprise étudiée le devenait par ricochet. C'était un cercle vicieux qu'alimentaient ces cerveaux si performants. Arthus devinait que ces banquiers d'affaires étaient drogués à l'adrénaline produite lors d'opérations financières prestigieuses. Ils adoraient combattre pour remporter l'affaire face à d'autres concurrents aussi avides qu'eux. Il soupçonnait également qu'en gonflant les valorisations ils s'assuraient de commissions plus confortables. La contamination se propageait à toute la nouvelle économie.

Vers quatre heures de matin, la résistance physique d'Arthus trouva ses limites et ses paupières devinrent lourdes. Il n'avait plus les idées claires ; heureusement leurs travaux s'achevaient enfin et il put tirer sa révérence sans avoir l'air de filer à l'anglaise.

Le lendemain dès le lever du jour, ils se retrouvèrent dans le bureau du Président-Directeur Général. Il était sept heures et Arthus avait si peu dormi qu'il éprouvait des difficultés à se concentrer. Heureusement le bataillon de banquiers conduisit l'exposé qui aboutit à la conclusion énoncée hier en séance. Le PDG dévisagea Arthus, cherchant à lire dans ses pensées et sourit sans mot dire. Il avait marqué des points, le grand patron n'oublierait pas de sitôt son nom. Arthus avait donné une leçon de réalisme, tant économique que politique. Le directeur des fusions et acquisitions le raccompagna alors jusqu'à l'ascenseur, puis lui déclara avec un ton prévenant :
– Viens me voir lundi, nous devons travailler étroitement sur les futurs dossiers.
Arthus acquiesça, auréolé de son nouveau statut d'expert et lui serra la main. Elle était molle. Arthus se dit que celui-ci s'en sortait bien en fin de compte car, si l'opération s'était faite sur les bases des premières discussions, il risquait sa place dans les mois qui suivaient. Ce cadre à la quarantaine consommé surnageait dans la folie de l'internet sans comprendre précisément la direction à prendre. Désormais Arthus était son assurance-vie.

Orgueil et désillusions

Jour après jour, Arthus enchaînait les réunions avec tout ce qu'internet attirait comme opportunistes, aventuriers ou surdiplômés qui rêvaient d'égaler la poignée de chanceux qui, de l'autre côté de l'Atlantique, avaient réussi à générer des fortunes artificielles grâce à des levées de fonds spectaculaires ou des introductions en bourse hallucinantes, transformant des plans d'affaires délirants en or.

Les plus célèbres avaient moins de vingt-cinq ans et une mégalomanie débordante. Les investisseurs les plus chevronnés s'étaient laissé séduire par tant d'aplomb, peut-être aussi parce qu'ils comprenaient mal ce nouveau secteur d'activité où les PDG les plus âgés étaient trentenaires. Et tout le monde voulait sa part du gâteau. La révolution du Net, c'était la promesse de ne plus avoir à passer sa vie dans une grande entreprise à attendre pendant quarante ans un hypothétique poste de direction générale. La toile numérique pouvait engendrer des fortunes en quelques mois pour ceux qui savaient croire en leur bonne étoile. Seul hic, Arthus avait la responsabilité de chalenger la grande majorité de ces projets : il n'avait pas l'intention de se laisser rouler dans la farine. D'ailleurs ses interlocuteurs le comprenaient vite mais tout était bon pour lui forcer la main. La ruée vers les nouvelles technologies aboutissait à une frénésie d'investissements de la part des grands groupes internationaux. En moins d'un an, les grandes marques avaient revu leur communication et leurs marques s'étaient vu accoler le fameux « point com » ; il fallait se mettre à la page et marquer son entrée dans la nouvelle économie. Les analystes financiers assaillaient les grands patrons de question sur leur stratégie quant à la transformation de leurs activités traditionnelles en nouvelles lignes de produits sur la toile. Ceux qui se gaussaient étaient systématiquement cloués au pilori et sanctionnés par une mauvaise notation.

Voilà une heure qu'Arthus planchait sur ce dossier qu'on lui avait remis la veille quand on l'avertit de l'arrivée de ces visiteurs. Dans l'épaisse documentation, les deux dirigeants aux visages juvéniles présentaient leur projet : l'affaire affichait une valorisation de trente million d'euros, ce qui n'était pas rien quand on regardait le chiffre d'affaires réalisé à ce jour, aucune rentrée d'argent. Mais un message très optimiste laissait entendre que cette valeur d'entreprise doublerait sous six mois, c'était garanti ! A chaque nouvelle levée de fonds, le ticket d'entrée pour les nouveaux actionnaires devait impérativement être supérieur à celui du tour précédent afin de permettre aux actionnaires historiques d'augmenter significativement la valeur de leurs parts. C'était un engrenage vicieux et la seule chose qui comptait au final était de vendre ses parts avant qu'on ne puisse plus trouver de candidats prêts à entrer au prix fort... ou que la société soit en faillite.

Cette fois, Arthus sentit qu'il n'était pas au bout de ses surprises tant la fatuité qui transpirait des deux duettistes venant de pénétrer dans son bureau était palpable. Il les invita à s'asseoir, puis à commencer leur présentation. L'orateur déroula sa litanie bien apprise, saupoudrant ses explications de données financières mais le tout était bancal. Il voulait souligner la pertinence du projet. Arthus restait de marbre.

L'exercice était rodé mais, en dépit de sa connaissance des détails, le monologue était morne et sans relief. Nos deux apprentis directeurs généraux se relayaient scolairement. Prétextant un besoin pressant, Arthus s'échappa un bref moment de la réunion en repensant à tous ceux qui avaient défilés au cours des derniers mois.

De retour dans la salle, chaque phrase prononcée par ses interlocuteurs résonnait dans sa tête. Cela devenait insupportable. Il devait les arrêter dans leur tirade mais fut soudainement piqué par une phrase.

– Si vous désirez entrer au capital et détenir la minorité de blocage, il vous faut compter une dizaine de millions d'euros au bas mot...

Arthus laissa le silence remplir la pièce, observant leur réaction, puis il entama une série de questions qui les poussa progressivement dans leurs retranchements. L'interrogatoire devint vite désagréable pour eux et, de son côté, il avait hâte que cet instant s'achève, qu'ils décampent afin de pouvoir retourner au calme de son bureau. Face à son absence d'enthousiasme, les acolytes se jetaient des regards et Arthus sentit qu'ils perdaient patience. « S'attendaient-ils à ce qu'il acquiesce avec complaisance à toutes leurs affirmations ? »

Le plus jeune n'arrivait pas à dissimuler sa fébrilité, ses doigts tapant de manière saccadée la table, ce qui produisait un léger bruit, un peu plus irritant chaque seconde qui passait. A bout de nerfs, le plus loquace lança sur un ton cassant :

– Êtes-vous réellement intéressé ? Vous n'avez pas l'air de croire à nos prévisions...

« Ça y est, enfin il a percuté ! » pensa Arthus. Prenant tout son temps, il fit alors une longue réponse diplomatique. Ils comprirent que la porte se refermait. Arthus porta le coup final en précisant que sous trois mois leur société allait se retrouver à court de trésorerie, synonyme de liquidation judiciaire. C'était cruel mais on n'était pas là pour jouer après tout. Le jeune chef d'entreprise blêmit, Arthus avait touché juste. Décontenancé, perdant son sang-froid, le prétentieux directeur général cracha quelques mots plein d'agressivité.

– De toute façon si la boîte se plante, j'ai un job à cent mille euros qui m'attend dans un cabinet de conseil en stratégie !

Sans sourciller, Arthus leur lança :

– Je vous conseille alors de vous y rendre de ce pas...

Le moment était savoureux, Arthus adorait quand le vernis craquait. Les yeux dans les yeux, il porta l'estocade finale :

– Merci Messieurs, ce fut un plaisir ! Tenez-moi au courant de vos recherches d'emploi...

Les deux protagonistes, abattus, se levèrent à leur tour mais sans proférer un mot et ramassèrent leurs papiers étalés devant eux. Penauds comme des lycéens qui se seraient fait prendre à tricher, ils restèrent immobiles le long du mur. Arthus mit un terme au supplice, leur tendant la main avant de prendre congé. L'internet faisait tourner les têtes et beaucoup pensaient que la fascination des uns était la clé pour faire la fortune des autres. Ces jeunes créateurs d'entreprise venaient d'apprendre brutalement que ce n'était pas aussi simple... Malgré cela, ils allaient retomber sur leurs pieds grâce à leurs diplômes prestigieux. Arthus s'interrogea sur leur capacité à conseiller des grands groupes après une expérience aussi piteuse de l'entreprenariat. Il ne suffisait pas d'avoir les dents longues, le plus important était d'avoir les reins solides.

Satisfait par la conclusion de cet entretien, Arthus alla vaquer à ses occupations courantes en faisant une halte préalable auprès du distributeur de café. Deux comparses prenaient une pause et il se joignit gaiement au bavardage, soulagé de revenir à des choses plus légères. Il était étonnant de constater que beaucoup de ses collègues continuaient à agir comme s'ils étaient dans une entreprise normale. Non, définitivement, Arthus savait qu'ils évoluaient tous dans une autre galaxie, celle des promesses invraisemblables, des mirages économiques, des arbres qui montent jusqu'au ciel. Il envia la placidité de ses deux camarades, sereins autour d'une tasse de café, hermétiques à cette folie qui les enveloppait.

Quand tout cela allait-il s'arrêter ?

Les nouveaux millionnaires

Le grand jour était arrivé. C'était celui de l'introduction en bourse d'*Operandi*. La présence d'Arthus au siège lui avait permis de faire partie des VIP qui, à cette occasion, avaient été réunis par la direction dans le grand hall pouvant contenir jusqu'à cinq cents invités. Avec ses proches collègues, ils éprouvaient une excitation diffuse à vivre une nouvelle révolution industrielle. Pour la première fois depuis des décennies, les jeunes générations prenaient le pas sur leurs aînés. Au sein d'*Operandi*, les chefs de service étaient à peine plus âgés que les stagiaires. Les codes vestimentaires traditionnels avaient disparu, remplacés par les tenues les plus diverses : t-shirt ou chemise hawaïenne pour les plus téméraires. Cela confinait à la revendication sociale comme pour signifier qu'il y avait un avant et un après. Internet était le Big Bang de la fin du XXème siècle, faisant voler en éclats les habitudes vieillies du monde du travail. On ne distinguait plus les cadres à leur costume gris. Personne ne semblait se souvenir à quoi pouvait servir une cravate. Les jeans délavés avaient fait leur apparition et reflétaient la rupture définitive qu'entrainait la nouvelle économie. Au milieu de cette communauté, les visionnaires se donnaient des airs de conspirateurs, partageant à demi-mots les dernières mesures d'audience et les ratios publicitaires. Arthus doutait parfois que les dirigeants comprissent la portée exacte de ce flot de chiffres dans le brouhaha constant de communiqués de presse. L'important était de participer au concert médiatique. L'objectif était d'être pris au sérieux par la nuée d'analystes, traders, journalistes, sociologues qui, ensemble, célébraient tous les jours la grand-messe numérique.

La contagion s'étendait à toutes les entreprises. Ce fut vingt-quatre mois de délire que vécut Arthus. Comment dans ces conditions garder la tête froide et rester à l'écart de la liesse ? Les salariés deviendraient des actionnaires de premier plan grâce aux stock-options distribuées généreusement pour compléter les salaires auxquels on les embauchait. Ils étaient les pionniers d'un bouleversement sans précédent. Ces jeunes loups ne se voyaient jamais rétorquer qu'ils manquaient d'expérience, au contraire de bien des secteurs économiques. Les précurseurs de l'internet avaient au mieux trois années au compteur... Les experts économiques étaient dépassés par cette lame de fond juvénile qui se gaussait des fondamentaux passés. Ce n'étaient plus les indicateurs financiers mais la fréquentation des sites on-line qui régissait les valorisations des start-up. L'enthousiasme était à son apogée. Arthus était conscient de sa chance, participant à cette aventure moderne qui se développait à une vitesse éclair. Dans les dîners mondains, il faisait désormais partie de la caste de ceux qui faisaient le monde de demain. Les carcans hiérarchiques étaient oubliés : Arthus et ses semblables étaient les conquérants d'une civilisation régénérée, transformée par internet.

L'emballement du marché provoquait des démissions fréquentes dans les grands groupes et, même s'il lui aurait suffi d'adresser un courriel pour se faire débaucher, Arthus préférait demeurer chez son employeur dont la dimension internationale et l'effectif représentaient des actifs plus sûrs que les promesses sur papier des start-up de l'internet.

Un écran géant équipait le mur du fond et retransmettait les cotations en continue de la bourse de Paris. Le PDG en personne s'était déplacé, entouré de ses principaux conseillers et courtisans. Les visages étaient éclairés d'une douce gaieté qui tranchait avec la solennité du moment. Les nouvelles activités du groupe allaient être mises en bourse. Les dirigeants se frottaient les mains à ce qui était annoncé comme un succès certain. Arthus avait participé à la rédaction du document de référence exigé par les autorités boursières et nécessaire à la cotation des actions d'*Operandi* sur le marché. La valorisation tablait sur des retombées colossales pour la maison-mère qui se verrait doter instantanément de milliards d'euros si tout se passait comme prévu. Le petit cercle des convives cherchait probablement déjà à évaluer le montant des stock-options que la direction pourrait verser. La règle tacite au sein de la nouvelle économie consistait à associer les salariés à la performance de l'entreprise. L'internet changeait ainsi le rapport de force traditionnel du monde du travail où les collaborateurs n'étaient plus de simples agents économiques mais des actionnaires associés aux profits. Ce qui signifiait que cette race de salariés-actionnaires était impliquée dans les grandes décisions stratégiques de leur entreprise. En tout cas, c'est que l'on croyait... Une certaine nervosité envahit les lieux à l'approche de l'instant crucial qui donnerait le prix auquel le marché acceptait de valoriser les actions émises. Pris au jeu, Arthus se laissa aller à rêver au gain théorique du futur plan de stock-options dont les couloirs bruissaient les jours précédant l'introduction en bourse. A quatorze heures précises, les banques preneuses d'ordre entrèrent en lice et passèrent les demandes qu'elles avaient enregistrées quarante-huit heures auparavant. Aussitôt la cotation vit le jour, saluée par une ovation du public présent. Le nombre magique s'inscrit sur le panneau d'affichage : vingt euros. Ce prix correspondait au haut de la fourchette calculé par les analystes financiers. Un tonnerre de vivats, doublé d'applaudissements nourris compléta le concert bruyant.

Les marchés venaient de valider la vision des dirigeants d'*Operandi* et l'enthousiasme vira à l'exultation. Autour du PDG, on se congratulait chaudement d'une poignée de main et d'une tape sur l'épaule. Arthus se retourna vers ses collègues et vit que certains manifestaient leur joie les poings dressés, célébrant ce triomphe. Ils étaient virtuellement riches par l'opération du capitalisme boursier. Arthus spéculait sur une plus-value supérieure à cent mille euros même s'il ignorait combien d'actions lui seraient octroyées dans les semaines à venir. « Était-ce mérité ? » Ce qui importait à cet instant était les chiffres de lumière rouge qui défilaient sur l'écran et les informaient de la variation du cours de bourse. A mi-séance, au milieu des petits fours et flûtes de champagne du buffet, la cotation atteignit vingt-deux euros. Arthus, comme tant d'autres, éprouva le sentiment exagéré de faire partie des héros que chaque révolution voit naître, un peu à l'image de ces grands personnages de romans à l'ascension prodigieuse qui ont fait les grandes heures de la littérature du XIXème siècle. Le commun des mortels raffole des histoires de trajectoires inattendues où la chance révèle ses élus.

Ce grand jour s'acheva en fanfare par l'arrivée d'un flot de journalistes dépêchés pour immortaliser l'événement. Demain les journaux feraient écho à cette preuve de vigueur de la nouvelle économie. Les radios auraient leurs interviews, les petites phrases collectées auprès de quelques anonymes dans le grand hall, et le vingt heures consacrerait une analyse détaillée de cette introduction en bourse. En franchissant en sens inverse la cour intérieure, Arthus manqua de heurter le Président-Directeur Général qui regagnait sa voiture dans laquelle l'attendait son chauffeur. Élancé, le teint halé, il rayonnait de tout son charisme. Son expression radieuse inspira une réflexion à Arthus : « Si l'exercice du pouvoir était un travail de solitaire, le PDG d'*Operandi* faisait pour quelques heures mentir ce cliché ».

En arrivant chez lui, Arthus était encore étourdi de la folie qui avait plongé le siège social dans l'effervescence de cette journée si particulière. Il se demanda quelle saveur auraient les semaines suivantes. Mais rien ne bougea. Parmi ses fréquentations, l'annonce de ses fonctions lui faisait découvrir dans les yeux des autres un mélange d'envie et de jalousie. Les jeunes femmes qu'il croisait dans ces soirées lui renvoyaient l'image d'un jeune cadre à l'avenir prometteur. Il était là où il fallait être pour tout ambitieux. Les entreprises classiques apparaissaient dépassées, ne recueillant que les esprits conservateurs et timorés. Arthus avait la sensation d'être le détenteur d'un pouvoir, le garant de l'intégrité intellectuelle du Groupe, mais n'en tirait aucune forme de satisfaction face aux solliciteurs de tout bord qui quémandaient – en réalité – le financement d'une fortune virtuelle. Ils n'étaient point animés par l'esprit d'entreprenariat mais par l'appât d'un gain rapide et facile, presque frauduleux. Ces chasseurs de primes ne pouvaient prospérer dans l'internet, cet eldorado ne donnant ses clés qu'aux vrais passionnés ; les autres finissaient tôt ou tard par abandonner en chemin. Ce serait pour beaucoup la première leçon d'humilité et les jeunes diplômés prometteurs repartaient bien vite intégrer les grands groupes internationaux qui leur tendaient les bras, offrant la sécurité de promotions régulières et le statut envié de cadres dirigeants pour les plus habiles.

La mode consistait à abuser du jargon des nouvelles technologies de l'information, entretenant de la sorte l'aura énigmatique de l'univers internet. Une partie du personnel d'*Operandi* avait progressivement perdu le sens commun... Rien n'était trop beau pour célébrer le moindre succès. Les séminaires se multipliaient dans les endroits les plus privés et inaccessibles de la capitale ou d'ailleurs. Les invitations au restaurant avec les clients étaient toujours arrosées de champagne et Arthus se remémora un déjeuner d'équipe où le Directeur Général adjoint à la table voisine leur envoya un magnum millésimé à leur grand étonnement. Seule une confiance excessive pouvait justifier une telle générosité et de telles dépenses… Les journalistes relataient maintenant les frasques de toutes les entreprises internet qui s'efforçaient de se distinguer pour attirer les meilleurs talents. Des soirées animées par de célèbres DJ aux avions affrétés pour un week-end à Marrakech où cent cinquante salariés étaient emmenés en 4x4 à un dîner aux chandelles en plein désert, la facture s'alourdissait jour après jour et les lendemains qui déchantent ne tarderaient pas à ramener à la raison ce petit monde de grosses têtes, privilégiés, beaux parleurs qui n'écoutaient plus depuis longtemps les alertes émises par les analystes financiers. Ces derniers questionnaient les embauches à prix d'or de juniors. Les déclarations de PDG semblaient dire que la croissance économique ne viendrait plus que de la révolution engendrée par le web mais ces surenchères n'allaient-elle pas les entrainer tous dans une impasse ? On rachetait les start-up à tour de bras, sans même savoir si ces trophées disposaient d'actifs autres qu'une poignée de *geeks*, un peu perdus à qui leur patron, devenu subitement millionnaire, avait expliqué que tout était parfait dans le meilleur des mondes, pour prendre ensuite la poudre d'escampette avec un compte en banque bien rempli.

Arthus comptait lui aussi tirer le meilleur parti de cet âge d'or de l'Internet. Il fallait faire vite maintenant car le vent s'était levé. Trop de signaux confortaient chaque jour un peu plus ce sentiment.

Le Prince est nu

La rumeur avait couru depuis quelques temps que le vote du plan d'attribution de stock-options par le conseil d'administration avait eu lieu et cet événement était de nature à bouleverser l'ordre qui régnait dans l'entreprise. La grande inconnue était en effet de savoir qui en serait bénéficiaire. On parla d'abord d'un cercle restreint mais chacun espérait en recevoir au moins des miettes. Ce procédé s'était peu à peu généralisé au sein de la nouvelle économie et maintenant les salariés regardaient comme un dû ce mécanisme capable de générer des centaines de milliers d'euros pour les plans les plus généreux. La filiale d'Arthus ne pouvait échapper à la fièvre de l'argent facile. Ces plus-values étaient en réalité sans corrélation avec la performance individuelle des salariés. Bien que le calcul reposât sur le partage de la valeur, c'est-à-dire les résultats de l'entreprise, chaque salarié recevait de manière discrétionnaire la possibilité d'acheter ces actions à l'issue d'une période de trois ans. Si le cours avait progressé, alors le titulaire des options avait le droit d'acheter et de revendre dans la même journée, sans débourser d'argent et empochant au passage la différence entre le prix d'attribution des actions et le cours du marché lors de la revente. On garantissait de la sorte aux salariés de gagner sans risque, d'engranger sans effort une belle plus-value. C'était mieux que le casino.

La nouvelle génération de salariés travaillant dans l'internet patientait, à l'affût d'un tel sésame pour la fortune. L'heure de vérité allait donc sonner et les exclus du plan de stock-options subiraient l'humiliation de ne pas compter parmi les rangs des ressources essentielles d'*Operandi*. Ce statut envié n'était pas pour tous.

L'excitation s'empara des équipes et les spéculations les plus folles alimentaient les conversations à l'heure de la pause. Le secret pourtant commença à s'éventer, des indiscrétions filtrèrent et Arthus fut mis au parfum par son manager, ce qui le rasséréna. Une dizaine de jours passa et Arthus reçut par la poste le courrier officiel qui l'informait de l'attribution de vingt-cinq milles options d'achat. Ce qui équivalait à plus de cinq cent mille euros de valeur totale sur la base du cours d'introduction en bourse, un joli bénéfice en perspective sous réserve que les prévisions de résultat à trois ans soient tenues. Ainsi, Arthus pouvait escompter doubler son salaire pendant la période. Décidément, il avait bien fait de quitter la banque !

Néanmoins, les choses ne se passèrent pas selon la volonté de la direction. La réception des lettres déclencha une fronde parmi les directeurs dont l'un des leurs ne se résignait pas à ce qu'une partie de son équipe soit écartée du pactole. Il se mit à la tête des contestataires qui revendiquaient une égalité de traitement, indépendamment des considérations de la direction générale. Les conditions d'éligibilité étaient opaques et les heureux élus ne devaient leurs stock-options qu'au bon plaisir du président et de sa garde rapprochée. C'était le fait du Prince. Cette démonstration autocratique s'inscrivait mal dans le courant méritocratique de la nouvelle économie. Ceux qui avaient su se faire remarquer durant les mois précédents l'introduction en bourse se voyaient récompensés, les autres voués à demeurer dans l'anonymat malgré la qualité de leur travail se révoltaient face à ce qu'ils jugeaient une injustice. Il est vrai que l'octroi de ces options d'achat ressemblait davantage à une cooptation à l'ancienne. Ce relent des vieilles méthodes du patronat français ne s'accordait pas avec la révolution sociale prônée par les chantres de l'internet. Petit à petit, la rupture se faisait entre les cadres exécutants d'*Operandi* et l'élite des dirigeants…

La direction générale n'avait pas anticipé qu'une forte tête pourrait s'élever pour demander des comptes. Le mouvement de contestation prit rapidement de l'ampleur et amena un climat de malaise car une séparation claire s'établit entre les bénéficiaires du plan – qui se rangeaient lâchement à l'avis du conseil d'administration – et leurs opposants qui n'avaient rien à perdre. Une pétition circula. Les syndicats s'en mêlèrent et une petite délégation alla jusqu'à faire le siège du bureau du directeur général adjoint. Tout ce ramdam faisait mauvaise impression en interne et fuita dans la presse. Dans un premier temps le conseil d'administration informé de cette sédition prit des gants et délégua secrètement un représentant auprès du directeur frondeur. En tant que membre du comité directeur il devait être solidaire du vote du comité et de ses pairs. On lui rappela que le monde de l'entreprise n'était pas une démocratie et seuls les talents rares devaient être distingués. En conséquence, sa démarche était considérée comme illégitime. L'entretien devint houleux quand l'intéressé s'exprima. Non, il ne l'entendait pas ainsi ! Les promesses devaient être respectées, tous participaient à la réussite de la filiale. La direction avait obligation de reconnaître la contribution de chacun de ses salariés, sinon le projet d'entreprise échouerait... L'approche diplomatique n'ayant rien donné de concret, le Président dut prendre l'affaire en mains et convoqua le trouble-fête dans son bureau.

— Bonjour Laurent, je t'en prie, assis-toi, lui dit-il sans arriver à complètement dissimuler son énervement.

— Merci, répondit laconiquement l'autre. Il attendait que les hostilités commencent.

— Tu sais pourquoi je t'ai fait venir ? Oui, tu t'en doutes... Ne tournons pas autour du pot, te rends-tu comptes de la situation où tu nous mets ? La procédure d'attribution est engagée ! On ne va pas tout remettre à plat au motif qu'un bon samaritain s'est manifesté !

L'autre le fixait sans ciller et prit son temps avant de rétorquer :

— Je ne partage pas ton avis, ce processus est arbitraire et, en conséquence, discriminatoire... Je ne peux y souscrire.

— Tu as le droit d'avoir un avis mais en tant que cadre dirigeant tu dois non seulement te plier à mes décisions mais - de surcroit - les faire exécuter !

En fait le directeur rebelle jouait sa dernière carte après avoir été écarté du poste de PDG lors de la création de la filiale. Il tentait de déstabiliser son rival ; son véritable mobile fut dévoilé en coulisses et sa position s'affaiblit rapidement. L'issue de sa confrontation avec le PDG eut des répercussions immédiates et le récalcitrant fut poussé vers la porte peu de temps après.

Au pays des puissants, il ne faut pas frayer avec la plèbe. En violant cette règle tacite, celui qui se voyait en héros de la cause méritocratique avait signé son arrêt de mort, du moins celle de sa carrière professionnelle au sein d'*Operandi*. La démocratie triomphait puisque, campant dans ses positions, la majorité l'emportait, non pas celle qui réclamait que tous les salariés disposent des mêmes droits mais bien celle des plus forts qui emmenait dans son sillage la moitié du personnel plus une voix.

Le banni retomba aussitôt sur ses pieds : appartenant à un grand corps d'état, il se vit proposer un poste honorifique au sein d'un grand groupe du CAC 40 où il allait œuvrer tranquillement pendant de longues années.

Cet épisode peu glorieux entérinait que la filiale d'Arthus, en dépit de sa jeunesse et de son ADN n'échappait pas pour autant aux codes séculaires du management à la française, nourri de préceptes où les plus gradés se réservent l'essentiel des privilèges et prébendes existantes dans l'entreprise.

Arthus et ses collègues ne devaient l'honneur de faire partie des VIP ayant reçu des stock-options qu'à la peur de la classe dirigeante de les voir convoler vers des horizons plus généreux. Si l'agitation passagère produite par cette histoire de revendication s'estompa, Arthus savait que le jour où les vents tourneraient, la fraternité de façade se briserait. Il en allait ainsi de toutes les organisations humaines et sur ce sujet Internet n'abusait que les plus candides. En attendant, les cadres trentenaires profitaient sans retenue de cette parenthèse prolifique.

Confusion des sens

Pas une semaine sans que la presse ne publiait de pages où s'affichaient des mannequins vedettes dans les poses les plus suggestives, pas un mois sans qu'une actrice ne fasse parler d'elle en dévoilant sur le papier glacé ses formes dans une aguichante mise en scène. Tout s'organisait autour d'une érotisation croissante de la vie quotidienne, chaque jour la publicité bombardait d'images de jeunes femmes en sous-vêtements ou bien nues pour vanter aux consommateurs les bienfaits de pilules ou de crèmes miracles. Le petit écran n'était pas en reste, faisant défiler les clips vidéos où la gent féminine ne semblait vivre qu'en maillot de bain et petites culottes. La sensualité faisait vendre, les publicitaires l'avaient bien compris. Les journalistes aussi, c'était à celui qui dévoilerait le plus de chair féminine. Des vedettes du cinéma n'hésitaient plus à se livrer à des postures lascives en tenue d'Ève dans le but de relancer une carrière en pointillés.

Des couvertures qui auraient été censurées pour atteinte à la pudeur il y a encore trente ans étaient désormais encensées par les médias et commentées par les sociologues. D'ailleurs les jeunes filles suivaient leurs aînées en arborant les artifices ultimes de la séduction, soutiens-gorge en dentelle et culottes brésiliennes. A seize ans, on n'avait plus affaire à des adolescentes mais à des créatures revendiquant une féminité exacerbée. Dans un tel environnement, la place de l'homme était devenue délicate, louvoyant entre une approbation passive et un trouble face à ce chatouillement permanent du désir sexuel.

Difficile alors de ne pas imaginer les collègues féminins croisées dans les couloirs autrement qu'en lingerie comme sous l'effet de rayons-X qui s'arrêteraient seulement aux couches inférieures des vêtements. Pourtant cette tentation publicitaire ne constituait pas une invitation et ces médias – jouant avec les sens de la gent masculine – n'étaient pas prêts à assumer les conséquences d'une telle attitude. Pouvait-on exciter l'imagination de manière constante et reprocher ensuite au sexe fort ses comportements insistants ? Ce double langage occultait la réalité humaine, celle où l'érotisme aiguisait les appétits et encourageait les atteintes à des mœurs convenables. La préoccupation des publicitaires se réduisait à jouer avec les pulsions primaires. C'était une stratégie qui ne disait pas son nom et l'esquisse sexuelle se répandait partout. La condamner c'était la certitude de passer pour un réactionnaire.

Le monde hystérique dans lequel Arthus évoluait s'inscrivait pleinement dans cette atmosphère. Les femmes avaient l'obligation d'être sexy et habillées de façon à susciter l'attention immédiate de leurs homologues masculins. Une étude menée par une université fit grand bruit, en révélant la corrélation entre le coefficient de séduction et la promotion des femmes dans l'entreprise. Boris Vian avait intitulé un de ses livres « Et on tuera tous les affreux » sans penser que l'avenir lui donnerait raison quelques décennies plus tard. En effet, une plastique imparfaite vous vouait à être relégué à des tâches subalternes dans un univers où la performance allait de pair avec un physique attirant. Comment rester de marbre face à ce déferlement d'images provocantes et subliminales pour la libido ? Sans compter la déferlante porno-chic à laquelle donnait accès en un clic les méandres de l'internet. Curieux concept car, aux yeux d'Arthus, « des couples qui baisaient en smoking et robe longue, ça restait toujours du porno ! ».

Certes, les pays anglo-saxons arrivaient à juguler les pulsions sexuelles dans l'environnement professionnel mais au prix d'une hypocrisie flagrante ; les scandales à haut niveau éclaboussaient de temps à autre les directeurs généraux, députés et hauts fonctionnaires, se soldant systématiquement par une mise à l'écart en bonne et due forme, accompagnée souvent d'une repentance publique poisseuse. L'Amérique puritaine, championne autoproclamée de la démocratie, ne deviendrait réellement le pays de la Liberté que le jour où seront acceptées les relations sexuelles dans le contexte professionnel…

Les pays latins, nettement plus conciliants, toléraient les écarts de conduite si les coupables savaient les taire. Un secret de polichinelle était acceptable, une affaire étalée aux yeux de tous, non ! Il suffisait de suivre ce principe et tout allait bien.

Quelques compagnons de bureau qui taquinaient régulièrement leurs homologues féminins entrainèrent Arthus pas-à-pas sur ce terrain mouvant. C'était une guerre d'usure. La distance entre collègues se réduisait progressivement lors des réunions. Il était difficile de maintenir son attention quand à quarante centimètres de vous un décolleté généreux vous narguait depuis le début de la matinée. Vous aviez tout le loisir d'admirer la courbe d'une nuque, le dessin de lèvres ou la finesse d'une cheville. La fatigue aidant, ces détails anodins prenaient une saveur toute particulière et engendraient chez Arthus un réel tourment dès que la réunion tournait au tête-à-tête. La perfection du lobe d'une oreille, une mèche relâchée sur les épaules, un chandail très ajusté, tout devenait propice à faire entrer un je-ne-sais-quoi de langueur dans cet univers rigoureux et aseptisé. Le plus souvent cet instant où la séduction fait irruption dans le décor était ressenti des deux côtés. Celle qui était à l'origine de l'émoi chez l'autre s'arrêtait et le dévisageait, consciente de perturber par sa plastique la séance de travail. Flattée mais pudique, elle reprenait alors la conversation. Certaines rougissaient dans ces moments-là.

Une histoire amusante survint quelques temps après l'introduction en bourse. Arthus avait pris l'habitude d'arriver plus tôt que son manager chaque jour. Une tactique assumée pour se faire remarquer. La disposition de l'étage et de ses ascenseurs obligeait son chef à passer devant la porte de bureau d'Arthus tous les matins mais un beau jour Arthus remarqua que celui-ci s'était déjà défait de son manteau quand il vint le saluer. « Pourquoi faisait-il maintenant tout un détour pour gagner son bureau ? » Son manager empruntait désormais l'ascenseur à l'autre bout du bâtiment, ce qui rallongeait significativement son parcours dans les couloirs de l'étage. Arthus s'enquit de ce changement. Un large sourire éclaira le visage de son interlocuteur.

— Eh bien si tu veux connaître la réponse, fais-en de même…

Le lendemain, Arthus se livra donc au même rituel et constata qu'il n'était pas le seul. En effet, en arrivant dans un des angles du bâtiment une cloison vitrée dévoilait un bureau paysager occupé par trois jeunes femmes. Celle se trouvant le plus près de la vitre avait un physique à couper le souffle. Une suédoise ou une hollandaise à la plastique parfaite et vêtue très court. Le spectacle valait la peine que se donnaient un petit nombre de cadres masculins à rallonger leur trajet matinal… Arthus poursuivit son chemin et tombait sur son chef au coin d'un couloir.

– Alors, satisfait ?

– C'est le moins qu'on puisse dire… mais qui est-ce ?

– La dernière recrue du Directeur Général Adjoint. Il lui a confié un dossier stratégique d'après ce que je sais.

– Je vois le genre… commenta Arthus, la mine complice en retournant vers son bureau.

Ainsi l'entreprise de séduction implicite des femmes dans le contexte professionnel rythmait leur quotidien. Il était vain de penser s'en affranchir, tout spécialement dans une firme aussi jeune qu'*Operandi*. La faible présence de couples mariés favorisait les relations d'un soir. Cela ne portait pas à conséquence mais témoignait davantage de l'état moral de l'entreprise où les timorés s'écartaient irrémédiablement de la course au pouvoir. Ainsi, s'avérer sexuellement performant vis-à-vis de ses collègues féminins était indirectement un gage de réussite. La confiance inhérente à cette pratique dopait l'ego et rendait infinitésimales les tracasseries du bureau. C'était un indicateur de compétitivité. Quant à Arthus, il y voyait un intérêt supplémentaire ; il comptait bien se servir des secrets d'alcôves pour affermir sa position au sein de l'organisation…

Et, heureusement, les femmes - tout autant que les hommes - sont dotées d'un cerveau reptilien, siège des pulsions sexuelles que des millénaires d'évolution de la race humaine n'ont pas réussi à atrophier, preuve que le Créateur a jugé bon qu'on ne puisse s'en passer sans mettre en péril l'espèce humaine.

Retour des costumes-cravates

L'été passa sans heurt, comme une accalmie avant la tempête. Cependant dès septembre une série d'indicateurs alarmèrent les bourses mondiales. Aux États-Unis, les annonces par la presse de la première faillite retentissante du secteur incitèrent certains fonds d'investissement à se dessaisir de participations. Le rythme des levées de fonds stoppa net dans l'attente de la publication de résultats trimestriels de sociétés internet en vue. Malheureusement les contre-performances se succédèrent et tout alla de mal en pis. Aussitôt un vent de défiance s'installa, suivi peu après d'un mouvement de panique. Les cotations boursières chutèrent brutalement avant les vacances de Noël. La nervosité gagna également les grands groupes et même *Operandi* n'y échappa. Le ton de la direction changea sensiblement : les résultats n'étaient pas bâtis sur du sable mais la filiale ne délivrait pas les objectifs annoncés. Le temps du contrôle des dépenses était venu. Pourtant les directeurs généraux se montrèrent apaisants et le comité d'administration renouvela sa confiance à l'équipe dirigeante. Cette annonce fut en réalité un cataplasme, même si la taille d'*Operandi* la protégeait pour l'instant d'une réorganisation en profondeur, synonyme de plan social.

Les convulsions qui s'étaient saisies du monde de l'internet depuis quelques temps inquiétaient le conseil d'administration. La filiale enregistrait un retard croissant par rapport à son budget. Le comité de direction prétexta une mauvaise organisation pour procéder à des remaniements mais sans résultat probant. Ces changements d'organigramme devenaient récurrents, tel service était subitement rattaché à tel autre. Le mécontentement grondait autour de la machine-à-café et la mauvaise humeur vint se rajouter à cette atmosphère de fin de règne. Les prévisions de chiffre d'affaires avaient été trop optimistes et le trou grossissait au fil des mois. L'impuissance chronique à tenir les engagements financiers décrédibilisait les dirigeants d'*Operandi* qui s'empêtraient dans des justifications confuses. Les plus fidèles laissaient maintenant percer leur inquiétude sur la conduite des affaires quotidiennes. La direction semblait dépassée par les évènements. La fête était finie, incapables d'infirmer une tendance qui engendrait toujours plus de pertes. Arthus et les autres salariés étaient condamnés à faire bonne figure mais sans conviction. Les tenues bigarrées à la mode disparurent du paysage, les jeans furent remisés, les chemises strictes et les costumes gris revinrent sur le devant de la scène. Les managers arboraient de nouveau des cravates où l'originalité était bannie. La hiérarchie affichait désormais ostensiblement la différence de rang vis-à-vis des juniors. Plus les nouvelles des concurrents étaient mauvaises, plus une ambiance anxiogène se développait. Les choses se précipitaient, l'euphorie cédait place à la nervosité. Une somme de petits détails alertait Arthus au jour le jour. L'excitation de la folle période passée maintenait l'adrénaline au rendez-vous mais le sentiment général était plutôt celui d'un danger imminent. On commença à s'éviter entre services, puis à s'isoler. La peur est une longue maladie qui ne dit pas son nom. Des rapprochements avaient lieu secrètement, on recherchait une protection auprès d'un Directeur en vue, dans l'espoir d'échapper au plan social qui se profilait. Certains persistaient à croire à une rémission possible. « Cela va s'arranger » disaient-ils en public, essayant de se convaincre eux-mêmes. Mais l'aveuglement des dirigeants avait poussé l'entreprise dans une ornière. Il était trop tard pour changer de cap et s'extraire du bourbier dans lequel s'enlisait la nouvelle économie. Tous les sites internet subissaient de plein fouet le manque de réalisme des plans prévisionnels qui s'effondraient comme des châteaux de cartes. Les investisseurs retiraient à la sauvette leurs billes, tentaient de se séparer de leurs participations financières à bas prix. Le désamour était maintenant proportionnel à l'attraction incroyable qu'avaient suscitée ces start-up dans les premières étapes de leur existence. La cote d'*Operandi* suivait dès lors un cheminement similaire et la morosité gagnait tous les collaborateurs, désagrégeant petit-à-petit le tissu social de la filiale. Le moral des troupes suivait l'évolution du cours de bourse et les premières faillites retentissantes entrainaient dans leur sillage les autres valeurs internet cotées. Étonnamment, Arthus se sentait pleinement vivre, mû par l'impatience de voir ce que allait être son lendemain.

Le formalisme accompagna le retour des costumes-cravates : la direction générale demanda à tous de publier les heures passées par projet, comme un dérisoire contrôle de la productivité. Voulait-on stigmatiser les plus fragiles ? Le ralentissement de la nouvelle économie les touchait directement : les annonceurs issus de l'économie classique freinèrent dans l'attente de savoir quels acteurs survivraient, histoire de ne pas avoir à payer les pots cassés. La convivialité qu'Arthus avait connue en interne disparut, le temps de la suspicion commençait. « Qui étaient les vrais responsables de ce désastre en gestation ? » Le comité de direction aimait mieux se focaliser sur les erreurs supposées des chefs de service que de faire un mea culpa. Néanmoins, ces gros chats se méfiaient les uns des autres, un plan social étant incontournable. On ne pouvait plus pénétrer dans le bureau d'un directeur sans rendez-vous préalable. Toute l'organisation se rigidifiait, un carcan s'installait dans la filiale et nul ne pouvait s'y soustraire. L'atmosphère devenait pesante et la prudence une vertu prépondérante. La dissimulation s'insinua, certains, en proie à une oisiveté latente, truquèrent les rapports d'activité pour passer inaperçus. Mais plus personne ne les lisait car ces documents concernaient un nombre trop important de salariés et de détails. Il aurait fallu affecter quelqu'un à temps plein pour être capable de produire une analyse pertinente. Impossible de tout contrôler, rien ne fonctionnait plus malgré la contenance derrière laquelle se cachaient les dirigeants. « Étaient-ils conscients de cet état ou bien, plus cyniquement, se consacraient-ils déjà à sauver leur têtes ? » Arthus ne savait dire quelle portion de l'effectif était désœuvrée dans l'attente de nouvelles directives qui auraient provoqué un électrochoc salvateur. Il n'était pas rare qu'Arthus surprenne au détour d'un couloir certains de ses collègues alanguis à la fenêtre, discutant de sujets sans queue ni tête, ce qui tranchait avec leur habitude affairés à leurs ordinateurs. Les projets gelés, le manque d'orientations du management, la valse des réorganisations plongeaient la communauté dans un désarroi grandissant où les repères s'atténuaient. L'entreprise semblait se figer.

Ce fut un soir que le bruit circula, puis s'amplifia. La déclaration fatidique serait pour le lendemain, les syndicats affirmaient pouvoir faire traîner pendant des mois la menace d'un plan social… ce qui laissa tout le monde dubitatif car au final les licenciements seraient bien là. Et ceux qui allaient conduire l'enterrement étaient les mêmes qui avaient recruté la plupart des employés de la filiale. Le paternalisme bienveillant des débuts avait fait place nette à une indifférence froide. Arthus compris qu'il était temps pour lui de respirer un air purifié et se mit en chasse d'opportunités.

Heureusement, la taille du Groupe engendrait une profusion de postes à pourvoir au sein d'autres divisions, le salarié lambda effectuant une mobilité tous les deux à trois ans. La rotation de l'effectif était une source inépuisable de possibilités d'évolution professionnelle. Cependant, il fallait séparer le bon grain de l'ivraie car beaucoup de fonctions étaient restreintes à une exécution sans marge de manœuvre où les managers exerçaient un gouvernement total sur les actions de leurs collaborateurs. Tout reposait donc sur la capacité du salarié à grimper les échelons en sélectionnant avec attention les postes ayant le vent en poupe. L'autre tactique consistait à s'attacher à un manager ayant l'autorité suffisante pour soutenir vos prétentions. La majeure partie du management se contentait de vous récompenser par une augmentation misérable comme le stipulaient les accords salariaux entre la direction du groupe et les partenaires sociaux, ce qui compensait à peine l'inflation. A trente ans, Arthus s'imposait d'obtenir des hausses salariales de l'ordre de dix pour cent par an, conscient qu'après la quarantaine son attractivité chuterait rapidement, le rapport de force basculant en faveur des ressources humaines à cause de la raréfaction des fonctions d'encadrement au sein de la pyramide hiérarchique. En outre, plusieurs années d'augmentation ininterrompues pendant la trentaine vous amenaient à un niveau de salaire suffisamment élevé pour vivre confortablement. Il fallait donc monter le plus vite possible. Arthus avait identifié un autre phénomène : quand deux managers postulaient sur le même poste, c'était systématiquement celui qui était le mieux payé qui l'obtenait. Comme si le salaire reflétait fidèlement la capacité à faire avancer l'organisation. C'était insensé mais il en était ainsi.

Gueule de bois

L'annonce du plan social avait conduit à une longue attente de plusieurs mois au cours desquels les instances représentatives du personnel avaient usé de tous les recours pour empêcher une telle procédure. Un communiqué de presse laconique de la Direction Générale doucha les derniers espoirs. Les représentants syndicaux assuraient vouloir négocier jusqu'au bout mais que pouvait-on vraiment espérer ? La messe était dite depuis au moins douze mois quand la succession de résultats trimestriels en deçà des objectifs budgétaires résonnait à intervalles réguliers aux oreilles de tous. Il n'y avait plus d'échappatoire, chacun était soucieux. Les soupirs de dépit devenaient monnaie courante en réunion ; personne n'osait croire à un renversement de tendance que la direction s'entêtait à prédire.

Ce qui fut vécu comme une traitrise du comité de direction marqua la fin d'une époque et déclencha un changement radical des comportements : les salariés cessèrent de s'investir au quotidien. Accaparés par la conclusion prochaine, un grand nombre se prononça en faveur d'un plan de départs volontaires, c'est-à-dire négocié. En fin de compte les salariés de la nouvelle économie acceptaient d'être licenciés pour peu qu'on leur offre un joli pécule de départ... Majoritairement trentenaires et encore insouciants en dépit des faillites de nombreux sites internet, Arthus et ses pairs étaient confiants dans leur capacité à retrouver rapidement un job dans un autre secteur d'activité.

Beaucoup accueillirent avec soulagement cette annonce car tous sentaient que la filiale avait perdu sa vitesse de croisière, les discours lénifiants ne suffisaient plus à occulter une situation intenable depuis longtemps. L'urgence était maintenant de se désolidariser du plan social afin d'obtenir des indemnités de licenciement plus élevées que le montant légal plafonné, en négociant de gré-à-gré. Chacun savait que la compensation financière lorsqu'elle comprenait plusieurs centaines de collaborateurs était réduite mécaniquement car la direction ne raisonnait qu'à l'aune de l'enveloppe globale. Les premiers à négocier leur départ augmentaient la probabilité de maximiser leurs indemnités de départ. Ce fut donc une course contre la montre qui débuta pour les plus intrépides.

Des assemblées s'improvisaient où de violentes harangues déchiraient les participants en factions aux avis divergents. On se disputait la question de savoir s'il fallait refuser catégoriquement le plan social au motif que le groupe faisait des bénéfices ou bien de poursuivre avec fermeté le dialogue afin d'augmenter le montant des indemnités. Les plus déterminés parlaient de deux ans de salaire en arguant du marasme économique du secteur. Arthus était peu tenté par cette aventure, préférant sauver sa peau et rester au chaud pendant l'orage.

L'afflux d'anciens salariés de l'internet sur le marché du travail allait impliquer une forte compétition à l'extérieur de l'entreprise, tous ne retrouveraient pas du travail dans l'immédiat. Le nombre de licenciement avait été fixé à deux cent, soit un tiers du personnel. Ces coreligionnaires maintenaient un semblant d'activité, pourtant nul n'était dupe. Rapidement, les horaires à rallonge disparurent, remplacés par un simple temps de présence. Arthus n'échappa point au phénomène. Il arrivait dès lors vers dix heures trente, passant le plus clair du temps à la machine-à-café pour débattre des récentes avancées des négociations menées par les représentants du personnel. Vers quatre heures de l'après-midi, les bureaux se vidaient avec empressement. Le découragement s'était substitué à la désillusion.

Les responsables d'équipe essayaient tant bien que mal de remotiver les troupes. C'était cause perdue aussi longtemps que la liste des congédiés ne serait publiée. Le nombre fixé de départs induisait inévitablement que certains seraient poussés vers la sortie. Étonnamment, les salariés oubliaient leurs dissensions et faisaient bloc quand la direction s'adressait à eux. Elle stigmatisait ce fiasco économique et humain. Le capital-confiance s'était effondré et les membres du comité de direction, devenus des parias, n'osaient plus descendre aux étages inférieurs et s'isolaient. On murmurait dans les couloirs qu'ils avaient déjà monnayé leur soutien au plan social contre un poste confortable dans une division du groupe. D'autres avaient préféré prendre le large. On colportait que le directeur général avait quitté le navire avec un chèque rondelet de trois cent mille euros… Internet ne s'était pas départi de sa surenchère habituelle. Les forums de discussion étaient pris d'assaut par des salariés qui s'improvisaient juges. Finalement la révolution du net se prolongeait et donnait un visage nouveau à la transparence numérique tant célébrée auparavant. Les médias se moquaient des excès d'hier et saluaient ce retour brutal au réalisme économique. Les salariés étaient défaits mais cette gueule de bois était salutaire à la survie d'*Operandi*. Aucune organisation ne peut vivre indéfiniment au-dessus de ses moyens.

Maintenant le plus délicat restait à entériner : coucher sur le papier le nom des volontaires.

A l'issue de mois éprouvants de dissensions, la direction accorda sous la pression des syndicats une mesure d'accompagnement. Celle-ci s'avérait généreuse avec un dispositif qui octroyait jusqu'à dix-huit mois de salaire selon les situations personnelles pour une ancienneté moyenne de trois ans qui correspondait à l'existence de la filiale. De surcroit, cette indemnité substantielle n'était pas assujettie à l'impôt sur le revenu, ce qui équivalait à verser l'équivalent de plusieurs années de salaire en une seule fois, à bien y réfléchir. « Combien un salarié arrive-t-il à épargner par an sur la base de sa rémunération annuelle ? » Les représentants syndicaux expliquèrent les critères qui entraient en ligne de compte pour écarter certaines typologies de salariés. Les pères et mères de famille étaient protégés prioritairement ; les célibataires en faisaient directement les frais. Le nombre d'enfants jouait également un rôle déterminant mais le principal critère résidait dans l'aspect stratégique de la fonction occupée, définition bien vague qui causa la colère des concernés.

Une nouvelle période s'ouvrit, au cours de laquelle la direction des ressources humaines allait passer en revue les dossiers de tous les salariés. Mais en premier lieu, l'appel aux candidatures spontanées était supposé réduire les sentences irrévocables. Le nombre de licenciements imposés se ferait après connaissance des volontaires au départ. Bientôt l'on sut que le nombre des postulants était insuffisant sur la base de l'évaluation faite par les syndicats. Il semblait que les jeunes cadres n'étaient pas aussi enclins à voler vers d'autres cieux que ce que prévoyait la direction du personnel.

Une grande confusion s'ensuivit. Comme une nuée de moineaux que l'épervier alarme de ses cris, la belle entente affichée face aux directeurs généraux vola en éclat.

Certains militaient pour que le plan soit restreint aux seuls célibataires, prétextant que la charge d'une famille comportait des obligations d'une autre portée. A la contestation du plan social, s'ajoutait désormais la clameur des querelles internes. La lutte pour la survie instillait la zizanie et faisait les affaires du comité de direction. Le fonctionnement de l'entreprise s'en trouva complètement paralysé et paracheva la dégradation des résultats. La filiale était vouée à une mort lente, à petits feux et il devenait évident que ces licenciements n'étaient que les prémices douloureux d'une réorganisation plus vaste, plus profonde où le conseil d'administration d'*Operandi* ferait table rase de toute l'activité. Le membre gangréné devait être amputé ; il était déjà trop tard pour le sauver. Arthus souriait avec compassion lorsqu'il voyait les meneurs de la révolte s'agiter pour préserver les emplois. Leur aveuglement les rendrait coupables demain face à leurs camarades. On ne pouvait leur jeter la pierre, ils faisaient penser à une colonne de fourmis encerclée par le feu et qui, acculés à la rivière, préfèrent monter sur une feuille flottant à la surface de l'eau pour tenter d'échapper au désastre. La frêle embarcation chavirerait inévitablement et seuls ceux qui savaient nager réussiraient à atteindre l'autre rive. Autant se jeter à l'eau tout de suite pour ne pas risquer d'être entrainé par les autres naufragés.

Le chant des sirènes

Arthus marchait le long des quais de Seine depuis une demi-heure environ, emmitouflé dans un manteau épais. La nuit avait recouvert la ville. Le froid mordant de l'hiver avait chassé les derniers touristes qui s'étaient réfugiés dans leurs hôtels. Les lampadaires éclairaient l'avenue de leur lumière pâlotte. Arthus tourna à gauche pour se diriger vers le restaurant où l'attendait une jolie trentenaire.

C'était un ancien café au coin de la rue de Rivoli, redécoré par les soins d'un styliste connu, transformant l'endroit en temple de la gastronomie à la française, très apprécié des cadres d'entreprise à la sortie des bureaux. Le restaurant-bar était réputé comme lieu de drague un peu chic, avec une programmation musicale pointue comme fond sonore. C'était idéal pour un premier rendez-vous, les femmes étant toujours sensibles à une atmosphère détendue et conviviale.

Un peu plus tôt dans la journée, prenant son courage à deux mains, Arthus avait résolu de tenter sa chance. Elle partageait un bureau avec un collègue sans importance qui essayait de lui faire la cour piteusement. Décidé à passer à l'offensive, Arthus prétexta pour se débarrasser du gêneur que l'assistante du grand patron attendait cet encombrant colocataire. Une fois seul avec elle, Arthus engagea la conversation par quelques banalités. C'est une grande fille brune au teint clair. Sa taille de guêpe et le galbe de sa poitrine lui dessinaient une silhouette de mannequin sur laquelle venaient se fixer à la dérobée les regards des directeurs de départements. Arthus se retournait quand il la croisait dans les coursives. Sa cible était apparemment célibataire et plus âgée que lui de quelques années. Après avoir pris des renseignements auprès d'une assistante, il savait qu'elle s'appelait Camille. Son épaisse chevelure noire de jais tombait en cascade sur ses épaules. Elle devait être agacée par les coups d'œil répétés de ses homologues masculins car elle ne portait jamais de robe ou de tailleur, se limitant à des pantalons droits de couleur noire. Ses lèvres finement dessinées empêchaient de rester impassible lorsqu'elle décrochait un sourire. Indéniablement, elle avait du charme mais s'abstenait d'en jouer. Arthus la devinait timide. Aussi était-il hésitant sur la conduite à tenir, l'important était de ne pas la brusquer. Par petites touches, Arthus avait entrepris d'avoir des échanges avec elle, en prenant soin de ne pas attirer l'attention des autres. Il craignait les rumeurs, susceptibles de lui porter préjudice dans le cadre d'une possible promotion. Par ailleurs, Arthus avait déjà eu une aventure au sein d'*Operandi* et il aurait été dangereux qu'elle finisse par être au courant du précédent.

Elle lui paraissait inaccessible car trop distante mais Arthus ne se départit pas de son idée et, à brûle-pourpoint, l'invita à prendre un verre le soir même. Étonnée par cette demande, elle parut troublée mais ravie. Passée la surprise, elle accepta l'œil pétillant. Les pas du collègue se rapprochant, Arthus fila à l'anglaise avant d'avoir à fournir des explications embarrassantes.

Il rit sous cape en regagnant son bureau, imaginant la tête du chevalier-servant s'il savait qu'en quelques minutes Arthus avait engagé l'affaire pour laquelle lui-même montrait une telle persévérance en vain depuis des mois. Arthus expédia les rendez-vous de l'après-midi, puis partit s'apprêter pour le dîner. Il adopta pour l'occasion une tenue plus décontractée que le costume-cravate.

Le nom de l'établissement figurait sur l'enseigne en fer-blanc accrochée à l'attention des touristes au-dessus de la porte d'entrée. Le Fumoir renvoyait au passé de la bourgeoisie du XIXème siècle, époque où l'on réservait dans les grands hôtels à ces messieurs une salle pour fumer, belle excuse pour se retrouver entre hommes. Le restaurant portait bien son nom et Arthus navigua entre les volutes de fumée des cigarettes des occupants. On l'accompagna à une table.

Un instant plus tard, elle apparut. Il était un peu nerveux mais n'ignorait pas qu'il devait en être de même pour elle. Elle était peu préparée à ce tête-à-tête impromptu alors qu'Arthus, lui, comptait bien mener le dialogue. Elle s'assit au fond de son fauteuil. Sur la défensive, pensa-t-il. Il est vrai que ce rendez-vous était un peu précipité.

– Tu n'as pas eu de mal pour venir ? questionna Arthus.

– Non, c'était direct en métro. Tu étais déjà venu dans cet endroit ?

– Oui mais il y a longtemps, ils ont refait le décor depuis….

La serveuse leur apporta la carte des menus. Arthus commanda deux coupes de champagne pour réchauffer la discussion. Elle avait mis un col roulé moulant qui soulignait la sensualité de ses courbes et elle dut se rendre compte qu'il l'examinait car elle lui sortit tout à trac :

– Je ne sais pas pourquoi tu m'as invitée mais tu ne dois te faire aucune illusion, je suis en couple.

« Un peu sec comme entrée en matière ! » jugea Arthus qui s'attendait à davantage de compréhension de sa part mais il ne se laissa pas démonter et sourit en guise de réponse, ce qui la décontenança.

– Eh bien, au contraire je me dis que si tu as fait le déplacement jusqu'ici c'est que le jeu est ouvert ! riposta Arthus avec aplomb.

Déroutée par cette réplique, elle resta muette pendant un court laps de temps, observant le curieux personnage qu'il était comme pour déchiffrer une énigme. Il sentit qu'il avait marqué un point et, de toute façon, son affirmation était la stricte vérité. Elle n'avait pas fait tout ce chemin par hasard… Peu importe qu'elle soit en couple, elle devait vraisemblablement se cantonner dans un train-train quotidien. Une pincée de sel dans son existence pourrait suffire à bousculer ses certitudes. A la suite de cette introduction abrupte, Arthus convint de procéder par étape. La belle était farouche et sa conviction pas encore acquise. Ça tombait bien, il avait tout son temps.

Le repas se déroula dans un climat de séduction qu'il ponctua de ses reparties. Elle rit à plusieurs reprises, se détendant enfin. Quand Arthus la taquinait sur son collègue avec qui elle partageait son bureau, elle lui répondit avec spiritualité. Il apprécia et se remémora la phrase de Baudelaire : aimer les femmes intelligentes est un plaisir de pédéraste. « Quelle erreur ! Rien de plus excitant qu'une femme d'esprit, condition indispensable pour élever la mécanique d'un rapport sexuel au stade du raffinement... » se fit Arthus.

Il la questionna sur elle, ses loisirs, ses lectures, ses voyages. Il voulait éclaircir le point de son concubin mais redoutait de la froisser et de gâcher la connivence qui s'installait entre eux. Il fallait savoir être beau joueur. Après tout, c'était à elle de régler ce problème… et Arthus n'était pas le cocu de l'histoire.

Le dîner achevé, ils sortirent bras dessus, bras dessous. Arthus la raccompagna à un taxi en donnant ce qu'il fallait au chauffeur pour la ramener chez elle. Elle protesta et disparut – reconnaissante – dans le véhicule. Il la salua de la main tandis que le taxi démarrait. Content de la soirée, Arthus fila vers la bouche de métro la plus proche. Ce préambule était prometteur et il se réjouit à l'avance de leur prochaine rencontre. Arthus planifia de définir avec elle les règles à suivre au bureau afin de ne pas donner d'indices aux autres collaborateurs et risquer d'offrir le flanc à des bruit de couloir.

Des amis bien utiles

Operandi prenait l'eau de toute part. Les amitiés d'hier n'étaient plus que de l'histoire ancienne. Tout le monde jouait des coudes pour survivre. Les membres de la direction générale avaient pris les devants, soit en partant à la concurrence, soit en bougeant en interne. Pourtant, les postes équivalents étaient rares. Au milieu de cette débandade, l'afflux de candidatures modifia subitement le processus de recrutement. Ceux qui appartenaient à un réseau étaient certains de retrouver une place au chaud.

Google avait révolutionné l'internet au-delà de la simple possibilité de recherche : c'était la mémoire vive du web, un endroit de conservation de toutes les données numérisées. Pour peu que vous ayez partagé ou publié des notes, des photos, des vidéos, ce passé pouvait ressurgir en un clic et révéler ce que vous pensiez enfoui. Vos amis risquaient à tout moment de vous causer du tort en postant des photos indiscrètes sur des pages perso. Un terme fit son apparition caractérisant cette réalité, on parla de Google-iser. L'inconvénient de l'absence de censure sur le net était que le pire s'y trouvait également. La transparence tant applaudie avait un revers à la médaille. Vos faiblesses, compromissions, erreurs de jeunesse y étaient enterrées quelque part et une requête en ligne suffisait à les faire remonter à la surface. Internet devenait donc un peu plus chaque semaine un cloaque accessible à tous, y compris à vos ennemis cachés.

Depuis le début du processus de licenciement, l'attention d'Arthus avait été attirée par des signes étranges concernant plusieurs directeurs proches du comité de direction. Maintes fois, il s'était demandé s'il n'y avait pas un lien particulier entre une dizaine de hauts cadres. La rivalité entre les départements était visible et deux ou trois projets conflictuels s'étaient résolus comme par magie, sans heurt comme si en coulisse quelqu'un avait réconcilié les positions divergentes. Ayant été le porteur d'un de ces dossiers et malgré le désir de son manager d'imposer sa vision au détriment d'une autre équipe, Arthus avait été déconcerté en revenant d'un week-end d'apprendre que le raisonnement de son supérieur hiérarchique avait subitement changé pour rejoindre celui de ses opposants. Les directeurs s'étaient parlé et, contre toute attente, la guerre n'avait pas été déclarée.

Le plan social réveilla sa suspicion. Existait-il une entente secrète entre plusieurs cadre-dirigeants du groupe ? Google permettrait d'éclaircir cette présomption. Arthus tapa les noms de suspects les uns après les autres jusqu'à obtenir un nombre suffisant de liens donnant accès aux petits secrets des intéressés. Il avait vu juste ! Ce cercle tirait son origine d'un groupe d'étudiants en troisième cycle universitaire où ils avaient noué des relations solides, puis ils s'étaient fait recruter dans la même filiale grâce au leader de la bande qui avait été promu directeur financier. Arthus comprenait mieux désormais pourquoi de tels revirements avaient lieu. Ces conjurés donnaient le change, sans jamais compromettre leur pacte souterrain. Fort habilement, une telle association leur avait permis de décrocher les postes clés et les avantages qui allaient de pair. Dès lors que le navire coulait, ils s'organisaient clandestinement pour se recaser proprement et vite. Ils tiraient les ficelles du plan social qui avait été imposé par le conseil d'administration, en apparence ils affichaient leur loyauté à l'entreprise mais en réalité ils œuvraient exclusivement pour leurs intérêts personnels. A l'aune de cet exemple, Arhus arrivait à la conviction que l'Entreprise différait de l'École puisque les premiers de la classe devaient leur promotion à leur capacité à tricher ! On pouvait être sûr qu'ils allaient mettre toute leur influence dans la balance pour la désignation des salariés à congédier. Autant dire que les critères officiels menaçaient d'être biaisés en fonction des affinités. En ce qui concernait Arthus, il était trop tard pour entrer dans ce jeu, une allégeance tardive ne tromperait personne. Chaque collaborateur se livrait à des manœuvres politiques dans le but d'échapper à la sentence. Inutile de se bercer d'illusion, Arthus devait privilégier l'action face à ces événements.

Peu après, l'inventaire des postes supprimés dans le cadre du plan social fut publié, ce qui donna lieu à un concert de hurlements, protestations et autres manifestations virulentes. L'échange de bons procédés au sein du cénacle des anciens de promotion permit qu'aucun d'eux ne figure sur la liste noire. La solidarité avait ses bons côtés mais elle ne s'appliquait qu'à un nombre restreint de privilégiés. L'immense majorité des salariés, relégués au niveau de simples individus, devraient postuler sur les postes non pourvus dans d'autres filiales mais les délais ne leur laissaient qu'une infime probabilité de réussite, même si l'âge accordait un sursis aux quadragénaires.

Après des mois de consultation où la direction des ressources humaines avait pris de soin de faire le point avec chaque salarié, elle communiqua que le quota fixé de départs était maintenant dépassé par le nombre de demandes. La grande majorité du personnel préférait finalement voguer vers d'autres horizons, écœurée par l'inconstance répétée du comité de direction mais également sensible à la prime si avantageusement proposée. Les trentenaires s'étaient massivement portés candidats au départ, conscients de leur employabilité et soucieux d'empocher le chèque de départ.

Un étrange ballet débuta. A tour de rôle, les cadres repassaient dans le bureau de la directrice des ressources humaines dans le but de faire valoir leurs droits, tout du moins leurs arguments. L'un d'entre eux venait de décrocher un contrat de travail au Japon put prouver ainsi qu'il avait immédiatement un nouveau job. Or, la priorité allait à ceux qui ne se retrouveraient pas sans emploi, ce qui était paradoxal puisque les indemnités de départ avaient vocation à prémunir ceux qui auraient des difficultés à rebondir. L'heureux collègue, jugé éligible, obtint sans délai l'acceptation de son dossier et fut dispensé d'effectuer son préavis tandis que son compte bancaire s'en trouvait solidement renfloué. Quelques jours avant la date légale, il se laissa aller à des confidences auprès de ses anciens camarades. Le contrat de travail rédigé en japonais se révélait n'être que la garantie d'un lecteur de DVD importé du pays du soleil levant ! Le bruit se propagea à toute la division, les dirigeants s'étant laissé berner si facilement. Malgré cela le coupable ne vit pas sa supercherie remettre en cause l'accord signé. Un cabinet indépendant fut appelé à la rescousse pour vérifier par la suite la validité des dossiers soumis à la direction du personnel. De son côté, Arthus entama des démarches vers les autres filiales du groupe car il était moins confiant dans la capacité de sa filiale à remonter la pente malgré ce plan social. Il finit par dénicher une offre d'emploi à laquelle ses qualifications répondaient partiellement mais le poste étant vacant depuis plusieurs mois, le manager qui recrutait ne pouvait se permettre de faire la fine bouche. Pour sa part, pressé de bouger, Arthus ne s'attarda pas sur ce point et lança les grands manœuvres auprès des ressources humaines qui répondirent avec empressement à sa candidature.

L'horizon semblait se dégager.

Courage, fuyons !

Ils le regardaient avec insistance, l'un très grand et maigre à faire peur, les dents jaunies par l'abus de cigarette, l'autre grassouillet et chauve, s'agitant sur sa chaise. Ils bombardaient Arthus de questions auxquelles il répondait calmement. On aurait dit deux personnages de dessin animé tant l'opposition de style était frappante. Cela faisait une demi-heure qu'Arthus était dans ce bureau exiguë avec ces deux pantins. Il discernait mal qui était responsable de quoi et en conclut que leurs fonctions doublonnaient. Le dialogue était passablement ennuyeux et il faisait horriblement chaud dans cette pièce qui n'avait pas été aérée depuis un bon moment. Cependant il s'agissait du seul entretien de recrutement qu'Arthus avait pu obtenir. Le poste concernait l'international et visait à réorganiser les centres d'appels des filiales à l'étranger.

Arthus ne connaissait rien au sujet mais arriva à expliquer comment son expérience allait permettre d'améliorer la productivité et en conséquence de baisser les coûts de structure. C'était le discours qu'ils voulaient entendre. Après plusieurs mois sans avoir vu le moindre candidat en interne, ils pensaient enfin avoir trouvé le profil idéal. Arthus perçut clairement son avantage face à la pénurie de postulants. Ils le cuisinaient mais l'entretien s'acheva sur une note manifestement positive. Arthus fut invité à rencontrer la direction des ressources humaines afin de poursuivre le processus d'embauche. Il acquiesça et, après une brève poignée de main, les abandonna.

Deux jours plus tard, on le pria de se présenter auprès de la représentante désignée. Plutôt avenante et âgée d'une petite trentaine d'années, elle s'avéra vite peu capable de lui expliquer la fonction par le détail. Elle voulait évaluer la personnalité d'Arthus qui jouait les bons élèves, apportant les réponses qui la rassurèrent. Il n'apprit rien de plus sur son futur manager même s'il attendait de savoir qui des deux serait responsable de l'attribution de son bonus semestriel. Quand le moment de parler rémunération survint, Arthus l'écouta tout d'abord lui faire l'article sur les nombreux avantages, les à-côtés dont bénéficiaient les salariés. Il la laissa terminer avant de rétorquer qu'il ne payait malheureusement pas son loyer avec les chèques-cadeaux du comité d'entreprise ou les entrées au restaurant d'entreprise, ni même la participation aux bénéfices qui restait bloquée pendant cinq ans. Elle grimaça, comprenant qu'elle allait devoir desserrer les cordons de la bourse, autrement dit considérer une augmentation de salaire. Timidement, elle lui proposa cinq pour cent mais Arthus l'arrêta immédiatement. Il était en position de force et devait imposer ses conditions.

– C'est dix pour cent dès la prise de fonction, sinon je ne viendrai pas…

Son ton péremptoire annihila toutes velléités de négocier. Elle inclina la tête, trahissant qu'elle se soumettait sans le dire. La fin du tête-à-tête fut un peu crispée.

Arthus attendit de recevoir le contrat de travail pour aller annoncer son départ prochain à son supérieur qui était conscient de la situation, lui aussi d'ailleurs allait se mettre à couvert. Un concurrent venait de lui faire une offre du tonnerre et il allait l'accepter.

– Garde cela confidentiel pour l'instant, dit-il à Arthus avec un air de conspirateur, avant de poursuivre. Je te souhaite le meilleur dans tes nouvelles fonctions et je te regretterai.

Un mois plus tard, Arthus s'installait dans le bureau qui lui avait été attribué au sein du même bâtiment que précédemment mais deux étages au-dessus. Ces étages qui le séparaient de ses anciens collègues équivalaient à une frontière invisible qui partageait ceux qui allaient disparaître de ceux qui allaient prospérer. C'était comme si Arthus avait changé de camp. Ses compagnons d'hier étaient, eux aussi, soudainement revenus dans l'ancienne économie. La vraie, celle qui n'hésitait pas à se débarrasser de ses troupes lorsque les chefs avaient failli.

Il n'y avait plus qu'à se mettre au travail et, dès la semaine suivante, Arthus partait auditer une filiale à l'étranger avec une pointe de cynisme. L'important était de toujours se relever et d'avancer malgré les accidents. En l'occurrence, ayant échappé de peu à un plan social et, de nouveau en selle, il était plus combatif que jamais.

2ème partie

La tentation de l'illicite

Jeux sensuels

Arthus avait rendez-vous avec Camille et les heures qui le séparaient d'elle étaient pesantes. Il rêvait de ces seins blancs qu'il devinait parfaits. Cette peau d'albâtre qui contrastait avec sa chevelure noir de jais, suscitait chez lui bien des fantasmes et éveillait un impérieux désir de fornication. En arrivant chez elle, son impatience était déjà grande car leur relation avait réellement débutée depuis une semaine sans toutefois avoir passé de nuit ensemble.

Sa démarche féline et ses gestes empreints d'une infinie légèreté, rien n'était heurté chez elle. Cette grâce stimulait l'imagination d'Arthus, lui dont la virilité brute se trouvait inconsciemment aimantée par cet opposé. Huit jours d'attente lui paraissaient un délai suffisant et il voulait la posséder ce soir, incapable de se réfréner plus longtemps.

Sur le palier de sa porte, Arthus écouta les sons qui provenaient de l'appartement, cherchant à savoir à quoi elle s'affairait. Il avait prévu que les préliminaires commencent par un bain à deux. Au fil des ans, il se découvrait un tempérament de voyeur et se délectait à contempler le corps de ses partenaires dans toute leur nudité. Camille lui ouvrit avec un grand sourire qui éteignit toutes précautions de sa part. Ses grands yeux surmontés de longs cils noirs lui donnaient un air très doux qui faisait fondre beaucoup d'hommes. Arthus ne lui laissa pas le temps de le débarrasser de son manteau et l'embrassa à pleine bouche, par surprise. Cette première étreinte fit monter d'un cran l'atmosphère. Les intentions d'Arthus étaient limpides. Il n'était pas venu les mains vides et dégaina la bouteille de champagne logée dans l'une des poches de son manteau.

— Une petite coupe ?

— En quel honneur ? demanda-t-elle.

— Juste pour célébrer le début de notre relation ! dit-il d'un ton enjoué.

Sa mine exprima qu'elle avait compris l'idée qu'il avait derrière la tête et ils se mirent à l'aise. Arthus l'attira sur les genoux. Leurs langues se trouvèrent de nouveau. Tout en la caressant, il fit sauter les boutons de son chemisier pour glisser sa main à l'intérieur et effleurer ses seins. Son parfum aux effluves boisés l'enivrait légèrement. La disposition des abat-jours tamisait la lumière comme un appel à l'alanguissement. Parfaitement détendue, elle se laissa déshabiller sans y prendre garde. Elle goûtait à petites gorgées le champagne qui en humidifiant ses lèvres les faisait briller. Quand ils reprenaient leur souffle, Arthus admirait la rondeur de ses seins dont les tétons saillaient maintenant sous l'effet de l'excitation. Il s'aventura sous sa jupe à la recherche de son intimité mais elle repoussa son bras. Se levant avec majesté, elle partit à la cuisine pour remplir de nouveau les coupes du liquide pétillant dont les reflets dorés donnaient un air de fête à leur petite soirée en amoureux.

Il cherchait à la provoquer et défaire ce masque afin de révéler sa nature cachée. Il la rejoignit et lui saisit la taille en se collant à elle dans son dos. Arthus respirait sa nuque et remontait ses mains sur sa poitrine dénudée. Il était temps de passer aux choses sérieuses car il commençait à avoir du mal à se contenir. Il l'emmena dans la salle de bain où, d'un clin d'œil, lui fit signe de son souhait d'utiliser la baignoire. On pouvait lire dans ses yeux une approbation bienveillante bien qu'elle n'était pas dupe. Le bain se remplissait tandis qu'il achevait de la dévêtir. Quand elle fut entièrement nue, ne conservant que ses talons aiguilles, les jambes légèrement écartées, la fébrilité d'Arthus était à son comble. Elle paraissait ainsi plus grande que son mètre quatre-vingt. Il la fit se retourner pour mieux jouir de ses formes. De dos, elle tourna la tête et le dévisagea, les mains sur les hanches dans une position assumée de défi. Les grands maîtres de la photographie savaient quelle fascination exerçait sur les hommes pareil spectacle et avaient figé à de maintes reprises les poses de mannequins en tenue d'Ève et talons hauts.

En la serrant contre lui, elle sentit son entrejambe saillir dans le creux de ses reins et cette scène récréative à laquelle ils allaient se livrer attisait le désir d'Arthus. Abandonnant ses escarpins, elle se coula dans l'eau transparente de la baignoire, face à lui. Sa toison intime finement taillée délimitait un petit rectangle à la jonction des cuisses. Sa peau blanche était d'un grain extraordinaire. Les sens d'Arthus, tourmentés par ce tableau saisissant, portèrent au paroxysme ses pulsions sexuelles. En hâte, il se dévêtit et plongeait à son tour dans l'onde. Cette peau blanche qui contrastait avec la noirceur de sa toison exacerbait son désir. Son sexe dur comme du bois se tendait à la limite du supportable. Elle ne put réfréner un sourire face à un tel hommage. Leurs jambes s'entrelaçaient sous l'eau, si bien qu'elle pouvait le caresser de ses cuisses. Elle se pencha vers lui, entrouvrant ses lèvres et fermant les yeux. L'échange lascif reprit de plus belle. Ses seins l'électrisaient à chaque contact tandis que les mains d'Arthus glissaient sur sa peau. Puis d'un doigt habile, il explora délicatement son intimité. Elle poussa un faible gémissement et se mit à le masturber lentement. La tension intérieure était si forte qu'il perdait prise. Alors il la saisit par les fesses et l'attira à lui avec force. Puis se hissant sur le rebord de la baignoire, Arthus l'assit à califourchon sur ses cuisses. Elle vint se ficher sur son sexe et se mit à bouger en cadence. Sans aucun doute, elle avait une expérience poussée des choses de l'amour, révélant une nature entreprenante, à l'écoute des sensations de son corps, tout à l'inverse de cette apparence sage qu'elle affichait pendant les horaires de bureau. « Vraiment, cette fille était une perle ! » Lui qui voulait la surprendre, elle se jouait de lui en réalité.

Par la fenêtre, il vit que la nuit était tombée. Ils n'entendaient pas les bruits extérieurs, seul le halètement des corps en action rompait le silence. Une longue plainte marqua l'orgasme de part et d'autre. L'acte amoureux fini, étendus et enlacés sur les peignoirs au sol, ils se reposèrent un bon moment tout en sirotant du champagne. Qui aurait pu se douter à la vue de ce couple que ces deux amants étaient il y a encore quelques temps de simples cadres de bureau, sans rapport particulier ? Elle lui parla un peu de son mystérieux conjoint dont il questionna l'absence. En fait, ils ne vivaient pas en couple et ne se voyaient que trois soirs par semaine… condition indispensable pour maintenir la flamme, avoua-t-elle à Arthus dans le creux de l'oreille.

La situation présente l'incita à penser différemment, et il plaignit en son for intérieur – avec hypocrisie – ce partenaire si promptement oublié. Après tout, ce code était établi entre adultes consentants et c'était à chacun d'en prendre son parti. La relation d'Arthus avec Camille s'apparentait à une liaison extraconjugale en ce qui la concernait mais elle ne semblait pas s'en émouvoir. Les femmes surdiplômées étant statistiquement davantage célibataires que les autres, ce retournement des rôles en faveur d'Arthus n'était pas pour lui déplaire.

Dans ce monde contemporain où tout était régenté, normé, la dernière aventure humaine restait le sexe, non pas celui marital qui consacrait la reproduction de l'espèce mais bien celui qui franchissait l'interdit, qui assumait pleinement la jouissance des corps et la fragilité des âmes, qui succombait à la tentation de l'autre, qui établissait cet équilibre ténu qu'est le désir naissant et qui consumait par la séduction deux êtres dans l'embrasement des sens.

Confidences utiles

Leur relation gagnait chaque semaine en intimité et, après les premiers jours où ils furent entièrement absorbés par la découverte fiévreuse du corps de l'autre, faisait maintenant place à davantage de tempérance. La fréquence de leurs ébats ne dépassait pas deux soirs par semaine, leur évitant d'entrer dans un train-train quotidien. C'était toujours comme un premier rendez-vous, la confiance en plus. Arthus et Camille devaient reprendre leurs marques et cela donnait une saveur incomparable à leurs retrouvailles. La relation parallèle y ajoutait un je-ne-sais-quoi de piquant qui maintenait intacte l'excitation de se revoir. En effet, Camille avait sciemment omis de mettre au courant son compagnon et – comme chacun avait son propre appartement – il suffisait de s'en tenir scrupuleusement aux agendas respectifs. Ce dernier était amené à voyager régulièrement par son travail. Ils avaient tout le temps de s'organiser en fonction de ses absences. C'était comme une épée de Damoclès, du jour au lendemain leur histoire pouvait finir si ce manège venait à être découvert. Camille ne voulait pas choisir, pensant que l'un de ses amants lui assurait de la stabilité alors que l'autre – Arthus en l'occurrence – porteur d'une forme de danger ne lui garantissait aucune viabilité. Elle avait raison, aussi il se garda bien de démentir cette analyse. Ce secret créait effectivement une atmosphère particulière, propice à la confidence où Arthus avait le beau rôle. Pour elle, il n'était que de passage. Aucune entrave ne pesait sur lui et il consommait ces instants sans retenue comme si cela devait être la dernière fois qu'ils se voyaient. La tranquillité de Camille laissait entendre qu'elle avait déjà vécu ce genre de configuration ; seule une expérience précédente pouvait expliquer une telle maîtrise de soi. N'éprouvant pas le moindre sentiment de culpabilité à l'égard de son compagnon officiel, Camille se contentait de tirer le meilleur de ces relations parallèles.

Au-delà de cette question qu'ils s'efforçaient de ne pas évoquer, Camille s'avérait très stimulante sur le plan intellectuel et Arthus aimait l'aisance avec laquelle elle s'abandonnait. Elle savait l'envoyer au ciel par un jeu de caresses approprié. Ses gestes suaves pratiqués avec science mettaient littéralement en transe Arthus. Saisissant alors cette chair si parfaite, il la possédait avec passion. Cette danse des corps ne s'arrêtait qu'après avoir épuisés leurs sens. Haletant, leurs peaux moites collées l'une à l'autre, les deux amants demeuraient immobiles dans le noir. Il goûtait ses lèvres, et leurs langues furieusement entremêlées poursuivaient l'étreinte. Une fois repus, reprenant leurs esprits, ils devisaient sur les faux-pas de leurs collègues. Tout en illustrant d'anecdotes le propos, elle en vint à lui parler d'une réorganisation prochaine encore confidentielle. Arthus dressa l'oreille car sa situation professionnelle se dégradait. Il était toujours utile de se tenir au courant.

— Tout va bouger… l'État-major s'agite.

— Vraiment ? dit-il en levant un sourcil.

— Oui… les directions des fusions-acquisitions vont être rassemblées en un pôle commun, ce sera entériné lors du comité exécutif dans trois semaines. Plus de place pour des opérations financières sans cohérence !

— Tiens, tiens… Sais-tu s'ils vont conserver les équipes ? Cela fait beaucoup de monde quand même.

— Non, a priori. Celui qui serait désigné pour conduire le département est le bras droit du Directeur Financier du Groupe. Un tueur, parait-il. Aussi je parie qu'une grande partie des équipes refusera de rester en poste…

— Mais comment es-tu au courant ? s'exclama Arthus.

— C'est tout l'art d'être une femme ! Les Directeurs ne peuvent s'empêcher de me faire part de tels secrets pour mieux plastronner et me laisser sous-entendre qu'ils font partie de ceux qui comptent, ils sont si infantiles dans leur volonté d'impressionner les femmes…

Remarque pertinente qui laissa songeur Arthus. Bien que prudent, il n'échappait pas toujours à ce type de comportement... Mais cette information valait son pesant d'or, elle ouvrait une perspective intéressante pour lui. Arthus décida aussitôt de soumettre sa candidature au futur patron des Fusions et Acquisitions. Accaparé par cette réflexion, il s'endormit sans s'en rendre compte.

Le lendemain, Arthus actualisa son curriculum vitae afin de l'adapter à l'environnement professionnel qu'il convoitait, puis l'expédia au siège de la direction financière. Les activités de fusions-acquisitions constituaient le nec plus ultra de la finance pour les diplômés des Grandes Écoles. Devenir banquier d'affaires était le rêve des ambitieux et permettaient aux plus brillants éléments de bâtir une véritable fortune en moins de dix ans. Certes, il était moins prestigieux et beaucoup moins rémunérateur de travailler dans le département d'un grand groupe mais cela constituait malgré tout une sorte de caste au sein des équipes du siège. Arthus aurait accès aux directeurs généraux en direct et ses recommandations décideraient du sort de filiales. Pénétrer ce sérail revenait à entrer dans le système nerveux central de la machinerie d'*Operandi*, à être au plus près des puissants. C'était le job idéal pour pouvoir évoluer vite par la suite. Il attendit donc avec angoisse la réponse à sa missive. Quelle ne fût pas sa déception quand, huit jours plus tard, le courriel du directeur arriva, déclinant poliment ses services. « Il ne serait même pas reçu ! » C'était un coup d'épée dans l'eau, il n'avait été incapable d'exploiter efficacement ce renseignement et il s'en mordait les doigts.... A moins que son initiative ne soit arrivée trop tôt ?

Il revit Camille le soir même et l'informa du refus essuyé. Elle le réconforta. Arthus savait que la situation se tendait au bureau mais il écarta ces pensées noires lorsqu'elle fit glisser à ses pieds son déshabillé transparent. Cela lui remonta le moral. Oubliant cette contrariété passagère, il se consacra sans tergiverser au plaisir de sa partenaire. La nuit fut longue et leur sommeil court.

Leur relation était un havre de paix. Aucune dispute ne venait perturber leurs tête-à-têtes, ni leurs échanges occasionnels au bureau. Elle lui distillait des nouvelles qui étaient autant d'indices sur ses fréquentations professionnelles. Elle avait un véritable talent pour faire parler les hommes et cela fournissait à Arthus des informations de première main. Au-delà de l'épanouissement sexuel, il trouvait une satisfaction morale : avoir un coup d'avance par rapport à ses concurrents potentiels le rendait plus fort au sein de l'entreprise. A son tour, il partageait les secrets glanés çà et là avec son petit cercle de proches collègues, ce qui renforçait sa position. C'est un phénomène bien connu, tout maillon d'une communauté recherche l'appui de celui qui peut lui procurer un avantage. Les informations distillées par Arthus le rendaient indispensables à leurs yeux et sa bienveillance avait valeur de protection.

Viré !

Si tout se passait pour le mieux dans la vie privée d'Arthus, il n'en était rien au bureau. Son manager, rigide et autoritaire, s'obstinait à considérer la production des résultats mensuels de la filiale comme l'unique objectif qu'il devait satisfaire. Peu importe que la performance ne soit pas au rendez-vous, il fallait que les chiffres soient dans le système d'information le jour dit, à l'heure précise. Arthus s'évertuait à lui démontrer que la priorité était avant tout de s'assurer que les plans opérationnels étaient correctement engagés afin d'améliorer la rentabilité de la filiale anglaise mais son chef s'en moquait éperdument. Ce dialogue de sourd avait en conséquence rendu particulièrement pénible leurs points hebdomadaires. Arthus était, en outre, tributaire du bon vouloir des contrôleurs locaux s'agissant de l'accès aux informations financières. Les harceler la veille de la clôture comptable le rendait détestable à leurs yeux, aussi ils ne montraient que peu d'empressement à répondre à ses multiples sollicitations et finirent par trouver un malin plaisir à le faire lanterner pour lui apprendre à vivre. Juste retour des choses d'une méthode qui hérissait le poil de tout le monde. Arthus avait donc dû lâcher la bride. Le climat était pesant à cause des pertes récurrentes constatées au sein de la filiale et la menace d'une fermeture semblait se rapprocher. Imperturbable, son chef venait relancer Arthus en ressassant la même phrase : « Alors, quand est-ce qu'on a les chiffres ? ». Inlassablement, il rétorquait « vers dix-huit heures », ce qui déclenchait le mécontentement immédiat de son supérieur qui prenait pour un sabotage de sa part ces deux heures de retard. La plupart des filiales enregistraient un retard comparable, en fait assez minime mais, désireux d'être le premier de la classe, le chefaillon enrageait de dépendre de subalternes quant au respect de l'horaire.

Sa calvitie avancée, ses joues flasques surmontées de petites lunettes derrière lesquelles des yeux myopes faisaient comme deux billes noires sans expression, cette manière de se gratter le cuir chevelu, tout chez lui révulsait Arthus. De surcroit, sa voix nasillarde montait dans les aigus quand il voulait marquer son impatience. Il trépignait comme un enfant capricieux. Capable de pousser les gens à bout, il exerçait avec sadisme son pouvoir de nuisance. Arthus avait appris par la bande que ses deux prédécesseurs avaient fini par démissionner, ne supportant plus de telles exigences. Sur son bureau s'étalaient des pochettes de couleur qu'il remplissait des courriels imprimés de ses collaborateurs. Une façon de constituer des archives le jour où il aurait à formuler avec précision des reproches. Plutôt effrayant comme mode de management.

Arthus pressentait un coup fourré tant l'autre se montrait de plus en plus pressant mais il s'attachait à ne pas laisser paraître un quelconque changement d'humeur. Un beau jour, son manager informa Arthus par courriel que ses fonctions changeaient. L'activité à l'international était subitement transformée en simple poste de contrôleur de gestion, ce équivalait à une réduction substantielle de l'autonomie d'Arthus et de l'intérêt de son poste. Cependant, ce changement devait recueillir l'approbation du salarié pour entériner la décision, tel que le stipulait le code du travail. Cette requalification menaçait d'enfermer Arthus dans un quotidien morne qui le hérissait d'avance. Accepter, c'était déchoir. Impossible de se contenter d'une telle proposition : le renoncement aurait été pire que la sanction. Avec tact, Arthus refusa mais toute velléité de résistance était intolérable pour son chef. Le ton changea aussitôt et il fut convoqué pour une explication de vive voix. Affichant le même discours que la veille, l'adversaire pesa de tout son poids afin de contraindre Arthus à plier et arracher son consentement. Il lui fit subir une salve de récriminations.

La défense d'Arthus reposait sur la fermeté. Après avoir pris des renseignements auprès d'amis juristes, il savait qu'il ne pouvait contester ce changement compte tenu de la dimension financière maintenue dans le poste. Pour autant, il se refusait de rendre les armes. La nervosité de son ennemi croissait à mesure qu'il réfutait, un à un, les arguments exposés. A court de munition, son chef passa à l'étape suivante.

– Si tu n'acceptes pas, alors je vais te faire virer ! s'écria-t-il, rouge cramoisi.

Arthus n'en menait pas large. Face à un tel déchainement, il devenait vain de résister. Cela n'aurait fait qu'augmenter sa colère… La seule option qui demeurait était la contre-attaque.

– Chiche ? lui répondit Arthus effrontément.

Estomaqué par la repartie, il vira du rouge au blanc. Arthus crût qu'il allait faire un malaise mais, comme un polichinelle jaillissant de sa boîte, il sursauta sur sa chaise, se leva en hurlant :

– Eh bien c'est ce qu'on va voir !

Arthus se leva pour se diriger vers la porte, sans un regard. La guerre était déclarée.

Les semaines suivantes, Arthus prit les dispositions nécessaires pour ne pas avoir à le croiser, organisant ses déplacements à l'étranger lorsque l'autre était à Paris. De son côté, son supérieur hiérarchique passa le relais aux ressources humaines qui écrivirent à Arthus pour lui présenter officiellement le nouveau contour de son poste.

Arthus fit appel à un avocat spécialisé en droit du travail qui aurait à défendre ses intérêts dans la perspective d'un licenciement. Cela modifia le rythme de travail d'Arthus qui passa plus de la moitié de son temps à consulter son conseiller et répondre par écrit aux injonctions de son employeur. Le conflit gonfla jusqu'au point de non-retour et, dix jours plus tard, Arthus reçut la missive par la poste : l'entretien préalable au licenciement aurait lieu sous huitaine. Fatigué de cette agitation intempestive, de toutes ces heures sans fin à peser le pour et le contre, conscient de l'imminence de l'issue, il décida pourtant de prendre une semaine de congé à la montagne. Le mois de février commençait et la neige était tombée en abondance dans le massif des Alpes. Arthus avait épuisé toutes ses cartes et le couvercle de la boîte allait se refermer sur lui.

En trainant les pieds, il se rendit à la convocation de la directrice du personnel. C'était une quinquagénaire, à l'accent anglais que des années en France n'avaient pas réussi à complètement gommer. Elle semblait dépitée de l'entêtement d'Arthus et cherchait manifestement la conciliation. Elle n'ignorait pas la nuisance dont était capable son chef de service et comprit rapidement que la réaction d'Arthus était justifiée par de tels agissements. Malheureusement pour Arthus, personne ne désavouerait ce style de management qui avait acculé à la démission plusieurs de ses prédécesseurs. Arthus tournait en rond mais sentait qu'une dernière option était à sa portée et pouvait trouver un écho favorable auprès de la Directrice. La Loi prévoyait un deuxième entretien huit jours après le premier, au cours duquel était signifié au salarié son licenciement.

– Et si je retrouvais un job dans le groupe d'ici à l'entretien de licenciement ?

Elle sourit avant de lui répondre.

– Bien sûr, dans ce cas nous annulerions la procédure…

C'était presqu'un encouragement mais le temps restant ne laissait pas beaucoup de marge de manœuvre pour une telle performance. C'était toujours mieux que rien. Perplexe, Arthus emporta cette hypothétique issue sans savoir ce qu'il allait en faire.

Saut périlleux

Dès le samedi, Arthus quitta Paris pour une semaine de vacances entre amis dans une station de ski des Alpes. Certes, ce n'était pas le meilleur moment pour s'oxygéner à la montagne mais, après tout, les sports d'hiver calmeraient ses nerfs. Sa situation était sans issue. Aussi, avec fatalisme, il prit le parti de considérer comme un événement secondaire le compte-à-rebours qui avait été déclenché.

Effectivement, les premiers jours furent fabuleux, la neige et le beau temps étant au rendez-vous. Arthus et la petite bande skiaient toute la journée, sauf à l'heure du déjeuner où ils faisaient la fête dans un de ces restaurants d'altitude transformé en boîte de nuit à ciel ouvert sous l'effet de la musique électronique. A ce rythme, la discipline de la troupe faiblit et le matin du quatrième jour, alors que la plupart émergeait d'une nuit blanche, Arthus fut saisi du besoin d'écouter sa messagerie vocale, chose qu'il n'avait pas fait depuis son départ de la capitale. Plusieurs appels reçus en absence engorgeaient sa messagerie. L'un d'entre eux faillit lui arracher un cri de victoire car c'était une demande d'entretien à la suite d'un CV qu'Arthus avait fait circuler en interne. La phrase de la DRH résonna dans sa tête et, en un éclair, il fut sur pied. Une dernière chance se présentait à lui.

Après quelques coups de fil, il monta dans le premier train qui partait pour Paris, fuyant à regret la joyeuse compagnie. Mais son espoir fut de courte durée. Arthus était arrivé à ce dilemme où l'issue de secours était visible mais pourtant inaccessible.

L'entretien terminé, il fit le point. C'était loin d'être concluant car on lui proposait ni plus ni moins qu'un poste équivalent à celui qu'il avait rejeté et déclenchant la procédure de licenciement.

En rentrant chez lui pour déjeuner, Arthus échafaudait des combinaisons. La directrice du personnel lui avait confié que s'il retrouvait un job en interne d'ici à la fin des huit jours légaux précédant le licenciement, alors il serait réintégré. Il était bien dans une impasse car comment réussir un tel tour de force ?

Arrivé en bas de son immeuble, le téléphone vibra dans sa poche et il lut sur l'écran que c'était Camille. Arthus relata le déroulement de son entrevue. Après avoir écouté attentivement ses paroles, elle le désarçonna par sa question.

– Pourquoi ne relances-tu pas le directeur des fusions-acquisitions ?

« A vrai dire… elle avait raison : le refus qu'il avait essuyé ne signifiait pas que tout était fini. »

– Tu n'as plus rien à perdre, ajouta-t-elle.

En effet, cela ne coûtait rien à Arthus de tenter le tout pour le tout car son sort ne tenait plus qu'à un fil. Il décida aussitôt de mettre toutes ses forces dans cette bataille désespérée. Une fois dans son appartement, il composa nerveusement le numéro du grand patron en question. Une assistante décrocha. Arthus lui rappela en préambule le courrier qu'il avait adressé quelques semaines auparavant, puis sollicita un rendez-vous avec le directeur du service en arguant que sa recherche d'emploi était en train d'aboutir et qu'il devait donner sa réponse cette semaine.

– Vous comprenez, ma préférence va à un poste au sein de la direction des fusions-acquisitions… il serait dommage que je sois obligé, pour une question de date, de m'engager sur un autre poste, dit-il avec une conviction inébranlable.

Au court silence, il sentit qu'il avait réussi à obtenir l'effet escompté.

– Bon… je vais voir Monsieur Chevrier et je vous tiens au courant, lui répondit-elle sur un ton pincé.

Moins d'une demi-heure plus tard, Arthus eut la surprise d'apprendre que sa demande venait de recevoir un accueil favorable. Il était convoqué à quatorze heures précises. Incroyable, son bluff avait fonctionné ! Pour autant, Arthus n'était pas sorti d'affaire car le plus dur se dressait devant lui. Il avait peu de temps pour se préparer. Par réflexe, Arthus attrapa le Who's Who, qui recensait des milliers de biographies consacrées aux dirigeants et personnalités françaises, afin de découvrir peut-être qui était celui qu'il aurait à convaincre. Un tel poste très convoité au sein d'un grand groupe avait forcément été confié à quelqu'un de chevronné au parcours bien rempli. Compulsant le livre épais à la reliure rouge, il tomba sur la page où figurait le nom de celui qui déciderait de son destin dans quelques heures. Arthus ne s'était pas trompé, le directeur des fusions-acquisitions sortait de HEC et les étapes clés de sa carrière étaient détaillées dans l'imposant volume. Un élément attira plus particulièrement son attention : il était fils d'ambassadeur. Ceci était anecdotique mais constituait une information qu'il pourrait exploiter éventuellement...

Le dirigeant avait officié comme banquier d'affaires et Arthus connaissait bien les codes vestimentaires de cette caste de hauts financiers. Il s'habilla en conséquence, revêtant un costume gris à rayure tennis et noua à son cou une cravate Hermès aisément reconnaissable pour les connaisseurs. Il choisit avec minutie ses boutons de manchette, signe distinctif des banquiers d'affaires. Un coup de peigne paracheva l'ensemble et assagit sa coiffure.

Arthus ressemblait de la sorte à un jeune loup de la finance ; il en sourit dans le miroir qui trônait dans l'entrée de son deux pièces. Contrairement à la maxime populaire, l'habit fait souvent le moine... Voyant que l'heure tournait, Arthus quitta en trombe le lieu, dévalant l'escalier quatre à quatre, pour se rendre à l'adresse indiquée. Le bâtiment de grande hauteur se dressait sur le boulevard des Maréchaux, c'était le type même de ceux construits dans les années soixante-dix et qui défiguraient l'alignement rectiligne des toits du quartier. Cette tour dont le hall, pavé de marbre, voulait imiter pompeusement les entrées des immeubles haussmanniens des arrondissements huppés de Paris, n'étalait aucun signe d'ostentation.

Après s'être fait annoncer, il emprunta l'ascenseur qui le hissa jusqu'au septième étage, là où après avoir franchi une porte coulissante vitrée qui libéra le passage il se dirigea vers le secrétariat. Les visiteurs étaient priés de décliner une nouvelle fois leur identité, puis attendaient dans un sofa grisâtre adossé à un mur. C'était impersonnel. La moquette épaisse et bien que passablement ternie par les allées et venues incessantes, étouffait les sons qui venaient par intervalles du couloir. L'assistante du grand patron était de bonne humeur et l'invita à patienter quelques instants dans ce qui tenait lieu de rotonde. Ensuite, elle vint le chercher et l'introduisit dans le large bureau d'angle du directeur.

C'était un petit homme, la cinquantaine grisonnante, aux yeux vifs surmontés d'une paire de lunettes en écaille. De la main, sans un mot, il désigna à Arthus la chaise, geste effectué avec autorité. Il le rejoignit à la table à huit places qui occupait une grande partie de l'espace. Il entreprit d'interroger Arthus sans autre formalité. Cette entrée peu protocolaire confirma qu'il n'était pas le genre de manager à tourner autour du pot. Arthus lui expliqua où il en était de sa recherche d'emploi, soulignant qu'il avait déjà une proposition ferme mais que son souhait était de faire partie de l'équipe des fusions-acquisitions. Le Directeur lui expliqua alors succinctement ce qu'il exigeait de ses collaborateurs. Parfaitement immobile lorsqu'il parlait, tout son esprit semblait absorbé par l'exercice oratoire. Quand il marquait une pause, on aurait pu penser qu'il était pétrifié à l'image d'un mannequin de cire. L'impression de froideur qui s'en dégageait devait indisposer les autres mais Arthus ne se laissait pas déconcentrer. Se remémorant l'ascendance paternelle de son vis-à-vis, Arthus gardait en tête son but d'orienter la conversation vers un autre sujet que la validation de ses acquis professionnels. L'idée était de marquer des points en s'extrayant du processus de sélection traditionnel. Arthus se creusait l'imagination quand le directeur du service lui offrit sur un plateau l'opportunité idéale. L'effondrement qu'avaient subi les valeurs internet en bourse l'amena à le comparer à la retraite de Russie de Napoléon, avec le franchissement de la Bérézina. Il se trouvait qu'Arthus était admiratif depuis sa jeunesse par les trajectoires d'exception des maréchaux d'empire. A l'aise sur le sujet, Arthus commença à disserter, soulignant que malgré cet épisode dramatique les grands officiers avaient su en revenir vivants. Il perçut qu'il éveillait l'intérêt de son interlocuteur et poursuivit sur le destin de ceux qui avaient réussi à survivre à la chute de l'empire, à l'instar des descendants de Bernadotte qui étaient toujours assis sur le trône de Suède. La tournure que prenait l'entretien sembla ravir le fils de haut fonctionnaire qui se montra enclin à continuer de débattre du thème sans se douter que cela aidait Arthus à se faire recruter. Mis dans de bonnes dispositions à l'égard d'Arthus par ce sujet qui lui permettait de donner libre cours à sa profonde culture générale, il laissa filer le temps, heureux de le partager avec un amateur éclairé. Une heure s'était écoulée quand le tête-à-tête s'interrompit.

– Bon… je vais vous faire rencontrer maintenant mes deux directeurs délégués afin de prendre leur avis.

Arthus ne douta plus que sa manœuvre avait porté ses fruits car la deuxième étape de l'évaluation venait de commencer.

Le premier des deux directeurs était un colosse de deux mètres, pesant probablement plus d'un quintal et incarnant l'antithèse de son supérieur hiérarchique. Dans son regard, on lisait une certaine lassitude. L'étincelle – si elle avait existé un jour – était éteinte. Arthus se fit la réflexion que des années de labeur et de stress permanents avaient petit-à-petit éreinté ce cadre en fin de carrière. Il devait subir de surcroit les foudres managériales lorsqu'un dossier ne se débouclait pas proprement.

Arthus fournit les réponses attendues. De temps en temps, l'autre ponctuait la fin des phrases d'Arthus d'un grommellement qui paraissait traduire une approbation polie. Quand la discussion se termina, le géant quitta Arthus qui sut qu'il se rallierait à la décision de son chef. Ce n'était pas le genre d'homme à aller au conflit, à tenir tête à son management. Arthus poursuivit sur sa lancée avec le deuxième assesseur. Le moment passé ensemble fut tout autant soporifique. Il écoutait sagement Arthus, relevant parfois un mot, plissant les yeux comme un bouddha, puis l'exposé terminé, disparut sans un bruit d'un pas lent. On aurait dit un gros chat partant boire son lait.

Arthus faisait les cent pas dans la salle de réunion pour patienter depuis une dizaine de minutes. Soudain, le grand patron fit irruption sans frapper et vint se poster face à lui. C'était intimidant.

– Je viens de contacter votre RH, dit-il froidement.

L'instant était fatidique, il savait forcément qu'Arthus était licencié. Mais, se sachant découvert, Arthus ne broncha pas, attendant la sévère réprimande qui menaçait.

– Je crois que je vous tire d'un mauvais pas… Votre situation ne change rien à ma décision, vous commencez mercredi, conclut-il en esquissant un demi-sourire.

C'était au tour d'Arthus d'être bluffé car rien ne semblait pouvoir déstabiliser ce joueur d'échec. Ce devait être un redoutable protagoniste lors de tractations financières. Arthus avait joué gros et le grand patron devait penser que s'il était capable de mentir de manière aussi éhontée, Arthus se révélerait un négociateur retors quand il s'agirait de finaliser des *deals* d'importance, sans perdre son sang-froid devant l'enjeu.

Le lendemain, Arthus arriva triomphal au bureau, arborant une mine éclatante, et alla saluer la directrice des ressources humaines. A sa moue, il comprit qu'on lui avait forcé la main pour interrompre la procédure de licenciement mais que pouvait-elle opposer au numéro trois du groupe ? Elle resta cependant cordiale et avança même que le problème demeurait entier pour eux, sous-entendu que l'ex-manager d'Arthus constituait un problème compte tenu des démissions qui s'enchainaient au sein de l'équipe.

– Qu'attendez-vous alors pour vous en débarrasser ? répliqua Arthus, excédé d'un propos aussi hypocrite et lâche.

Penaude, elle acquiesça de la tête tout en baissant les yeux et ils se séparèrent là-dessus… peu importe, Arthus sortait vainqueur ! Après tout, l'essentiel était de savoir s'adapter aux événements et rebondir malgré l'adversité. Arthus avait échappé de peu à une mort professionnelle et, en ces temps de crise, il était préférable de survivre au sein d'un grand groupe que d'avoir à pointer au chômage. Non seulement, il se mettait à l'abri mais – cerise sur le gâteau – Arthus entrait dans le saint des saints : le département des fusions-acquisitions que tous les surdiplômés voulaient intégrer. Désormais, il allait devoir jouer serré car une telle opportunité ouvrait le champ des possibles, d'autres occasions allaient se présenter à lui mais également de nouveaux ennemis se dresseraient.

Comme cette prémonition s'avérerait d'une justesse terrible quelques mois plus tard !

La voie royale

« Me voilà au cœur de la machine ! » se dit Arthus avec excitation. Enfin, il entrait dans l'endroit où s'orchestrait les stratégies de croissance de la plupart des groupes cotés au CAC 40. Sans avoir réellement les qualifications demandées, il se retrouvait subitement au sommet de la pyramide financière, à pouvoir frayer avec les directeurs généraux et les PDG de filiales. Ici, on investissait par centaines de millions d'euros... Il éprouvait de la fierté à rejoindre un tel département et ne fut pas étonné d'être scruté sous tous les angles par ses nouveaux collègues. Tous étaient passés par une grande école et la compétition ne s'était pas arrêtée pour eux à la fin de leurs études supérieures.

La proximité avec le comité exécutif incitait tous ces jeunes hauts potentiels à une rivalité larvée afin d'être nommé responsable des plus grosses opérations en capital. Sûrs de leur valeur, ces cadres affichaient un certain orgueil et cherchaient à percer les faiblesses des autres pour s'en servir. L'atmosphère, feutrée de prime abord, était pesante en réalité et, si les portes de bureaux restaient ouvertes, nul bruit n'en sortait. Quand des conférences téléphoniques avaient lieu, les occupants s'empressaient de s'enfermer comme pour préserver la confidentialité des dossiers mais, en vérité, il s'agissait surtout d'éviter la propagation d'informations potentiellement utilisables par le reste de l'équipe.

Une fois par semaine, la revue des opérations se déroulait sous l'égide du directeur des fusions-acquisitions. Les plus ambitieux n'hésitaient pas à torpiller habilement un projet qui s'enlisait dans les mains d'un de leurs camarades. Il fallait démontrer sa performance coûte que coûte, quitte à dévaloriser le travail de ses voisins. Les plus efficaces se voyaient en effet récompensés en recevant l'essentiel de l'enveloppe de bonus distribués semestriellement, et les anciens du département avaient souvent été promus à des postes accordés habituellement à des cadres ayant dépassé la cinquantaine. Ce qui rajoutait encore à la détermination féroce des pairs d'Arthus. Faire partie de ce corps particulier pouvait lui permettre de gagner dix ans de carrière et cela suffisait pour mettre de côté tout scrupule.

Son arrivée ne fut donc pas saluée car un nouveau concurrent pouvait perturber l'équilibre précaire des forces en présence. Il fit profil bas le temps nécessaire pour mesurer la capacité de nuisance d'ennemis potentiels. Il lui apparut très vite que le département reposait sur une pierre angulaire qu'incarnait le directeur des fusions-acquisitions. Ses paroles déterminaient le rang de préférence de chacun au sein de l'équipe. Il pouvait d'un mot précipiter un de ses collaborateurs dans une disgrâce officielle. Arthus ne savait pas s'il s'en amusait mais tous redoutaient ses jugements sur l'avancement des dossiers. Ceux qui déméritaient étaient durablement écartés des morceaux de choix, c'est-à-dire des dossiers ayant une exposition auprès du comité exécutif d'*Operandi*. Ceux qui rencontraient le succès étaient couronnés et leur rémunération grassement revues à la hausse.

Pour tester Arthus, son nouveau *boss* lui confia un dossier qu'il suivait de près et ils partirent un beau matin très tôt dans un avion pour un pays de l'Est. Il faisait encore nuit dehors. Le vol durait moins de quatre heures et la neige les surprit à l'aéroport quand ils atterrirent. Son supérieur était agréable et Arthus douta un instant de sa renommée de tueur.

Le siège social de la filiale était l'illustration parfaite de ces immeubles de l'ex-administration soviétique. Massifs, gigantesques et imitant grossièrement les palais démesurés des tsars. Ils déambulèrent de longues minutes avant de parvenir à trouver la salle de réunion où les attendait le secrétaire général. Il leur fit de plates excuses du retard causé par la neige qui avait recouvert toute la capitale. Puis ils prirent place dans ce qui semblait être la salle du conseil d'administration. Un des directeurs généraux ne tarda pas à les rejoindre mais son attitude était bien différente de son collègue. C'était un français, imbu de lui-même, qui prenait manifestement à la légère le cas pour lesquels les deux émissaires s'étaient déplacés. Le fat avait pris une participation dans une jeune pousse dont la valorisation avait été établie – étrangement – sur le nombre d'internautes qui venaient se promener sur le site. Aucune vente, aucun chiffre d'affaires. C'est comme si on achetait un magasin de chaussures en fonction des passants dans la rue et non des achats effectués par les clients dans la boutique… Cette affaire ne tournait pas rond mais leur interlocuteur se montrait très satisfait de son opération. Monsieur Chevrier lui rappela alors vertement qu'*Operandi* était dangereusement engagé puisqu'il était prévu contractuellement que l'acquéreur procède à un complément du prix d'acquisitions dans le cas où le trafic généré par les visiteurs du site augmenterait. Autrement dit, cette coquille vide qui ne valait rien allait coûter encore plus cher. Il y avait effectivement de quoi afficher sa satisfaction ! Le ton monta vite et le fanfaron fut ramené sur terre. Arthus pris le relai, expliquant alors comment sortir techniquement des engagements d'actionnaire sans coup férir. L'argumentation était osée mais avait le mérite d'offrir une échappatoire légale. Certes, ils seraient amenés à transiger ultérieurement avec les fondateurs de la société. Ce n'était rien en proportion du risque d'un procès. Les dirigeants n'avaient pas les reins suffisamment solides pour s'engager dans une procédure juridique longue et coûteuse au résultat toujours incertain.

Après deux heures de palabres, le directeur général déconfit accepta de dénouer personnellement cette affaire sous la pression exercée conjointement par Arthus et son chef. Ça ne rigolait plus et on voyait l'énergumène s'enfoncer progressivement dans son fauteuil. L'impassibilité froide du chef d'Arthus calmait toutes les ardeurs, il était redouté… le respect des cadres dirigeants au sein de grands groupes reposant souvent sur la crainte qu'ils inspiraient.

Fort de ce succès, Arthus put se plonger dans les dossiers qui commençaient à s'amonceler sur son bureau. Sa contribution avait plu et son patron vint lui déposer un nouveau classeur qui contenait l'historique et les notes d'une affaire délicate. Le fait qu'il se déplace jusqu'à lui signifiait qu'il lui accordait sa confiance. Pourtant les camarades d'Arthus n'étaient pas du même avis et il percevait qu'on chuchotait dans son dos. Il avait pris tout le monde de court mais la résistance commençait à s'organiser. Arthus ne laissait rien paraître, adoptant une certaine distance avec les autres membres de l'équipe et évitant de prêter le flanc aux attaques. Appartenir à ce département procurait un statut de personnage de l'ombre, toujours au courant des derniers scénarios de croissance externe. Un halo de mystère les précédait à cause de l'accord de confidentialité qu'ils avaient tous signé lors de leur intégration au sein du service. Arthus comme le reste de l'équipe n'était pas autorisé à parler de ses journées harassantes, c'était le revers de la médaille.

La solitude du condamné

L'amplitude horaire journalière était significative. La plupart des collaborateurs du service ne partait en congé que durant l'été, soit trois semaines en tout et pour tout par an. Le solde des jours de congé non pris enflait rapidement, ce qui créait un cercle vicieux. Incapables d'écluser ces jours pendant l'année, ils se retrouvaient l'année suivante avec un stock toujours plus important. Quand quelqu'un de l'équipe démissionnait, les ressources humaines se voyaient obligées de payer ces journées et le chèque de départ prenait alors des proportions considérables. Le démissionnaire pouvait recevoir jusqu'à six mois de salaire en plus de sa prime semestrielle et de son préavis dont la dispense était systématiquement accordée.

La situation s'était brusquement tendue au sein de l'État-major en raison de la dette astronomique qu'atteignaient désormais les finances du groupe. L'assemblée des actionnaires demandait des comptes quant aux prises de participation réalisées tous azimuts dans l'euphorie de l'Internet naissant. La bulle spéculative s'étant dégonflée, plus rien ne pouvait justifier l'endettement visible dans le rapport annuel du Groupe. Il fallait maintenant nettoyer sans tarder le bilan comptable car les banques menaçaient de retirer les lignes de crédit. En conséquence, le directeur des fusions-acquisitions était en première ligne dans cette chasse aux sorcières qui se profilait. La direction générale avait besoin de se dédouaner du passif et, dans ces cas-là, on trouvait des coupables pour servir de fusibles. Ainsi les membres du comité de direction pouvaient se refaire une virginité… Le chef d'Arthus s'était attiré les inimitiés de rivaux qui lorgnaient sur sa place depuis longtemps. Il n'était pas issu du sérail, n'ayant pas effectué toute sa carrière au sein d'*Operandi*, ce qui constituait une faute de goût mortifère aux yeux de ses opposants. Arthus subodorait que son parcours approchait de son terme mais l'intéressé n'en laissait rien paraître. « Était-il serein ou plus simplement résigné ? » En grand professionnel, il continua de déboucler les dossiers en cours, tout en s'impliquant personnellement dans les négociations les plus sensibles et sachant que nul ne lui en serait reconnaissant. La meute à ses trousses prenait chaque jour davantage de vigueur, sentant qu'il ne bénéficiait plus d'aucune protection. Un des directeurs de l'équipe résuma parfaitement la situation par une formule pleine d'acuité : « Dans la savane, les fauves ne meurent pas de vieillesse… ».

Les banquiers d'affaires, qui œuvraient à ses côtés en tant que conseillers, affichaient des têtes défaites. La succession rebattrait les cartes, ce qui signifiait pour eux de reconstruire la relation vis-à-vis d'*Operandi*. C'était également le signe de la fin d'une période faste. Il y avait de la tristesse pour ces hommes qui avaient passé tant de temps ensemble à batailler pour conclure des *deals*. L'un d'entre eux à l'occasion d'une pause-café lui demanda :

– Monsieur Chevrier, si vous deviez donner un conseil à un cadre débutant sa carrière, que lui diriez-vous ?

Impassible, il regarda son interlocuteur droit dans les yeux avant de soupirer :

– La seule mise en garde que je pourrais lui faire serait de ne jamais se faire d'ennemis…

On ne pouvait mieux résumer dans le contexte auquel il faisait face : cette phrase dénonçait l'origine de sa chute avec toute la justesse d'analyse de cet esprit si vif.

Dans les réunions au sommet, c'était à peine si on faisait cas de ses avis. Poliment, on l'écoutait mais quand venait le moment de la décision ses pairs tranchaient quelle que fût sa recommandation. Partout on le stigmatisait et son équipe vivait mal sa disgrâce qui les affectait au quotidien. Si quelqu'un au sein du département s'amusait à exprimer son désarroi, Monsieur Chevrier le reprenait aussitôt vertement. Il n'était pas question de laisser grandir la démotivation des troupes. Arthus n'en avait que plus d'estime pour cet homme exemplaire de dignité au milieu de la tempête qui se déchaînait autour de lui. En quelques semaines celui qui avait officié aux destinées de la croissance externe du groupe était devenu un paria, prêt à être éjecté dès que ses contempteurs auraient fini de se déchirer pour sa succession. Les ignorants ne se doutaient pas de la somme de sacrifices qu'impliquait une telle fonction, celui qui prendrait la relève ne tarderait pas à déchanter devant l'immensité du travail à accomplir dans les mois à venir.

Enfin il les réunit pour son pot de départ mais ils savaient par avance qu'aucun représentant du comité exécutif ne se déplacerait. Adossés aux murs de la salle de réunion, l'équipe se préparait à écouter religieusement l'allocution qui marquait le crépuscule de leur chef. Sans fioriture, il salua le travail réalisé, remercia tous les collaborateurs en citant les dossiers sur lesquels les uns et les autres s'étaient distingués et conclut sur ses regrets de ne pas avoir suffisamment célébré les succès du service. Sa voix ne tremblait pas, l'émotion était maîtrisée.

Ils s'étaient cotisés comme le voulait la coutume pour lui offrir un cadeau de départ. En l'occurrence, le choix s'était porté sur un livre d'art consacré aux civilisations disparues. Arthus se demanda si le sujet était bien adapté compte tenu de sa situation et de celles de quelques autres directeurs généraux également poussés à la démission. Cette purge établissait de manière subliminale un parallèle troublant avec le thème du livre. Son assistante, visiblement très affectée par cette séparation imminente, les larmes aux bords des yeux, avait prévu des petits fours et du champagne. Dans ce cadre, ils devisèrent à voix basse tous ensemble une demi-heure avant de s'éparpiller dans les couloirs de l'étage, laissant seul le malheureux héros du jour.

La venue de son remplaçant avait circulé la veille, aussi Arthus se conditionna pour faire bonne figure au nouvel arrivant, la première impression étant souvent la bonne. Arthus se concerta avec un des directeurs délégués afin de savoir quelle était sa personnalité et pouvoir concocter une introduction en fonction de celle-ci.

Les collègues d'Arthus étaient dans leurs starting-blocks, prêts à en découdre. C'était à celui qui pourrait se placer le mieux auprès du tout-puissant patron des fusacs. Il pouvait défaire une carrière ou vous récompenser d'une promotion dont la visibilité par les membres du comité exécutif était synonyme d'une reconnaissance durable. Il était crucial de travailler sur les bons dossiers, les plus sensibles, les plus en vue. L'accession à de plus hautes fonctions passait par la résolution de dossiers critiques où les enjeux pouvaient se chiffrer en milliards d'euros.

Malheureusement ce département ne comptait qu'une vingtaine de collaborateurs et seuls les n-1 du grand patron jouissaient du privilège d'une telle exposition. Les autres étaient voués à demeurer des gratte-papier, œuvrant dans l'ombre, entièrement dépendants de l'humeur des trois vice-présidents.

Prêcher le faux

Ce matin-là était étrangement calme comme si l'étage avait été déserté. Pourtant Arthus pressentait que l'entrevue qui se déroulerait dans quelques minutes ferait l'objet d'une vive tractation que la torpeur des lieux ne parviendrait pas à apaiser. Depuis deux mois, il travaillait au corps son supérieur dans le but de remporter cette satanée augmentation dont le retard le désespérait. Arthus avait mis en œuvre une guerre de positions qu'il pratiquait tous les jours. Utilisant le tutoiement afin de créer une plus grande proximité alors que ses comparses se cantonnaient à l'appeler monsieur, Arthus s'efforçait de circonscrire leurs discussions. Son chef ne témoignait aucune réticence à ce traitement familier plutôt courant dans le milieu des ingénieurs et Arthus n'envisageait pas d'essuyer un refus tant son ardeur à répéter le message avait été grande. Il suffisait maintenant d'attendre le moment propice pour porter l'estocade. Malgré cette préparation, Arthus était rongé par l'anxiété et essayait de se détendre autour de la machine-à-café installée au fond du couloir.

L'ascenseur continuait de déverser ses occupants qui se hâtaient de rejoindre leurs cellules, les bureaux étaient en effet peu spacieux. Arthus entendit alors la porte du bureau s'entrebâiller, laissant le passage à son assistante. Sans hésiter, il vint se planter sur le seuil, puis se racla la gorge pour signaler sa présence. Levant les yeux, il lui sourit. Dans un élan du corps, Arthus entra et s'assit pour marquer sa détermination. Il se croyait en terrain conquis. Son nouveau patron le félicita sur la tenue de ses dossiers et s'enquit des derniers points d'une négociation. Ensuite il passa naturellement au sujet de sa requête salariale mais contrairement à ce qu'Arthus avait prévu, il sortit une feuille qu'il lui tendit en déclarant :

– Voilà, tu es augmenté de cinq pour cent cette année.

Puis, il joignit les mains par l'extrémité des doigts, l'air satisfait, tandis qu'Arthus resta interdit une fraction de secondes, parcourant la feuille de papier qui condamnait ses espoirs. Consterné par ce tour inattendu, Arthus était mis devant le fait accompli, plus moyen de discuter ! Dans un réflexe de survie, il remonta à la surface, à l'image d'un nageur qui veut échapper à la noyade, et lui retourna le papier sur lequel était apposé son paraphe.

– Je suis désolé mais je t'avais demandé dix pour cent de revalorisation… je ne peux accepter ta proposition, dit-il en le regardant droit dans les yeux. Je vais te réexpliquer pourquoi…

Il marqua une pause avant de reprendre :

– Lors de mon recrutement au sein d'*Operandi*, il avait été exigé que je fasse un effort sur mes prétentions salariales contre la promesse d'être servi en stock-options. Sauf qu'au final, ces actions n'ont jamais atteint des sommets mirobolants et je n'ai pu enregistrer la moindre plus-value. Je n'ai donc pas récolté la récompense de mon travail… Ces stock-options n'auront été que de la monnaie de singe ! Ce qui fait qu'aujourd'hui mon salaire est sous-évalué par rapport au marché et au reste du service, tout simplement pas ce que j'ai accepté une compensation qui s'est avéré n'être qu'un mirage… c'est la raison pour laquelle je t'avais réclamé dix pour cent de hausse de salaire mais – après mûres réflexions – c'est treize pour cent que je veux afin de me réaligner avec les autres ! déclara Arthus sur un ton lapidaire.

Ce plaidoyer permit à Arthus de relancer les pourparlers et, à l'attitude de son chef, il comprit que le doute changeait de camp. Au fur et à mesure qu'Arthus déroula sa rhétorique, l'autre se crispait. On pouvait lire sur son visage qu'il était déstabilisé face à autant d'audace. Il devait se dire que si Arthus était à même de lui retoquer un papier signé, c'était parce que, probablement, il avait reçu une offre pour partir ailleurs.

Son arrivée récente à la tête du département le mettait dans une position de faiblesse car il n'y avait rien de pire que de voir s'en aller une partie de l'équipe dans les mois qui suivaient sa prise de poste. La connaissance des dossiers menaçait de se perdre, les opérations en cours de tomber à l'eau, les subtilités des montages financiers de finir aux oubliettes. Trop risqué pour une responsabilité si grande. Un long silence s'en suivit.

– Bon, je vais voir, bredouilla-t-il.

Arthus s'empressa de regagner son bureau et tâcha de se mettre au travail, encore absorbé par l'échange qui venait d'avoir lieu. Au bout d'une demi-heure, son chef fit irruption et déposa sur le bureau le papier qui entérinait l'augmentation d'Arthus. C'était à ne plus rien y comprendre.

– Voilà, c'est fait, tu as tes dix pour cent !

Et sans plus de formalité, il le quitta précipitamment comme s'il craignait qu'Arthus ne revienne à sa dernière enchère. Stupéfait et incrédule de ce succès inattendu, Arthus parcourut le document pour s'assurer qu'il ne rêvait pas. Cette concession de sa hiérarchie était de très bon augure pour les trimestres à venir. Dès le surlendemain, il se mit à cogiter à l'étape suivante visant à se voir décerner une promotion. Arthus avait préparé son offensive depuis longtemps en se focalisant sur ses collègues directs. S'il n'avait été en mesure de découvrir les rémunérations de ceux-ci, jamais il n'aurait pu négocier avec autant d'aplomb.

En effet, plusieurs mois auparavant Arthus avait mis en œuvre une tactique pour créer des relations amicales avec ses homologues les plus jeunes au sein du département. L'idée était de faciliter les confidences concernant leur salaire afin de comprendre comment lui se positionnait dans l'équipe. Une telle comparaison procurait à Arthus les armes nécessaires pour réfuter l'argumentaire administratif de la direction des ressources humaines, toujours prompte à refuser les demandes sur le sujet quelles que soient les compétences de l'intéressé. Les gens s'interrogeaient habituellement sur la meilleure façon pour que leurs collègues dévoilent leurs rétributions annuelles. C'était pourtant si simple : il suffisait de divulguer le sien en premier. Cet exercice était primordial car, avec cette référence, Arthus pouvait exiger une revalorisation salariale, et – comme tout ce que vous obteniez se faisait immanquablement au détriment de quelqu'un d'autre par le jeu de l'enveloppe budgétaire collective – ces indications lui apportaient les éléments indispensables pour pouvoir chiffrer sa demande. Pour ce faire, il avait peu à peu tissé les liens invisibles de la connivence qui permirent de faire baisser la garde de ses rivaux. Tant et si bien qu'un beau jour à l'occasion d'un café l'humeur joyeuse de ses camarades lui signala que l'osmose était suffisante pour avancer ses pions. Arthus attendit de se retrouver seul à seul avec une des jeunes femmes du département pour placer sa question avec habileté.

– Tiens, as-tu une idée de combien Célia est payée ? sonda-t-il au détour de la conversation.

Prise au dépourvu, elle formula une réponse où pointait une touche d'émotivité :

– Non, je n'en ai aucune idée …

Il relança, sentant qu'il fallait verrouiller ses aveux avant qu'elle ne se renferme.

– Cela doit être assez élevé, affirma-t-il avant d'énoncer son salaire avec bonhomie.

Arthus l'amena à avouer le sien dans la foulée, ce qu'elle fit bien volontiers sous l'effet de son apparente bienveillance. Et par la suite, il compléta son enquête concernant le reste de l'équipe en procédant de la même manière.

Une seule se montra réticente à jouer la transparence : Célia.

Chauffer la bête

Arthus en était à savourer sa victoire récente quand il apparut évident qu'il devait pousser son avantage : il avait pris un ascendant psychologique sur son supérieur et ne comptait pas s'arrêter en si bon chemin. Il revint donc à la charge une quinzaine de jours plus tard.

La conversation tournait autour du départ prochain d'un de ses directeurs délégués, ce qui mettait son chef dans l'embarras car Célia avait accompagné son prédécesseur sur toutes les opérations réalisées au cours des deux dernières années. La personnalité de la jeune femme et sa connaissance profonde des dossiers lui faisaient de l'ombre. Il se devait d'imprimer sa marque pour assoir son autorité aux yeux de tous, notamment de son équipe car un manager n'est jamais aussi fragile que lorsqu'il vient d'être nommé. Tout d'abord ses collaborateurs les plus anciens dans le poste risquaient de contester sa légitimité de façon insidieuse. En second lieu, ils pouvaient succomber à la tentation de partir à la concurrence. Sans mémoire des points sensibles et autres écueils des négociations dont la charge lui incombait, il avait gros à perdre. Arthus savait le moment propice pour faire monter la pression :

– Effectivement le service s'en trouverait déséquilibré si le nombre des directeurs se voyait réduit à deux, souligna Arthus, mais moi, j'attends un signal fort du groupe... sinon je serai contraint d'examiner d'autres options à l'extérieur, confia-t-il en appuyant l'intonation sur la fin de la phrase.

– Que veux-tu dire par là ? balbutia l'autre en avalant sa salive.

– Eh bien, j'ai passé la trentaine, j'ai donc besoin de savoir si l'entreprise a la volonté d'investir sur moi, en m'octroyant une promotion par exemple, sinon il faudra que j'aille tenter ma chance sous des cieux plus cléments...

Son interlocuteur ne broncha pas, fidèle à l'habitude qu'il avait d'intérioriser ses émotions mais il encaissait le coup. Le poisson était ferré ! Arthus partait en vacances dans dix jours, inutile d'en faire davantage. Ce repos estival était bien mérité compte tenu des journées interminables passées au bureau, parfois jusqu'à quatorze heures d'affilées.

Une fois au Maroc, le programme de villégiature d'Arthus se partagea entre farniente et parcours de golf. Les derniers rebondissements survenus dans sa vie professionnelle furent vite oubliés.

A son retour de congé, arrivant de bonne heure et sortant de l'ascenseur, il aperçut son supérieur qui aussitôt lui fit signe. Un court salut ponctua leurs retrouvailles. Il referma la porte derrière Arthus, ce qui l'intrigua.

– J'ai bien réfléchi, j'ai pris la décision de te promouvoir directeur délégué et je vais l'officialiser ce matin pendant la réunion de service, énonça-t-il sans préambule.

Incroyable, cela dépassait toutes les espérances d'Arthus ! Son coup de poker avait marché. Fini de faire le larbin pour les adjoints du chef de de département. Arthus sera en première ligne et ses coreligionnaires allaient devoir digérer cette annonce. Arthus raflait la mise, en doublant tout le monde. Ses rivaux, qui ambitionnaient tous depuis six mois d'enfiler le costume d'un des directeurs délégués, en seraient verts de rage. Il s'était faufilé parmi eux et leur était passé devant, à leur nez et à leur barbe. Lorsque la pendule marqua neuf heures trente, ils pénétrèrent un par un dans la salle de réunion, et dans une mécanique bien huilée prirent place autour des tables. Écoutant distraitement l'introduction de son chef, Arthus se réjouissait à l'avance de la tête qu'ils allaient faire. Personne ne soupçonnait un tel dénouement.

Quand l'allocution se termina par la notification de sa nomination, nulle acclamation ne l'accueillit. Le silence qui succéda trahit la dure réalité qui venait de doucher les espoirs des talents prometteurs du service. Leurs calculs s'effondraient subitement car cette promotion fermait alors toute possibilité d'évolution au sein du département : le triomphe d'Arthus valait catastrophe pour ses concurrents. Il anticipait maintenant une virulente riposte. La réunion prit fin dans une atmosphère pesante, ses concurrents étant blêmes et défaits. Cette récompense décernée au dernier venu était incompréhensible pour eux. Aux regards noirs, Arthus sut qu'ils n'hésiteraient pas à lui porter des attaques dès que possible. Une colère contenue émanait de ses adversaires et il dut réprimer sa jubilation.

Revenu à son bureau, Arthus se remit au travail. Un quart d'heure plus tard, il fut dérangé par l'irruption de Laure qui se campa face à lui. Exultant sa vindicte, elle partit dans une diatribe enflammée. Il restait de marbre tandis que la bouche de Laure s'agitait dans un rictus où ses visées contrariées s'exprimaient avec violence. Elle espérait le déstabiliser par son discours mais c'était peine perdue. Arthus avait ramassé la mise et elle ne le digérait pas, estimant sa promotion illégitime.

— Je vais aller voir notre chef et lui expliquer qu'il fait une erreur ! glapit-elle, exaspérée de voir que ses remontrances n'avaient pas de prise sur lui.

— Vraiment ? dit-il sur un ton narquois. Tu perds ton temps si tu crois pouvoir le faire revenir sur sa décision… et j'imagine d'ici sa tête quand une junior de vingt-sept ans va venir l'accuser de faire une faute de management. Tu risques de te faire gifler… au sens figuré, bien sûr.

La répartie d'Arthus la cueillit. A court d'arguments, ce dialogue de sourd se clôturait par une sentence qu'elle pensait sans appel :

— De toute façon, tu vas devoir faire tes preuves !

Alors, très posément, Arthus la fixa droit dans les yeux, prenant tout son temps avant de répliquer :

— Tu as tout faux, ma grande ! réfuta Arthus en utilisant volontairement un ton familier pour marquer sa condescendance. Je viens d'obtenir ce que je voulais alors que toi tu es toujours au même poste… C'est donc à toi de faire tes preuves si tu veux pouvoir, un jour, décrocher une telle promotion.

Arthus avait fait mouche, elle tressaillit. Sa bouche s'ouvrit mais aucun son n'en sortit. L'arrogance d'Arthus lui avait coupé le souffle. Ayant perdu la face, elle tourna les talons. Son pas saccadé martela la moquette et il l'entendit s'éloigner vers l'aile où se concentraient les chargés d'affaires, espace qui délimitait la frontière entre ceux qui dirigeaient les opérations et ceux qui devaient se contenter de préparer les dossiers ou d'administrer les tâches ingrates. L'élévation soudaine d'Arthus constituait une humiliation pour ces cadres prêts à passer douze heures par jour au bureau et qui crevaient d'ambition. Cette réalité cinglante était doublement douloureuse pour les déçus en regard du palmarès vierge de toutes opérations d'envergure d'Arthus.

Sa tactique témoignait de sa lucidité, son aplomb avait fait le reste. Cependant de nouveaux ennemis lui déclaraient la guerre comme il venait de le constater et sa position ne le mettait pas à l'abri des coups de poignards. Il décida donc de s'attirer la neutralité de certains membres de l'équipe afin de se prémunir d'attaques en sous-main. Dès qu'il trouva un moment tranquille pour s'entretenir avec un des analystes juniors, il joua les étonnés, justifiant l'acte du grand patron par la nécessité de renforcer le management du service, et dans un tel contexte Arthus affichait le meilleur profil compte tenu de sa plus grande ancienneté professionnelle. Le junior approuva tout en soulignant que son peu d'expérience dans les fusions-acquisitions jouait contre Arthus aux yeux de l'équipe. Avec doigté, Arthus pointa que l'important était d'être performant et ses nouvelles fonctions l'autorisaient à choisir les chargés d'affaires avec lesquels travailler sur les dossiers qui lui seraient confiés. En conséquence, ceux qui coopéreraient seraient privilégiés, notamment dans l'attribution des bonus semestriels... En revanche, pour ceux qui ne joueraient pas le jeu, rétifs à l'autorité, Arthus se verrait obligé de les écarter, voire d'exiger qu'ils soient cantonnés à des dossiers secondaires car son influence auprès de leur chef ne laissait aucun doute. Arthus le caressait dans le sens du poil tout en dévoilant ses crocs. Le jeune homme intelligent et subtil comprit le message et se rallia à Arthus à compter de ce jour. Il se montra loyal en toutes circonstances, attachant son destin à celui d'Arthus. Ainsi se font les carrières en entreprise, il faut toujours être du côté du plus fort, sous peine de subir vexations et frustrations.

Laure entra alors dans une période d'hostilité permanente à l'encontre d'Arthus, perceptible pour tout le monde. Tant et si bien qu'au cours d'un projet où Arthus eut à traiter avec le directeur de cabinet du PDG, ce dernier profitant d'une pause engagea le sujet avec lui :

– Elle est toujours comme cela ?

– Non, parfois c'est pire.

– Manifestement c'est une mal baisée ! lui lança-t-il avec force.

– Oui, apparemment, répondit Arthus attendant de voir où il voulait en venir.

– Tu devrais te la taper, suggéra-t-il d'un air égrillard.

– Non merci… vraiment.

« Cela ne me servirait à rien d'allonger la demoiselle. Ce devait être un mauvais coup » pensa Arthus. Elle était trop mal à l'aise vis-à-vis de son corps. Il l'avait remarqué à maintes reprises, un peu comme si elle était habillée de vêtements trop amples. A moins de provoquer un électrochoc mais l'éducation sexuelle de la demoiselle était à reprendre du début… Sans compter qu'il s'avérerait difficile de dissimuler cela à sa compagne actuelle, toujours aux aguets.

Arthus abandonna ces réflexions dont la vision le rebuta, davantage préoccupé par la punition à donner à cette pimbêche. Légèrement surpris quand même de cette remarque, il lut dans le regard de son interlocuteur qu'il devait croquer de temps en temps les jeunettes de l'entreprise. Une brève lueur dans ses yeux pendant qu'il parlait avait suffi à renseigner Arthus qui sentit toute la confiance intérieure du séducteur, sûr de lui.

Nul besoin d'en dire davantage, les amateurs du genre se reconnaissaient entre eux d'un clin d'œil complice.

Sueurs froides

Les quinze mois passés dans son précédent poste avaient permis à Arthus de se mettre plus ou moins à niveau quant aux subtilités financières. Pour autant il n'avait pas encore la pleine maîtrise de la complexité relative aux opérations d'acquisition de sociétés. Les fusions-acquisitions impliquaient des notions juridiques et fiscales très pointues. Et bien qu'il y ait des juristes et des fiscalistes pour le seconder, il lui était difficile de piloter des négociations lorsque de telles notions lui échappaient. Arthus devait donc faire attention en réunion aux faux pas qui auraient irrémédiablement révélé ses lacunes. Chacun de ses adversaires l'attendaient au tournant, prêts à le saisir à la gorge. Arthus reproduisait donc ce qu'il savait le mieux faire : l'adaptation aux situations critiques, et sa capacité d'improvisation constituait sa meilleure arme. Il en usait à bon escient.

Le mois de sa prise de poste, Arthus fut confronté à un exercice périlleux alors qu'il accompagnait un des directeurs délégués à une séance de discussion avec plusieurs conseillers, principalement des avocats. Cette réunion portait sur un dossier que son homologue lui transférait. Les débats auraient lieu par téléphones interposés car les participants étaient localisés dans des locaux à Londres, Paris et Bruxelles. La communication était compliquée par la présence d'Anglais à l'accent marqué qui avalaient les syllabes.

La première heure consacrée à la présentation du projet fit appel aux compétences juridiques des spécialistes réunis. Arthus écoutait attentivement en prenant des notes. C'était en quelque sorte une journée de formation pour lui. Mais sa quiétude fut dérangée quand le sujet commença de s'enliser sur des points de fiscalité. Le correspondant britannique exposait différents scénarios sans qu'Arthus soit capable d'en comprendre les tenants et aboutissants. La pression montait. Tôt ou tard, on allait solliciter son avis et il n'avait pas la moindre parade. Si sa réponse ne détournait pas les esprits, l'impression qui s'en dégagerait pouvait être particulièrement dommageable à la réputation d'Arthus. Il n'avait pas besoin de cela actuellement. Le directeur délégué, sans malice apparente, s'adressa alors à lui en anglais.

– Qu'en penses-tu ?

Arthus n'en menait pas large et sentit sa chemise coller son dos moite. Le stress était intense mais il ne pouvait se défiler. Arthus se souvint subitement de la recommandation qui lui avait été faite un jour par son père : « Si tu ne sais pas répondre, pose une question… tu gagneras le temps nécessaire à formuler quelque chose de pertinent ». Cette ruse paraissait appropriée à la situation. Il objecta.

– Je ne comprends pas ce que tu redoutes, peux-tu préciser tes craintes ?

C'était l'arroseur arrosé, l'autre se lança bille en tête dans un monologue où, comparant les options, il arriva à la conclusion que le manque d'informations empêchait de trancher. C'était merveilleux, il faisait le travail à sa place. Arthus était tiré d'embarras et il savait maintenant à quoi s'en tenir sur le dossier, tout en ayant témoigné de son sang-froid. Un bon point pour Arthus. Le regard qu'ils échangèrent à la fin de la séance acheva de le rasséréner. Il ne s'était rendu compte de rien. Arthus venait de gagner son respect et jamais plus il ne chercherait à le tester.

Toutes les réunions ne se passaient pas aussi bien mais Arthus s'attachait méthodiquement à collaborer avec des profils différents à chaque fois afin que personne ne puisse déceler les indices trahissant ses connaissances limitées. Ainsi il traversa sans ennuis notables les mois qui suivirent son arrivée dans le service, tout en progressant en expérience. Son intime conviction était que, mis à part les métiers d'avocat ou de chirurgien, tous les autres pouvaient s'apprendre sur le tas. Arthus le vérifiait à chaque instant en donnant le change.

Le mois de juin s'achevait. Arthus eut à traiter un dossier délicat où les partenaires avaient, à l'insu d'*Operandi*, vidé la trésorerie de la filiale détenue en commun. Des recours auprès d'un tribunal avaient été engagés mais l'activité se situait en Inde et la notion de justice était à géométrie variable dans ce pays où tout dépendait des pots-de-vin versés. Le premier jugement donna raison à *Operandi* mais il fut annulé, contre toute attente, le lendemain par le même magistrat. La participation en capital se dépréciait de jour en jour et l'issue finale était sombre. A force de persuasion et de plaintes juridiques, les associés avaient accepté une tentative de conciliation sous l'égide d'une banque d'affaires, choisie pour sa neutralité.

Arthus et ses avocats partirent à Londres afin de sortir de cette crise qui perdurait. L'enjeu résidait dans la vingtaine de millions de dollars qui avaient été injectés dans la société. Ce n'était pas une paille ! Ils se réunirent autour d'un dîner pour préparer le plan d'attaque, soupesant leurs arguments et évaluant la portée réelle de leurs menaces. Encore fallait-il pouvoir les mettre à exécution juridiquement dans un contexte local où la corruption bousculait la Loi.

Arthus accueillit ses hôtes dans le gigantesque hall de ce bâtiment victorien qui hébergeait le siège de la banque d'affaires. Ils étaient très courtois, en dépit de leur mauvaise foi crasse pendant les séances de négociation. En fait un seul négociait, ses acolytes avaient plutôt un rôle de conseillers et n'intervenaient qu'en aparté. La première journée fut âpre. Arthus avait l'impression qu'un compromis pouvait être obtenu. De dix heures du matin à vingt et une heures, ils bataillèrent pour les forcer à des concessions. La salle était climatisée mais, échauffés par ce marchandage incessant, les français transpiraient sous leurs costumes. Leurs adversaires, habitués à la chaleur, étaient beaucoup plus à l'aise. Au déjeuner, un serveur apporta des sandwichs et des boissons. Néanmoins, le chef de la délégation indienne était allergique à certains aliments. Comme le serveur était ignorant de ce que contenait la nourriture livrée, l'autre se contentait de boire de l'eau fraîche pendant ces longues heures. Une telle résistance physique au milieu de cette partie d'échec épuisante impressionnait Arthus.

A la fin de la journée, la confiance gagna le camp d'Arthus mais ils durent interrompre la session quand le veilleur, faisant sa ronde, vint les prier de quitter le bâtiment.

Pourtant quelque chose tracassait Arthus. Le médiateur faisait systématiquement pencher la balance du côté des orientaux, contrairement à l'indépendance à laquelle il s'était engagé. Arthus soupçonnait une accointance personnelle. Le lendemain lorsque reprirent les pourparlers, il devint évident qu'Arthus se faisait mener en bateau. Tout ce qui avait été acté hier soir était ce matin remis en question ! Le banquier indien trouvait cela normal… La veille n'avait servi qu'à les fatiguer, les véritables tractations commençaient seulement. Arthus fulminait. Les heures s'égrenaient sans que l'intermédiaire ne change d'un iota son comportement. On courrait à l'échec car le blocage était insoluble, on pataugeait. Arthus lui fit alors un signe du doigt et, laissant là les discussions, l'entraina sur la terrasse qui surplombait un vaste jardin arboré, puis referma la baie vitrée derrière lui. A son air, Arthus vit qu'il devinait la raison de cette sortie.

– J'ai un gros problème avec toi ! s'exclama Arthus, le regard noir. Tu ne respectes pas l'engagement que ton directeur général a pris envers nous… alors si tu ne changes pas immédiatement ton attitude, si tu ne joues pas le rôle de conciliateur qui t'incombe, je te donne ma parole que plus jamais tu ne pourras travailler dans une banque d'affaires dans ton pays… ou ailleurs !

Arthus ne parlait pas à la légère, la banque d'affaires américaine qui l'employait détenait des succursales dans le monde entier et le management ne plaisantait pas sur les relations avec de grands clients. Ils n'auraient pas hésité une seconde à le licencier pour ménager *Operandi* et Arthus avait également les moyens de le griller auprès des établissements anglo-saxons concurrents. Les banques d'affaires se disputaient les grands groupes comme *Operandi*, il ne pouvait donc être question qu'un client de premier choix soit insatisfait d'une prestation vendue aussi chèrement. Arthus avait frappé là où cela faisait mal. L'indien se confondit instantanément en excuses, la perspective de déchoir de son piédestal de banquier d'affaires et de perdre les bonus faramineux versés chaque année le pétrifia. L'idée d'être mis au ban d'une profession si rémunératrice le ramena dans le droit chemin. Arthus le laissa méditer et rentra à l'intérieur. L'après-midi vit la résolution de plusieurs points durs, Arthus reprit espoir.

Il subsistait un aspect critique : Arthus voulait absolument qu'ils acceptent une clause de complément de prix, les contraignant à verser une soulte en cas de revente de leurs titres à un prix supérieur dans un délai de six mois. L'homologue d'Arthus s'y opposait farouchement et de nouveau le dialogue s'enlisa. Arthus ne voulait pas lâcher prise car il avait l'intuition qu'ils se préparaient à se débarrasser de cette participation au plus vite. Bientôt vingt heures, tout le monde était épuisé. L'assemblée se retira. Demain serait le jour du dernier acte.

La nuit d'Arthus fut agitée. Il tournait en rond à la recherche d'une solution acceptable pour les deux parties. Jusqu'au petit matin, il ne put s'endormir, puis son esprit finit par céder au sommeil une petite demi-heure. Quand les rayons du soleil vinrent réchauffer son visage, il sortit de son somme et s'habilla en hâte. Il héla un taxi et durant le trajet une réflexion prit forme qui, si elle semblait irrationnelle, pouvait fonctionner avec quelqu'un d'origine asiatique. Arthus savait que le code de l'honneur était primordial dans cette culture.

Le petit-déjeuner préparé à l'intention des négociateurs dans la salle fut avalé en un clin d'œil. Leurs hôtes étaient comme à l'accoutumée fort polis. Ils savaient que la requête formulée la veille était l'ultime divergence à trancher. Arthus observait son ennemi. Calme, celui-ci sirotait son thé. Arthus n'avait plus le choix, il fallait débloquer la situation maintenant. Il l'attira donc à part du groupe où se mélangeaient les avocats des deux parties.

– Cher monsieur, ne croyez-vous pas que notre désaccord dure depuis trop longtemps ?

Sans sourciller, l'oriental continuait à tourner sa petite cuillère dans la tasse mais Arthus sentit qu'il écoutait attentivement.

– Je ne peux transiger sur cette clause car ma hiérarchie exige que je l'obtienne, vous comprenez ?

Rapprochant son visage de celui de son adversaire, Arthus lui parlait maintenant à voix basse comme un conspirateur.

– Il n'y aura pas d'accord sans ce compromis de votre part, sinon je perds la face devant ma hiérarchie...

Le ton comminatoire ne semblait pas l'intimider mais au mouvement imperceptible de son épaule, il donna à Arthus, sans le faire exprès, le signal qu'il vacillait. Le crédit d'un homme se joue parfois sur des victoires insignifiantes. Dans la civilisation orientale, il est impossible de balayer un tel argument : si l'honneur d'Arthus était en jeu, alors il ne pouvait douter qu'Arthus allait préférer perdre le *deal* que de perdre la face… Ce n'est plus une question de logique mais de dignité : cela ne se discutait pas. Aussi, il releva la tête et d'un signe du menton acquiesça. Sans un mot de plus, ils se serrèrent la main tandis que les adjoints et collègues se dévisageaient à la recherche d'une explication plausible. Le reste de la journée, les avocats la consacrèrent à rédiger les documents à signer. De la terrasse, Arthus en profita pour souffler face à la ville qui s'endormait progressivement.

Huit jours plus tard, Arthus apprit que les ex-associés d'*Operandi* venaient de revendre dans la foulée la participation qui avait été cédée. Le mécanisme de complément de prix fut activé et *Operandi* récupéra deux millions de dollars supplémentaires. La persévérance d'Arthus était récompensée et cette conclusion apportait la preuve éclatante que la détermination l'emportait sur la compétence.

Petites combines

En ce mois d'octobre, il se produisit au sein d'*Operandi* un phénomène souterrain qui allait faire grand bruit quelques mois plus tard. La direction générale procédait chaque année à une augmentation de capital réservé aux salariés à prix préférentiel. Arthus en parla à Camille.

– As-tu lu les conditions de l'offre de souscription ? Il y a une période d'incessibilité de deux ans mais à l'issue, on peut librement les revendre... Et vu la décote de vingt pour cent sur le cours de bourse lors de l'achat, cela devrait se révéler très rentable !

– Oui mais j'hésite, on ne sait jamais ce qui peut se produire en deux ans sur les marchés financiers...

Arthus reconnaissait la prudence de Camille mais il avait participé aux précédentes augmentations de capital et celle-ci s'annonçait sous les meilleurs auspices, les marchés ayant fortement progressé récemment. La plus-value théorique de l'action approchait les trente pour cent sur la base du dernier cours de bourse. Un joli pactole en vue !

Le nombre d'actions émises avoisinait les vingt millions selon les sources officielles. Personne ne restait indifférent à tout cet argent, ce qui éveilla l'appétit de petits malins au carnet d'adresse bien étoffé et stimula l'imagination d'experts du domaine bancaire. En peu de temps, une mécanique remarquable fut mise sur pied afin de capter l'essentiel des gains qui se chiffrait à plus de cent million d'euros. Un cercle restreint qui regroupait une centaine de cadres du siège d'*Operandi* se passa le mot sous le manteau. Différentes banques leur proposèrent un prêt pour acquérir un maximum d'actions sans prendre le moindre risque, les établissements financiers s'engageant à supporter la perte en cas de baisse massive du cours de bourse. En outre, aucun intérêt ne serait facturé aux emprunteurs. Les banques avaient prévu de se rémunérer en prélevant un tiers de la plus-value à l'issue de la période de blocage. Pouvait-on rêver mieux ? C'était la garantie de s'enrichir sans effort, la spéculation sans danger.

De leur côté, les institutions financières avaient pris soin de se couvrir dans le cas où l'action serait descendue sous le prix d'émission. En souscrivant au montage, le compte bancaire des bénéficiaires se retrouverait crédité – deux ans plus tard – de trente mille euros, commission bancaire et impôts déduits.

– Tu te rends compte ? s'enflammait Arthus en revenant sur le sujet auprès de Camille.

– C'est trop beau ! Il doit y avoir une clause cachée, rédigée en minuscule au bas du contrat, qui te rendra redevable envers la banque en cas de perte… Je préfère ne pas y participer.

Le nombre d'initiés dans l'affaire atteignait maintenant un petit millier d'individus car l'information s'était propagée à différentes filiales. L'augmentation de capital prévoyait un système de réduction des ordres en cas de demande pléthorique. Le jour J approchait. Arthus et quelques proches avaient programmé leurs ordres avec le soutien des banques. Chaque souscripteur s'apprêtait à demander dix milles actions, soit le plafond autorisé par la Loi. Cela signifiait que cette conjuration invisible était en mesure de rafler la moitié des actions émises. Un simple calcul aboutissait à un constat encore plus cinglant : trois pour cent des salariés récolteraient l'essentiel de la plus-value offerte au personnel par le biais de cette opération en capital. Il n'y avait pas de doute, cette combine allait créer un scandale retentissant mais le parti pris des participants était d'ignorer les retentissements probables. Après tout, le montage était légal et une grande banque cautionnait de son nom la machinerie financière. « Ah quoi bon s'inquiéter ? » opposait Arthus au scepticisme de Camille. L'effet de taille jouerait en faveur des spéculateurs si d'aventure la direction générale mettait son nez dans cette affaire : elle ne pourrait sévir contre les centaines de cadres supérieurs impliqués sans mettre en péril l'image et l'intégrité des équipes dirigeantes.

La veille de la clôture de réception des ordres, le siège social fut alerté de la concentration excessive des demandes. Une enquête rapide fut menée qui révéla l'ampleur des dégâts. Le président appela aussitôt le comité d'administration à se réunir en urgence pour statuer sur le sujet. Le président laissa éclater sa colère, menaçant de graves sanctions quiconque aurait pris part à cette opération parmi les administrateurs ou les membres du conseil. Une semaine plus tard, face à la grogne des syndicats qui avaient été mis au courant, un communiqué interne qui ressemblait fort à un sermon visant les fauteurs fut adressé à tous les salariés mais il était impossible juridiquement de revenir en arrière. Bien sûr, les intéressés se firent discrets, leur action conjointe avait été couronnée de succès quoiqu'on en dise.

Quant à Arthus, il avait arrêté sa décision de ne pas utiliser le levier proposé par les banques. Il réunit donc toute son épargne et souscrivit à l'augmentation sans passer par un emprunt. Sa motivation était surtout liée à l'optimisation financière qui en découlait : pas de partage de la plus-value avec la banque, et une fiscalité à zéro par le biais d'un plan d'épargne en actions. Arthus doublait de cette façon le rendement de son investissement lorsque surviendrait la revente des actions. De plus, il aimait ressentir l'adrénaline dans ses veines comme un joueur de poker qui sait qu'il va remporter tous les jetons sur la table.

L'impunité bénéficiait toujours au plus grand nombre.

A l'attaque

Comme Arthus s'y attendait, sa nomination en tant que Directeur Délégué lui attira l'animosité d'une grande partie des cadres de moins de quarante ans de l'étage. Il leur avait brûlé la politesse et ils s'apprêtaient à le lui faire payer chèrement.

Au cours des premiers mois, les croche-pieds furent limités car il bénéficiait de l'appui inconditionnel du Directeur du service. Ses détracteurs hésitaient et préféraient procéder par petites touches indirectes qui prenaient la forme de critiques assassines quant aux progrès des dossiers dont Arthus avait la charge. C'était insidieux mais redoutable. Malgré la neutralité de certains, la calomnie finirait par laisser des traces. Arthus prit conscience qu'il lui fallait réagir au plus vite pour éteindre l'incendie qui menaçait de se propager à d'autres départements. Cependant, son problème principal résidait dans l'hostilité flagrante de Célia qui ne perdait jamais une occasion de déprécier son travail en réunion d'équipe où leur chef passait en revue l'avancement des dossiers.

Ceux qui fréquentaient Célia au quotidien s'en méfiaient, voire la redoutaient. Elle était perfectionniste, aussi était-il impossible de trouver le défaut dans la cuirasse. Jamais une erreur, jamais une approximation. Pourtant son physique était à l'opposé de son caractère. Fine comme une liane, elle dissimulait bien sa gigantesque capacité de travail et sa volonté de fer. Sa silhouette était mise en valeur par ses tailleurs de grandes marques. Célia savait charmer la partie adverse pour mieux l'assassiner. Avec elle, les échanges étaient toujours tendus ; elle s'acharnait à souligner le moindre de ses manquements ou erreurs dans la conduite d'un dossier. Pourtant Arthus avait l'impression que cette réaction de sa part trouvait son origine davantage dans la volonté de réduire son influence grandissante et que ce n'était pas l'expression d'une quelconque jalousie. « Mais comment arriver à s'en ouvrir à elle sans donner le bâton pour se faire battre ? » ressassait Arthus. Il finit par prendre le parti de ne plus répondre à ses attaques lors des réunions de service. Il s'essaya même à appuyer le raisonnement de

Célia quand le grand patron faisait des remarques à son encontre. La première fois, elle dévisagea longuement Arthus, cherchant à comprendre à quoi il jouait. C'était incompréhensible pour elle qu'il puisse la soutenir au regard de leur position qui les rendaient concurrents. En effet, leur supérieur hiérarchique disposait d'une enveloppe budgétaire pour le versement des bonus et ce qu'il donnait aux meilleurs éléments de son équipe diminuait mécaniquement ce que les autres percevaient. Ce système de compétition ne favorisait pas la collaboration au sein du service mais la direction s'en fichait. Arthus poursuivait son manège bien qu'il devenait évident que Célia ne baisserait pas la garde.

Réduit à cette hypothèse, Arthus échafauda un scénario improbable où il pensait l'amener à de meilleures dispositions à son égard. C'était machiavélique même si les chances de succès étaient faibles. Mais qu'avait-il à perdre ? Sans une alliance à court terme, la meute risquait fort d'avoir raison de lui.

Il lui apparut que le seul moyen de renverser le rapport de force était de la séduire et de la mettre dans son lit. Ses amis l'auraient déclaré fou furieux s'il avait évoqué cette option, surtout quand on connaissait le caractère impérieux de celle qu'il convoitait. Elle était assurément célibataire à cause des heures illimitées qu'elle passait au bureau ou dans les avions qui la conduisaient de séances de négociation en assemblées générales. D'un autre côté, les qualités d'Arthus sur le sujet avaient été prouvées à maintes reprises. Aussi la tâche ardue semblait à sa portée. La seule incertitude provenait de sa rivale. Arthus supputait qu'elle n'avait probablement pas eu de relation depuis plus d'un an mais cela ne garantissait nullement qu'elle accepte de se jeter dans ses bras. A y regarder de plus près, c'était la rencontre improbable de la couleuvre et du renard…

L'intrigue qu'Arthus imaginait était séduisante et il n'y aurait aucune fuite parce que rendre publique sa démarche précipiterait Célia sous le feu de ses adversaires. Il pouvait au moins compter sur son silence en cas d'échec. Arthus résista à cette idée pendant quelques temps, puis décida de passer à l'action face à ses opposants. S'il réussissait son pari, une barrière invisible se dresserait entre lui et eux. En unissant leurs efforts pour étouffer les médisances, l'association qu'il projetait constituerait une riposte efficace. Le sort en était jeté et, tant pis, si Arthus devait essuyer une rebuffade.

Grâce à sa promotion, Arthus avait accédé au privilège de disposer de son propre bureau. Il avait emménagé dans celui jouxtant le bureau de Célia. A travers la fine cloison, il pouvait percevoir les sons, ce qui lui fournissait des indications sur les allées et venues. Arthus utilisait cette proximité pour lui rendre visite régulièrement. Toujours méfiante, elle l'accueillait cependant sans agressivité. Il prenait son avis sur certains détails de ses dossiers, elle voyait bien qu'il se donnait du mal pour briser la glace. Au bout de quelques temps, elle sembla attendre sa venue car, à chaque irruption dans son bureau, elle se décrispait. Arthus devait s'avouer qu'elle ne le laissait pas de marbre. Il aimait son élégance calculée. Elle savait se mettre en valeur et utiliser ses atours dans les discussions avec les partenaires externes. Elle était menue, ce qui tranchait avec son tempérament trempé, autoritaire, plus proche de celui d'un homme. Arthus goûtait cette force, cette intelligence vive qui rendait le chalenge encore plus excitant à ses yeux.

Un soir où Arthus et Célia s'apprêtaient à faire une nocturne pour finaliser des dossiers, se sachant seul avec elle à l'étage. Il vint lui proposer un café. Fatiguée, cette pause tombait à pic pour elle. Célia le suivit au distributeur de boissons. Le café était fade mais ils n'y prêtèrent pas attention. Cette fois, Arthus ressentit quelque chose de magnétique entre eux comme s'il ne s'agissait plus d'une discussion entre collègues mais plutôt d'un bavardage complice. Elle avait envie d'un peu de chaleur humaine, ce qui tranchait avec les débats techniques sur les opérations courantes. Peut-être parce qu'ils étaient las, le dialogue bifurqua sur les occupations du week-end. La pendule affichait vingt-deux heures, Arthus et Célia n'allaient pas s'éterniser, aussi – bille en tête – il tenta sa chance.

– Je n'ai rien prévu de spécial… on pourrait prendre un verre ensemble ?

Il crut deviner l'ébauche d'un sourire aux commissures de ses lèvres.

– Pourquoi pas ? fit-elle avec un air très détaché, comme si cette ouverture de sa part n'impliquait aucun sous-entendu.

Elle devait s'interroger sur ses desseins mais Arthus jugea prématuré d'être disert. Ce succès lui suffisait pour l'instant et il n'avait plus les idées claires à cette heure tardive. Inutile donc de faire durer davantage ce moment improvisé. Arthus s'était découvert et cela avait changé la nature de leur conversation. Il ne s'agissait plus d'échanges dans le cadre professionnel mais bien d'une tentative de se déplacer sur le terrain de la vie privée. La tournure que venait de prendre cette pause imposait de couper court à leur tête-à-tête car, à la manière dont elle jouait avec son gobelet, il comprit qu'une légère anxiété avait saisi Célia.

– D'accord, je t'appelle demain matin, dit-il aussi naturellement que possible.

Puis, il rangea ses affaires et l'abandonna sur le pas de sa porte d'un salut hâtif. Une poignée de main aurait été grotesque et il était trop tôt pour le contact physique d'une bise. En descendant dans l'ascenseur, Arthus cherchait à trouver une cohérence à tout cela comme une dernière hésitation avant de franchir l'obstacle.

Le plus délicat était fait, il ne restait plus qu'à conclure sans précipiter la chose car Arthus avait une revanche à prendre vis-à-vis d'elle.

Jalousies

La réunion durait depuis près de quatre heures et aucun progrès notable n'avait été enregistré ; les partenaires s'impatientaient, tout autant que les avocats. Le Directeur des Fusions-Acquisitions avait quitté la séance à la suite du refus catégorique de la partie adverse sur un point particulier de l'accord. La pièce, surchauffée par l'énergie que les participants dépensaient en palabres animées, était aveugle, sans ouverture sur l'extérieur. Cette piètre hospitalité était de la responsabilité de la banque d'affaires et Arthus suspectait que c'était volontaire. La journée était maussade et il lui revint en mémoire les marques d'hostilité que lui avaient réservées ses petits camarades quand sa promotion avait été rendue publique. Même s'il avait su rapidement s'attacher deux ou trois juniors, Arthus était inquiet car esseulé face à la horde de ses poursuivants. Un ami lui qui avait suggéré de montrer sa capacité de nuisance au plus tôt afin de contenir les esprits nuisibles mais c'était plus facile à dire qu'à faire…

Les réunions de service se prêtaient mal à ce genre d'exercice. Tout d'abord parce qu'Arthus ne maîtrisait pas ses dossiers. Il prit la décision de faire profil bas, le temps de « reprendre du poil de la bête ». Arthus savait que lorsqu'on frappait un ennemi, ce ne devait pas être seulement pour le blesser mais bien le tuer. Un rival, une fois à terre, ne devait jamais pouvoir se relever... Les comportements ne laissaient guère planer de doute : la révolte grondait autour de lui.

Le crédit auprès de sa hiérarchie constituait son meilleur atout et il tirait parti de la bonne relation avec son manager, faisant en sorte que la répartition des nouveaux dossiers fut décidée avant la réunion d'équipe hebdomadaire. En court-circuitant le processus existant, Arthus s'assurait que les éléments les plus vindicatifs soient muselés. Effectivement, les quelques miettes qu'ils récupéraient se limitaient à des projets sans envergure qui s'enlisaient rapidement. C'était une bataille gagnée. Ils comprirent d'où venait le coup et cela calma les esprits un moment.

Arthus adapta également son agenda afin d'éviter au maximum les déjeuners au restaurant d'entreprise : les envieux ne s'étant pas tous déclarés, il courrait le risque de faire part d'une confidence qui aurait pu être retournée contre lui. Arthus s'organisa donc pour se restaurer tard, vers quatorze heures, se soustrayant ainsi à l'obligation de se mêler à la coterie. Politiquement, il fallait masquer leur importance sans pour autant donner l'impression de les fuir. L'attitude d'Arthus aurait été perçue comme un signe de faiblesse. Cependant il conservait des alliés à l'extérieur parmi les banquiers d'affaires qui acclamèrent son ascension parce qu'elle leur ouvrait des possibilités avec *Operandi*, les autres directeurs délégués ayant déjà leurs chapelles. Bien évidemment, la coopération était restreinte à quelques fidèles. Dans ce microcosme, tout le monde se connaissait et il était impératif d'établir une muraille de Chine vis-à-vis de ses rivaux.

Ce cordon sanitaire en place, la menace s'éloignait et Célia vint même complimenter Arthus sur la manière employée. Pourtant ces initiatives ne suffirent pas à éteindre les jalousies. Arthus se disait qu'avec le temps, peut-être que certains finiraient par se fatiguer. Il misait sur le dénouement qu'il entrevoyait avec sa concurrente la plus sérieuse. Le rendez-vous tant espéré avait été pris mais Arthus ne recroisa pas Célia cette semaine-là, elle s'était envolée pour un voyage en Asie dont elle ne reviendrait que le vendredi dans la nuit. C'était idéal car, dans l'attente de ce dîner, elle aurait été moins naturelle au bureau. Les choses se décanteraient durant cette soirée, du moins c'est ce qu'elle devait penser. Le moral d'Arthus était excellent en dépit des contrariétés causées par ses contempteurs. Ce week-end promettait d'être riche en enseignement ; Arthus allait enfin pouvoir tirer au clair les dispositions de Célia à son égard. Il boucla les notes attendues par son supérieur et fila en catimini par l'escalier de secours. Il estima avoir droit de s'octroyer un peu de repos après ces mois de travail fastidieux dans un air empesé.

Arthus misait gros au cours de ce tête-à-tête mais il avait grillé ses autres cartouches, tout retour en arrière était impossible. En réfléchissant à la meilleure approche psychologique pour lever les barrières qui le séparaient d'elle, il restait confiant sur un possible rapprochement.

Discussions de café

L'affaire n'était pas gagnée d'avance. Machinalement Arthus prit l'appel sur son mobile qui sonnait dans sa poche. Au bout de la ligne, c'était un vieux camarade de promotion. Oui, il était partant pour un verre qu'ils fixèrent au lendemain, ce qui laissait la journée à Arthus pour se préparer au rendez-vous avec Célia.

Alexandre avait une éternelle jeunesse comme s'il ne vieillissait pas. On lui donnait facilement dix ans de moins. Arthus avait l'impression que leur précédente entrevue remontait à une semaine. Cadre dans une société de bourse, Alexandre venait de se faire licencier mais il n'en éprouvait que peu d'amertume compte tenu des substantielles indemnités perçues. Il n'avait pas vraiment d'ambition professionnelle, sauf à prendre régulièrement des chèques dans le cadre de plan social car son épargne gonflait beaucoup plus vite ainsi qu'avec son salaire mensuel. Il semblait dans la lune en permanence mais était toujours prêt à rendre service. Arthus pensait qu'il était l'archétype du gendre idéal et, d'ailleurs, il était déjà marié.

Arthus lui expliqua ce qu'il tramait tout en ne pouvant se retenir de rire tant son histoire lui paraissait abracadabrante.

– Tu es dingue ! lui jeta Alexandre, l'œil complice. Cela va se savoir, tu vas te griller !

– Non, non, je t'assure ! Ce qui se prépare va être magistral... si on y regarde de plus près, je sécurise au mieux mes intérêts en me ralliant mon ennemie. Ces filles-là ont tout sacrifié à leur ambition professionnelle et, quand elles se réveillent, c'est pour s'apercevoir que leurs copines sont mères de famille depuis longtemps et que les hommes susceptibles de les intéresser les fuient, trop peureux d'avoir à vivre avec une diva. Le vide de leur existence saute aux visages de ces ambitieuses, et c'est la panique ! Bien entendu, elles ne veulent pas d'un mouton à la maison. J'ai le bon profil et c'est pour cela qu'elle va tomber dans mes filets... Le risque sera de gérer la rupture le jour où elle surviendra. D'ici là j'aurai obtenu plus que de raison.

Éberlué, il regardait Arthus sans rien dire, ne sachant s'il devait applaudir ce discours machiavélique. Sa prudence lui interdisait d'acquiescer à un tel dessein mais il était séduit par cette rhétorique qui changeait la règle du jeu.

– Et tu n'as pas peur qu'elle t'écrase au quotidien ? Ce n'est pas le genre de femmes à se transformer en maîtresse de maison, à faire les courses ou le linge…

– Oui, c'est vrai mais il ne s'agit pas de cela, ce sera purement sexuel ! Elle va comprendre qui a les cartes en mains.

Le machisme d'Arthus dépassait tout et, face à l'étonnement légitime de son compère, il lui démontra que les retombées seraient inégalables. Alexandre se rangea à son avis tandis qu'Arthus achevait son argumentation par une conclusion où s'étalait tout son cynisme.

– Le XIXème siècle a célébré les hommes pour leur courage sur les champs de bataille, les érigeant en héros. Puis le XXème siècle a changé la donne, et ce sont les hommes politiques et les sportifs qui ont eu les faveurs de ces dames, les guerres ayant fait davantage d'éclopés que de mâles en pleine forme… La guerre était devenue une boucherie, fini le romantisme des charges sabre au clair !

Alexandre, silencieux, sagement assis sur la banquette en cuir de ce café art déco, les doigts croisés dans une posture d'écolier, écoutait attentivement.

– La fin du XXème siècle voit entrer en piste la société de services qui exige des cadres qualifiés mais trop de diplômés aboutit à une sélection féroce pour décrocher les places de choix en entreprise. Et dans ce domaine les femmes ont clairement pris l'avantage : méticuleuses et travailleuses, elles sont désormais meilleures à l'école et à l'université, accaparant les postes à responsabilité au fil de leur carrière. La règle du jeu de la méritocratie, la lutte contre les discriminations militent en leur faveur et, bien que le plafond de verre n'ait pas complètement disparu, elles avancent inexorablement. Même si la résistance s'organise, le lobby masculin n'a pas réussi à faire échouer le projet de lois visant à imposer des quotas de femmes dans les conseils d'administration… et bientôt viendra le tour des comités de direction. Elles auront gain de cause d'ici à quelques années.

Alexandre buvait les paroles d'Arthus. Autour d'eux, le café bruissait des conversations des touristes assis deux par deux à de petites tables tandis qu'Arthus poursuivait avec conviction.

– Quand arrive le XXIème siècle, la conquête discrète du pouvoir par les femmes nous renvoie à la Rome antique où le statut de patricienne suffisait à décider de la vie de centaines d'esclaves mâles dont certains étaient d'anciens guerriers faits prisonniers au combat. Le plus étonnant est que ces captifs pouvaient être affranchis sous réserve de leur performance sexuelle auprès de la maitresse du domaine à qui ils avaient été vendus ! Les femmes puissantes de nos jours ne diffèrent pas beaucoup de ces figures antiques… même si elles ne disposent pas officiellement du droit de cuissage. Elles peuvent faire ou défaire la carrière de leurs subordonnés mais leur talon d'Achille réside dans cette distance que crée leur position hiérarchique vis-à-vis du sexe opposé. Je vais juste m'en servir pour changer à mon tour de statut !

– Alors trinquons à ton projet fou ! claironna Alexandre, définitivement rallié aux idées d'Arthus.

Sa bonne humeur les fit rester tard dans ce café où ils évoquèrent leurs soirées d'étudiants mais Arthus se souciait déjà de l'avenir immédiat. Il lui fallait rompre sans tarder avec Camille avant de s'engager dans une nouvelle relation intime au sein d'*Operandi*. Sur le chemin de la maison, l'esprit embrumé, Arthus essaya de faire le bilan de sa courte carrière, notamment des situations où il avait laissé passer sa chance. Peu d'occasions ratées en fin de compte. Il lui avait seulement manqué les appuis politiques inhérents aux anciens du Corps comme on les appelait. Ce terme désignant les impétrants des plus prestigieuses écoles d'ingénieurs et de commerce traduisait la réalité privilégiée de ces groupes d'anciens élèves. Une caste puissante qui organisait les carrières par cooptation. La compétence ne rentrait pas en ligne de compte : le Corps primait sur le reste, prémunissait ses membres contre l'échec et leur garantissait des évolutions quelle que soit leur performance. C'était mieux qu'une assurance-vie ! D'ailleurs, la plupart étaient redevables envers l'État de leurs années d'études gratuites. Tenus d'effectuer des années au service de la Nation, dans les faits ils ne remboursaient jamais la formation reçue. Ces mandarins modernes gagnaient sur les deux tableaux : la sécurité de l'emploi de la fonction publique tout en profitant des largesses salariales dévolues aux cadres-dirigeants du secteur privé. Arthus ne jouait pas à armes égales et sa stratégie était la seule réponse viable pour se maintenir dans la course. Il n'avait pas froid aux yeux, considérant cette prise de risque comme le prix à payer de son ambition. Arthus était plutôt doué dans le domaine sexuel et il lui semblait logique d'utiliser ses talents pour parvenir à ses fins. Ses cibles étaient toutes lucides sur la nature de la relation.

Au final Arthus ne dupait personne, chacun y trouvait un intérêt.

Juste ce qu'il faut

C'était un restaurant à la mode de la rue Marboeuf, localisé à proximité des Champs-Elysées. Sa montre affichait vingt-et-une heure, Arthus était en retard mais c'était exprès. Il mettait un point d'honneur à la faire languir, comme une mise au point indispensable avant d'engager une éventuelle relation. Il descendit de son scooter, attacha l'antivol et, après un rapide coup d'œil dans le rétroviseur pour vérifier sa coupe de cheveux, se dirigea vers l'établissement.

Elle devait l'attendre depuis un bon quart d'heure. Arthus s'en amusait intérieurement en se souvenant de toutes ces réunions où elle avait minutieusement souligné les erreurs de pairs, sans jamais une hésitation ni indulgence.

De l'avis de tous, c'était une tueuse, terme qui désignait ce genre de femme que la discrimination masculine avait contrainte à devenir dure, sans pitié, à lutter sans répit ainsi qu'à assaillir tout rival pour se distinguer. Pourtant à ce moment précis, la situation s'était inversée, le rapport de force était désormais en faveur d'Arthus et, sûr de cet état, il comptait mettre à profit cette soirée pour assoir davantage sa position. Ce qui changeait ? Le seul domaine où la compétition ne s'exerce plus entre un homme et une femme, c'est lorsque la séduction entre en jeu…

Une chose était certaine à cet instant, si elle était venue jusqu'ici c'était déjà un aveu. L'incertitude n'était pas dans le camp d'Arthus. En dépit de la guerre qui les opposait, il pressentait que Célia était attirée par sa personnalité aux antipodes de la sienne. Ils étaient les deux pôles d'un même aimant. Arthus l'intriguait. Elle, d'habitude si confiante, était en proie aux interrogations. Elle aurait voulu se soustraire à cette attirance naissante qu'elle ressentait confusément mais voilà plusieurs semaines qu'elle était comme un poisson que la lumière des pêcheurs au lamparo fait inexorablement remonter à la surface. Sa volonté si forte, si combattive perdait pied face à l'esquisse d'une relation amoureuse avec celui qu'elle considérait comme un usurpateur et ses sens démentaient ce que la logique lui ordonnait. Arthus éprouvait une indicible excitation à tirer les fils. « Éprouvait-elle un sentiment comparable lorsqu'elle frappait mortellement un de ses collègues pour l'écarter d'un projet ? »

Si Arthus avait du ressentiment, il existait une admiration réciproque entre eux. Il la sentait séduite bien qu'ils n'étaient qu'aux prémices d'une relation intime.

Il s'approcha de la table où elle consultait compulsivement son Blackberry. Arthus soupçonna qu'elle n'avait pas réellement la tête à répondre aux courriels du bureau. Elle voulait probablement se donner une contenance. Quand elle leva les yeux vers lui, il décela comme un reproche. Personne ne se permettait d'habitude de la faire patienter. « Il y a un début à tout, ma chère ! » pensa-t-il. Inutile de s'excuser, le plus fort a toujours raison.

Puis il entama la conversation le plus chaleureusement du monde en lui demandant si elle était arrivée depuis longtemps. Arthus étalait sa mauvaise foi. Manifestement cela agaça Célia mais elle préféra ne pas jouer les divas. Elle était là… autant que cela se passe bien. Il vit au geste machinal qu'elle avait de jouer avec sa serviette qu'elle était un peu nerveuse. Il la fixa avec insistance, cherchant à la déstabiliser un peu plus. Elle se mit à parler mais Arthus ne l'écoutait que d'une oreille. Elle s'interrogeait : « pourquoi l'avait-il invitée ? ».

Arthus était comme un chat qui contemple la souris qu'il vient d'attraper. Il se mit à la questionner sur sa vie privée. Elle lui confia, presque dans un murmure, qu'elle n'avait personne en ce moment. Il sourit en réponse, affichant un certain contentement. Rien ne pressait et il menait la discussion sur le ton du badinage. Petit à petit, la carapace se fendait, elle en devenait plus touchante, laissant paraître les fragilités de la femme qui attend la promesse d'un amant. Il savourait de la voir enfin à sa portée, lui avait fait l'objet de ses attaques les plus virulentes au cours de longs mois.

Elle s'efforçait de contrôler son sujet tandis qu'Arthus improvisait mais, au détour d'une phrase, il revint sur les trente-cinq ans de Célia, pointant que le temps passait trop vite, qu'il était l'heure de se poser les vraies questions. « N'avait-t-elle pas l'impression de se perdre dans ce job si prenant ? » Au fur et à mesure que sa sensibilité apparaissait au grand jour, le désir d'Arthus croissait. « Cette fille avait une classe incroyable ! »

Derrière son masque de cadre dirigeante qui faisait place nette sur son passage, il découvrait une grande sensualité et beaucoup de charme. Pourtant il ne laissait rien transparaître qui aurait pu trahir son intérêt grandissant. Elle lui en avait trop fait baver, elle devait mariner encore un peu... Malgré les piques d'Arthus, le dîner s'acheva sans incident. Les connections cérébrales étaient établies. Ils quittèrent les lieux et Arthus l'abandonna sur le trottoir après un banal au revoir, ayant juste le temps de lire dans son regard qu'elle était songeuse. C'était étrange mais Arthus avait l'intime conviction que leur relation venait de commencer, comme une évidence.

Il laissa passer quinze jours avant de la rappeler pour prendre un verre. Elle était encore plus étonnée que la première fois, les intentions d'Arthus n'ayant pas été limpides lors de leur tête-à-tête. Elle hésita à accepter une nouvelle invitation mais finit par céder car il se montra prévenant. La tactique d'Arthus était d'inverser le rapport de force. Elle, qui lui avait maintenu la tête sous l'eau pendant toutes ces journées de travail, était maintenant à sa merci. Elle devait attendre qu'il se déclare. Arthus fixait le tempo et elle s'y soumettrait comme il avait dû s'accommoder des humeurs de Célia au bureau. Le soir tomba et Arthus ne contenait plus son impatience. Son choix s'était porté sur un des meilleurs restaurants de Paris, deux étoiles. Il lui en fit la surprise au dernier moment.

Arthus l'attendait à l'entrée et, tout en lui posant la main délicatement sur l'épaule, l'embrassa sur la joue avec douceur. A l'intérieur, l'ambiance était feutrée. Il se montrait attentionné, tout l'opposé du précédent dîner. Une équipe de serveurs était à leur entière disposition. La décoration datant du dix-huitième siècle était élégante et étalait tout son luxe sur les murs et au plafond de la grande salle-à-manger. La lumière tamisée et les bougies parachevaient l'intimité du lieu. Célia, tout sourire, cherchait à deviner ses intentions.

Arthus éprouvait la sensation du chasseur qui finit sa traque. Le combat penchait en sa faveur et le plaisir de remporter la victoire était puissant. Il dissimulait mal son excitation face à la légère inquiétude perceptible chez Célia. Tout son être respirait la féminité et il ne reconnaissait plus cette carnassière qu'il côtoyait d'habitude. Loin de son image habituelle, elle lâchait prise. Au fil du dîner, apaisée par les paroles d'Arthus, elle se défit de son masque.

Les mets les plus raffinés se succédèrent au milieu de la ronde des serveurs vêtus en queue de pie. Arthus n'écoutait plus la conversation que par bribes, entièrement absorbé à parcourir les courbes de ses épaules, de son décolleté, de sa gorge quand un rire l'animait, de ses lèvres que le gloss faisait briller comme si elles étaient humides. Il acquiesçait à ses questions et la laissait s'épancher. Elle pouvait enfin sortir de son rôle imposé de directrice déléguée, implacable et prête à mordre. « C'est purement professionnel, il n'y a rien de personnel » comme le disait fréquemment leur patron. A cet instant, ce qui les avait tant séparés les rapprochait. Avec soulagement, ils se découvraient.

La guerre de tranchées s'achevait et une liberté nouvelle les saisit ; le temps de la réconciliation pouvait commencer.

Corps à corps

Le dîner touchait à sa fin. Les miroirs géants de la salle du restaurant reflétaient les lumières des bougies qui parsemaient les tables recouvertes de nappes plissées blanches jusqu'au sol. Dans cette atmosphère compassée qui faisait penser aux photos de la Belle Époque, ils se laissaient délicieusement enivrer par le raffinement des plats et le vin capiteux. Leurs paroles les berçaient et ils demeurèrent dans le lieu un long moment après le repas, savourant un café torréfié à la manière de grands crus. La main d'Arthus recouvrait imperceptiblement la sienne. Le contact, si doux, était pourtant terriblement électrisant. Il n'avait plus qu'une envie, la prendre dans ses bras et la dénuder. Arthus s'aperçut qu'elle s'était rapprochée petit-à-petit de lui en se déplaçant d'un quart de tour le long du bord de la table ronde. Ses prunelles brillaient, ses lèvres lui murmurèrent quelque chose qu'il n'entendit pas.

La fragrance de son parfum pénétrait Arthus et quand elle se leva, il se laissa docilement prendre par la main et ils sortirent. Il héla un taxi pour s'engouffrer à l'intérieur. Arthus la tint par la taille un bref instant pour l'aider à monter dans le véhicule, tout en se demandant s'ils allaient réussir à patienter jusque chez elle pour se jeter l'un sur l'autre. Tous les deux étaient fébriles comme des pur-sang dans les stalles de départ quelques minutes précédant le coup de pistolet qui déclenche la course du jour. Arthus lut dans les yeux de Célia une telle intensité qu'il eut l'impression d'y deviner de la sauvagerie. Cela lui fit penser à un proverbe rapporté d'un voyage récent en Afrique où son guide lui disait que les grands prédateurs se retrouvent pour boire. Il se faisait l'effet d'être un fauve sur le point de dévorer sa proie et cette idée l'enchanta.

Ils parcoururent encore quelques centaines de mètres et, ne pouvant maitriser plus longtemps ses pulsions, il y céda et l'embrassa brutalement. Elle lui répondit sans retenue, se lovant dans ses bras, puis glissant sur la banquette pour remonter sa cuisse le long de la jambe d'Arthus. Il cherchait à garder l'esprit clair et priait pour que le chauffeur accélère et les dépose enfin au pied de son domicile. La nuit promettait d'être animée mais Arthus aimait autant qu'elle ne débute pas dans cette voiture. La voiture s'arrêta et il régla en vitesse le chauffeur. Ils franchirent la porte cochère d'un pas rapide. Le quartier était cossu mais la fortune restait discrète dans l'Ouest parisien. Rien d'ostentatoire, la pierre de taille de ce quartier haussmannien parlait suffisamment. Après avoir traversé en se tenant serrés l'un contre l'autre la cour faiblement éclairée par une torchère, leurs langues emmêlées, tandis qu'Arthus lui tenait le cou, ils montèrent dans l'ascenseur. Arthus se mit à lui caresser les seins tandis qu'elle entreprit de déboutonner sa chemise. L'espace d'une seconde, ces mois de conflits à fleuret moucheté entre elle et lui s'évanouirent. Ce soir, cette frustration, cette animosité trouvaient leur achèvement dans ce corps-à-corps.

La main d'Arthus s'aventura sous sa robe et commença à effleurer son intimité au travers du tissu de la culotte. Arthus nota qu'elle était entièrement épilée, ce qui redoubla son désir. Le sexe de Célia était comme une coupe à laquelle il voulait boire.

La cabine s'arrêta au dernier étage et, le temps qu'elle ouvre la grille de protection, il en profita pour faire glisser sa culotte de dentelle noire. Sur le palier, elle se retourna pour de nouveau l'embrasser avec avidité en le tenant par la nuque tandis que de l'autre main elle se débarrassait définitivement du sous-vêtement. Il sentit qu'il pouvait faire ce qu'il voulait d'elle. Elle marqua une pause au bout d'un moment pour qu'ils puissent reprendre leur souffle. Elle se mit à fouiller son sac à main à la recherche de ses clés mais Arthus passa à l'action sans plus attendre. Lui ôtant le sac des mains qui tomba sur le parquet devant la porte, il la fit pivoter sur elle et la plaqua contre la rambarde du palier. Lentement il extirpa son membre raidi et le fit jouer entre ses cuisses. Célia, le buste penché au-dessus du vide, s'agrippait maintenant à la rambarde afin de résister à la pression quand il la pénétra. Cette initiative sans autre formalité de la part d'Arthus n'était pas pour déplaire à Célia, cette posture incongrue attisait son imagination. La position s'avérait exténuante, l'effort était extrême mais au regard de la vigueur qu'Arthus témoignait il aurait pu courir un marathon. Leurs respirations s'accélèrent jusqu'à en devenir saccadées. Arthus ne commit pas l'erreur de venir trop vite en elle.

Il voulait l'entendre préalablement gémir, qu'elle sente la domination physique, elle qui habituellement gouvernait les hommes. Leur relation comporterait des rapports de force, on ne domptait pas une louve pas la douceur. Il fallait s'imposer. La manière dont elle réagissait lui confirma que la méthode était efficace. Heureusement qu'il était plus de minuit car leurs ébats résonnaient dans la cage d'escalier et se propageaient jusque dans le hall d'entrée. Leur étreinte dura bien dix minutes. Quand elle jouit, Arthus cessa de se retenir et se joignit à son plaisir.

Une porte claqua quelques étages plus bas et sonna la fin de ce premier acte. Précipitamment, ils se réfugièrent dans l'appartement où ils s'affalèrent dans le noir sur les canapés du salon. En dépit de ce coït, Arthus et Célia n'étaient pas repus. Un quart d'heure de répit, ponctué seulement par le bruit des respirations haletantes, leur permit de reprendre des forces pour s'accoupler de nouveau, cette fois complètement nus. Leurs corps moites roulaient sur le tapis épais. Il goûtait le sexe de Célia comme une sucrerie. Elle avait droit au grand jeu. Arthus craignait que leur liaison ne passe pas la nuit s'il ne se révélait pas un amant hors pair.

Leurs baisers devinrent comme des morsures. Emportés par cette animalité, ils prolongèrent la lutte jusqu'à extinction de tout désir. Leurs émotions se consumaient dans l'agitation des corps. Éreintés, brisés par cette vague déferlante, leurs épidermes et leurs sens étaient à vif. Arthus regardait luire les yeux de Célia dans la pénombre. « Pas de doute, il avait cette fille dans le sang ! » Rarement, il avait connu une telle fièvre lors d'un premier rapport sexuel ; entre elle et lui le contact était électrique comme une alchimie charnelle à la mesure de leurs caractères. Elle s'endormit pendant qu'il méditait sur cette journée sans pareil. Demain serait un nouveau jour car désormais il gouvernait ses pensées.

Le jour se levait à peine quand il partit à la sauvette. Il n'aimait pas les réveils embrumés, ni les mines de contentement au petit matin. Arthus jouait une partie serrée, alors pas question de partager ce triomphe à deux. Son ambition de prendre le dessus était satisfaite. De toute façon, d'autres nuits s'annonçaient dans cet appartement.

Il dévala les six étages. Les rues étaient désertes à cette heure. Arthus respira à plein poumons l'air parisien que la fraîcheur de la nuit avait régénéré. Étrangement, il éprouvait un sentiment d'impunité comme si le scénario n'était pas condamnable. Désormais sa plus redoutable adversaire lui mangerait dans la main et il disposait d'une arme contre ses ennemis. Arthus se fit la promesse que nul n'y réchapperait.

C'était un dimanche et le soleil vint darder ses rayons sur la ville, la sortant de son engourdissement. Après un brin de toilette, Arthus partit, un livre à la main, se promener au quartier latin et passa l'après-midi dans le jardin du Luxembourg où de jeunes amoureux venaient se retrouver. Il songeait à cette relation nouvelle, mélange de cynisme et de passion. Quelle satisfaction de pouvoir ainsi manœuvrer au fil de sa volonté une si grande puissance… celle qui avait été une si grande nuisance pour lui !

Amadouer la louve

Arthus avait coupé les ponts du jour au lendemain avec Camille, sans un mot d'adieu. Son nouveau poste avait amené un changement de lieu de travail qui facilita cette séparation. Elle ne chercha pas à le revoir, consciente que leur relation ne menait nulle part. Il pouvait désormais s'investir pleinement dans sa liaison avec Célia.

Les premiers temps ne furent pas faciles. Elle voyageait beaucoup pour ses négociations et Arthus avait le sentiment de jouer les seconds rôles mais il finit par s'y faire. L'appartement de Célia, situé dans le 7ème arrondissement de la capitale, comportait quatre pièces. Il avait été décoré par un architecte d'intérieur et, quand Arthus s'y rendait, les pièces ressemblaient à la suite d'un hôtel de luxe. Il ne tarda pas à entreposer une partie de ses vêtements dans la penderie mais il avait conservé son deux-pièces, évitant un déménagement complet. Leur relation n'en était qu'au commencement, aussi jugea-t-il prématuré de s'installer définitivement.

La cohabitation s'avérait cependant délicate compte tenu de l'ambiguïté de l'organisation dont ils étaient convenus. Célia lui disait de faire comme chez lui pendant ses périodes d'absence, lui laissant les clés qu'Arthus restituait à son retour. Il ne participait aucunement aux frais quotidiens. Elle ne semblait pas en vouloir autrement en dépit d'une proposition d'Arthus pour la forme. Ainsi tous les trois ou quatre jours, entre deux déplacements, ils se retrouvaient, impatients de partager de nouveau cette intimité des corps. L'attraction irrépressible entre Célia et Arthus n'avait rien à voir avec une quelconque notion de beauté ou de virilité telle qu'on peut la lire dans les clichés de la littérature contemporaine. Non, c'était une question de résonance, comme deux prisonniers qu'on aurait libérés en même temps. Ils faisaient l'amour compulsivement, happés par l'érotisme des premières semaines. L'abstinence forcée entre chaque retrouvaille maintenait une véritable tension sexuelle à laquelle s'ajoutait l'attirance irrésistible qu'ils éprouvaient l'un pour l'autre. Les sens d'Arthus restaient imprégnés de l'odeur et du goût de sa peau. Il se surprenait même à avoir des érections spontanées durant la journée quand les effluves de son parfum flottaient jusqu'à lui du bureau mitoyen. Arthus était fasciné par la volonté de Célia et cette capacité à trancher sans état d'âme. Autant de force dans un corps si menu, si féminin, déroutait et renforçait son désir de la posséder physiquement. Le caractère de Célia en faisait un point d'attraction pour quiconque la rencontrait. Pourtant elle acceptait qu'Arthus assume le rôle de dominant dans leur couple.

Cette relation charnelle offrait à Arthus une position exceptionnelle : il avait systématiquement un coup d'avance sur ses ennemis de l'ombre. Sa promotion soudaine avait pris de court tout le monde, suscitant aussitôt la jalousie. Néanmoins – une fois le coup de théâtre digéré – ils s'étaient ressaisis et les attaques s'étaient multipliées, par petites touches d'abord, puis plus régulièrement. Arthus était devenu l'homme à abattre. Sa protection était dorénavant assurée par sa maîtresse et personne ne pouvait se douter que ces adversaires d'hier couchaient ensemble à présent. Arthus s'aperçut rapidement tout le bénéfice qu'une telle relation lui procurait. Ils allaient tous s'en mordre les doigts ! Il se délectait donc de ces instants quand, à l'occasion de réunions de service qui voyaient les règlements de compte par dossiers interposés, le même rituel survenait. A la moindre tentative de déstabilisation à l'encontre d'Arthus, Célia coupait la parole à l'imprudent qui, sous les feux de sa vindicte, rendait les armes sans insister. Pendant ces interludes, Arthus s'évadait par la pensée et fantasmait sur ce corps souple que les vêtements ajustés de Célia laissaient deviner. Il détaillait la courbe de ses seins, s'arrêtant sur ses tétons qui saillaient sous le chemisier, puis rêvait de son sexe lisse comme un abricot.

Les yeux de Célia jetaient des étincelles en direction du fautif qui n'en revenait pas de se faire sermonner de la sorte en public. Toute la fureur qu'Arthus lisait dans le regard de Célia faisait monter en lui le désir de l'embrasser à pleine bouche, de sentir sa langue et leur salives se mêler.

Pour ne pas attirer l'attention sur ce stratagème, dès que la possibilité se présentait, Arthus s'asseyait à la gauche du Directeur du service qui avait l'habitude de lancer le tour de table par la droite, dans le sens inverse des aiguilles d'une montre. De la sorte, les opposants d'Arthus passaient sur le grill en premier. Les escarmouches entre les autres collaborateurs le ravissaient et – son tour venu – les intentions néfastes étaient éteintes. Il était admiratif de la détermination dont Célia faisait preuve et cette combativité correspondait à une énergie animale qu'elle libérait lors de leurs ébats. Rasséréné face à la horde, Arthus pouvait se consacrer pleinement à assouvir ses fantasmes dans l'intimité. Les caresses et coups de rein ne cessaient qu'une fois leurs corps brisés de fatigue par la débauche des étreintes. Elle se blottissait alors contre lui. Comment aurait-elle pu ne pas lui exprimer sa reconnaissance, lui qui rassasiait ses sens ?

Mais le manège ne s'arrêtait pas là. Arthus utilisait Célia pour se voir attribuer les meilleurs dossiers. Elle avait une influence certaine sur le grand patron, probablement parce qu'il la craignait plus qu'il ne l'appréciait. Arthus avait noté que dans le monde de l'entreprise, les hommes sont peu habitués au rapport de force avec les femmes. Ils lâchent prise plus rapidement, désorientés par ces amazones modernes, capables d'une extrême brutalité lorsque la situation l'exigeait. Tout ce qu'on racontait sur les prétendues valeurs apportées par la gent féminine dans l'univers professionnel était une somme de balivernes. Il en avait suffisamment côtoyées pour savoir qu'elles avaient la dent aussi dure – si ce n'est plus – que ses collègues masculins. Quand il fallait écraser l'adversaire, elles témoignaient d'une égale violence !

Célia l'aidait également sur les points techniques qu'Arthus ignorait en raison de son manque d'expérience, et sa performance s'en trouva significativement améliorée. C'était une coach de première classe… à qui il fallait rendre la monnaie de sa pièce. Arthus s'y employa et fit ainsi taire les mauvaises langues. Ses succès laissaient sans voix ses rivaux et certains changèrent prudemment de conduite : n'ayant pas réussi à le renverser, il devenait trop dangereux de chercher querelle à Arthus. Les ralliements furent limités mais suffisants pour instiller une brèche dans le front des contestataires. Les ragots s'estompèrent. Sa victoire était totale.

Arthus se creusait l'imagination pour combler sexuellement sa partenaire. Elle le valait bien. Au fur et à mesure que leur relation s'installait, l'intensité sexuelle augmentait et il suffisait parfois d'un simple contact physique pour qu'ils aient immédiatement besoin d'assouvir leurs pulsions. Arthus et Célia faisaient l'amour à chaque fois comme si cela devait être la dernière fois.

Il évitait d'envisager ce qu'il se passerait s'ils étaient amenés à rompre.

Je veux sa tête

Célia était fille de divorcés. Une histoire assez banale en fait : alors âgée de quinze ans, elle avait surpris son père avec sa maîtresse dans la rue et s'était précipitée tout raconter à sa mère. Le couple avait rapidement volé en éclats et Célia avait porté la culpabilité de la séparation de ses parents. Une faute qu'elle s'efforçait de laver en réussissant haut la main son baccalauréat, puis en étant admise dans une prestigieuse classe préparatoire qui lui permettait de caresser l'espoir d'obtenir le diplôme d'une Grande Ecole d'Ingénieur. Son père ne lui en avait pas tenu rancune, se reconnaissant pleinement dans ce caractère franc et libre. Elle était sa fille préférée.

Professeur agrégé, il avait fait réviser sa fille les deux années précédant les concours. Mais le lien avec son père était devenu si fort qu'il empêchait Célia de vivre en toute indépendance une fois qu'elle eut terminé ses études. Elle se sentait comme éternellement redevable vis-à-vis de lui. Tout ce qu'elle entreprenait visait inconsciemment à l'impressionner.... Arthus réalisait que Célia n'avait pas tué le père.

Voilà maintenant trois mois qu'ils vivaient ensemble et leurs soirées étaient toujours aussi occupées. Quand, enfin remis de leurs émotions, ils quittaient le lit, elle s'adonnait avec placidité à jouer les femmes d'intérieur. Peut-être pour chercher à lisser son personnage ?

Arthus vivait chez elle comme un pacha, ayant pris l'habitude d'être servi. Elle utilisait surtout sa carte bleue car ses talents de cordon bleu restaient à prouver. Ce couple était un curieux attelage où la femme de tête acceptait le statut de la maîtresse de maison. Son expérience à l'égard des hommes lui avait probablement enseigné que pour conserver son partenaire, il valait mieux jouer les compagnes attentionnées que les emmerdeuses. Arthus était dans la tranche d'âge où le mâle voit son potentiel de séduction à son apogée : ni trop jeune, ce qui comportait un risque d'immaturité – ni trop vieux, ce qui augmentait le risque de tomber sur un célibataire endurci, tout en gagnant suffisamment bien sa vie pour envisager de fonder une famille. Arthus était désormais une denrée rare pour la gent féminine des trentenaires. Il l'avait remarqué et voyait l'avantage qu'il avait pris sur les frimeurs en progressant vite au sein d'une grande entreprise. Il était un haut potentiel, ce qui était beaucoup mieux qu'un dandy noctambule comme on en croisait dans les fêtes parisiennes. Son profil professionnel rassurait et personne ne pouvait soupçonner qu'il était capable de draguer outrageusement une collègue de bureau.

A l'occasion d'un dîner en ville, Arthus fit part à Célia de son intention de prendre prochainement une semaine de vacances en famille, histoire de se requinquer à la campagne. Elle fit grise mine car elle s'attendait à un autre type de proposition. Arthus sentit à un léger mouvement d'épaule que cela lui déplaisait.

– Je pars vendredi en huit mais je ne m'absenterai pas toute la semaine… je serai de retour pour le week-end.

– Ce n'est pas grave, dit-elle d'une voix sourde, j'avais un déplacement de prévu à l'étranger.

Non décidément, elle n'appréciait pas mais Arthus n'allait changer pour rien au monde ses plans. Il eut le pressentiment que le même dialogue dans six mois prendrait une autre tournure.

Le lendemain, il informa sa hiérarchie et posait ses congés. Son chef nomma Laure pour faire son intérim compte tenu du voyage de Célia. Ce n'était pas une bonne nouvelle pour Arthus, cette junior faisait partie de ses ennemies déclarées et il redoutait que son aigreur ne se soit pas éteinte au cours des mois passés. A contrecœur, il fut bien obligé de lui passer ses dossiers et essaya de minimiser les enjeux. Laure fut tout miel et se montra docile pendant la passation. Nulle rancœur apparente, son acrimonie semblait avoir disparu. Arthus en toucha deux mots à Célia qui lui promit de veiller au grain à distance. Arthus quitta Paris avec une légère inquiétude mais, quelques jours plus tard, Laure l'appela pour prendre conseil sur un des dossiers. Force fut de reconnaitre qu'elle s'investissait très sérieusement sur l'affaire en question. Arthus finit par ne plus y penser pour se consacrer pleinement à ses courtes vacances. Cependant, à intervalle régulier, il appelait Célia pour prendre de ses nouvelles. Malgré un agenda chargé, elle s'accordait le temps nécessaire pour leurs échanges, aussi furtifs fussent-ils. Le décalage horaire était le seul obstacle à ces échanges. Elle était à New-York pour quatre jours, témoignant d'une étonnante santé à digérer ces changements de fuseaux horaires à longueur d'année. Sa volonté imprimait une discipline de fer à son organisme.

Bientôt arriva la fin de cette semaine de vacances et, en contactant sa remplaçante, quelque chose lui mit la puce à l'oreille. Un enthousiasme manifeste était perceptible dans la voix de Laure.

– Tout s'est bien passé ? demanda-t-il.

– Oui, oui, c'était très instructif !

Cet entrain-là ne lui ressemblait guère et Arthus eut soudain une impression bizarre. A son retour au bureau, son intuition se confirma. Il reçut un courriel de son chef pointant des erreurs sur l'un de ses dossiers confié momentanément à Laure. Arthus compris alors qu'il avait été abusé… restait à savoir dans quelles proportions.

Les dégâts étaient faits, il fallait maintenant parer au plus urgent pour éteindre l'incendie. Mais il se promit qu'elle ne l'emporterait pas au paradis. « Je vais lui défoncer la gueule ! » fulminait-il. Il parlait au sens figuré mais pour autant il n'était pas certain que la douleur de la punition en serait moindre.

La mise au point fut rapide et pénible. Le grand patron s'appuyait sur une note qui soulignait des omissions, notamment le département fiscal n'avait pas été impliqué dans le processus d'évaluation du dossier. Arthus savait que cela était mensonger mais les fiscalistes avaient fait la sourde oreille, ne daignant se pencher sur l'opération. Cependant Arthus avait eu tort de ne pas persévérer dans sa demande et cela passait pour de l'approximation. Laure avait frappé au bon endroit, Arthus enrageait. Il s'était laissé endormir mais s'en tirait maladroitement par une explication ampoulée et s'esquiva.

Le soir, Célia assista à ses récriminations contre la traitresse. Il faisait les cent pas dans le salon, s'emportant et jurant qu'il aurait la peau de la perfide junior. Célia ne supportait pas Laure et ses manières de vieille fille frustrée. S'échafauda alors un plan pour éliminer l'indélicate. Un long travail de sape qu'allait mener Célia, Arthus ne pouvant s'exposer car, à la suite de cet incident, son impartialité envers Laure aurait été mise en doute. Une fois encore, la relation cachée avec Célia allait constituer une arme dont Arthus était le dépositaire.

Le complot organisé, ils se déshabillèrent avec hâte et dans la nuit pâle célébrèrent charnellement leur pacte. Célia offrit à sa vue sa croupe et il pénétra en elle jusqu'à la garde avec un gémissement de plaisir. Chaque fois qu'Arthus lui faisait l'amour, il violait les codes moraux de l'entreprise et prenait sa revanche sur le système. Cela lui donnait le sentiment de le contrôler, de bannir les conventions, de dépasser la condition de simple rouage qui lui était imposée. Les manœuvres politiques, les combines, les cooptations secrètes, les coups-fourrés qui visaient inconsciemment à l'écarter du jeu étaient ainsi relégués au second plan.

Au milieu de la nuit, en proie à une érection nocturne Arthus réveilla Célia et ils refirent l'amour à demi-ensommeillés. Toucher son épiderme électrisait toujours autant Arthus. Il s'interrogeait. « Pourquoi avait-on le droit de consommer sans limite le sexe dans la vie privée alors que cela était prohibé dans les cercles professionnels ? » Leur histoire était d'un autre matériau, Arthus faisait de son corps l'instrument de sa volonté, le pliant à son dessein irrémédiable de faire carrière. Au-delà de ce qui pouvait paraître comme l'expression d'un besoin compulsif, c'était une entreprise mûrie qui visait à asseoir son influence et le pouvoir entre ses mains.

Ils se quittèrent au matin et, alors qu'il filait sur son scooter, humant l'air frais, le moral ragaillardi par cette perspective de détruire une rivale, il arborait le sourire du chasseur au moment où il ajuste son fusil pour mettre un terme à l'existence de l'animal qu'il traque.

De l'art d'éliminer un rival

Son chef était de bonne humeur, il venait de finaliser une opération dans d'excellentes conditions de vente. Le bénéfice net pour *Operandi* avoisinait les cinq cent millions de dollars. Forcément, cela le mettait dans des dispositions favorables, prêt à accéder à toute demande pour récompenser l'équipe. « C'est le moment de jouer finement » se dit Arthus.

Il envoya un SMS à sa complice qui aussitôt se rua chez leur patron pour proposer que Laure l'épaule sur une affaire sans grand risque. Comme prévu, ce dernier accepta et Célia informa Arthus en passant une tête dans l'entrebâillement de sa porte. Sa satisfaction était visible.

Pendant la réunion matinale hebdomadaire, leur responsable désigna l'ennemie d'Arthus comme adjointe sur le dossier en question ; ce gage de confiance qu'elle espérait depuis plusieurs semaines la flatta. Elle piqua du nez pour masquer son émotion. « La pauvre, si elle savait ce que cela lui réserve ! » pensa Arthus. Le piège allait se refermer sur les doigts de l'impudente.

Les premiers temps, tout se passa pour le mieux : Laure était docile et ne s'économisait pas. Elle ne désertait son bureau que vers vingt-deux heures afin de montrer à Célia son implication. Célia, quant à elle, lui distribuait ses directives sans se soucier du temps consacré. Laure savait qu'on ne lui pardonnerait rien. Méticuleuse, elle en devint obsessionnelle, vérifiant encore et encore les éléments du dossier, relisant les présentations et le projet de contrat juridique. Aucun accrochage à déplorer, Laure ne bronchait pas sous l'autorité de Célia.

En regagnant son bureau, Arthus vit Laure prendre des notes, sous la dictée de Célia, comme si sa vie en dépendait. Cela le fit penser à deux chats sauvages qui chassaient ensemble, unissant leur effort pour tuer la proie mais, au moment de la curée, ce serait le plus fort des deux qui imposerait sa loi à l'autre, se réservant les meilleurs morceaux du cadavre encore chaud. Le plus faible devrait se contenter des restes. En fait, elles se détestaient mais leurs ambitions cachées les incitaient à mettre leur aversion en sourdine.

Arthus se réjouissait à l'avance car sa maîtresse allait être sans pitié. Laure ne pouvait se douter qu'en réalité elle serait la victime expiatoire de tous les coups portés à Arthus par ses ennemis. Mais il était déjà trop tard, le moment était venu de la mise à mort. La vengeance est parfois un plat qui se mange tiède...

Une semaine plus tard, les deux *passionarias* partirent en déplacement afin de mener la négociation qui devait permettre de vendre cette participation financière pourrie. Arthus ne reçut aucune nouvelle mais rien d'anormal à cela, il savait ce qu'exigeait cette phase du dossier. Il adressa deux ou trois textos à sa complice qui lui répondit laconiquement. Les six heures de décalage horaire ne facilitaient pas les échanges, elle l'informa que son avion devait atterrir à cinq heures du matin le samedi suivant. Un peu tôt pour Arthus qui voulait profiter d'une grasse matinée.

Le jour dit, il se garda bien de se rendre à l'aéroport puisque, selon toute vraisemblance, elles allaient rentrer en taxi. Inutile donc de se faire démasquer stupidement. Bien au chaud dans le lit de Célia, il fut réveillé par la clé qui jouait dans la serrure de la porte d'entrée. Une latte du parquet grinça mais il décida de faire semblant de dormir. Célia déposa son sac à main sur la console du salon, puis sur la pointe des pieds elle poussa la porte de la chambre. Elle s'agenouilla à côté du lit, se dévêtit et se faufila sous la couette. Le contact de sa peau acheva de tirer Arthus de sa somnolence et il se retourna pour l'embrasser. Il manifesta immédiatement une belle vigueur. Célia écarta prestement les jambes pour accueillir sa verge. L'attente de la semaine passée l'avait mise en chaleur... Il s'arcbouta sur les bras et se mit à pilonner son sexe tandis qu'elle lui agrippait les épaules. Ils se retrouvaient dans cette communion des corps. Elle lui fit ensuite comprendre qu'elle voulait être prise en levrette, et il s'exécuta. La pénétration se fit d'un seul coup de rein. D'une pression sur les hanches, il la cambra jusqu'à ce que sa tête puisse toucher la sienne et il l'embrassa de nouveau.

A court de souffle, elle se pencha en avant pour poser son visage sur l'oreiller et d'une main agile qu'elle glissa entre ses cuisses elle commença à lui masser les parties génitales. Cela provoqua chez lui un flot de plaisir dans la zone du périnée. Il redoubla alors d'ardeur dans les va-et-vient, pour le plus grand bonheur de Célia. D'un doigt, il joua avec son clitoris et elle atteignit rapidement l'orgasme, poussant plusieurs plaintes de jouissance. Il la rejoignit dans son extase et éjacula avec force de jets. Les battements de cœur résonnaient jusque dans la tête d'Arthus après s'être effondré en travers du lit. Elle, sur le ventre, la tête sur le côté, le regardait, les yeux brillants de ces instants d'abandon où elle lâchait prise, où ils retrouvaient ce magnétisme indicible qui les unissait si fortement. Comment expliquer cela ? Malgré leurs dissensions, leurs querelles, rien ne semblait pouvoir interrompre cette collision des corps. Arthus et Célia se consumaient à chaque coït, se dévorant mutuellement. Leurs accouplements étaient comme un apaisement qui succédait aux prises de bec.

Le silence remplit la pièce dès que leurs respirations redevinrent normales. Ils mirent à profit ce répit pour débriefer de son voyage. Pendant qu'elle parlait, Arthus contemplait ses fesses rebondies et cette fente qui conduisait à son sexe, partiellement caché. Il bandait encore. Ses sens étaient en alerte quand l'odeur de sa peau lui parvenait. Elle lui raconta les détails de cette semaine avec leur adversaire commun. Arthus perdait le fil de l'histoire quand il se colla à elle pour la faire délicatement basculer sur le flanc. Son ventre contre ses hanches, sa bouche sur son cou, Arthus lui souleva la jambe et s'introduisit lentement. Elle facilitait le balancier en se tenant d'une main la cuisse. Il respirait les cheveux de Célia, bercé de sa voix.

Laure dans sa volonté de bien faire avait omis de rester vigilante à l'égard de Célia. Tête baissée, la péronnelle s'était jetée dans le piège et le dernier acte avait sonné. Tout se ferait en coulisse. Célia, à l'occasion d'un point avec le grand patron, allait porter le coup de grâce, accablant Laure sur la base de faits avérés, d'une somme d'erreurs préjudiciables. Les faits minutieusement répertoriés étaient incontestables et la charge contre Laure sans appel, interdisant toute perspective de promotion. Le plus cruel était que rien n'aurait pu avertir Laure d'une telle chute ; l'accusation serait suivie du jugement sans possibilité de se défendre.

L'entreprise était une jungle où le plus fort gagnait toujours, il fallait juste se situer du côté des vainqueurs.

Quitte ou double

Cela devait bien faire une heure qu'Arthus marchait de long en large dans le couloir qui conduisait au bureau du PDG. Par le passé, ce rendez-vous avait été maintes fois décommandé au dernier moment et il commençait à désespérer. « Aurait-il enfin lieu ? » Arthus avait pourtant tout mis en œuvre depuis plusieurs mois pour arranger une entrevue à seule fin de décrocher une place de faveur. La plupart des nominations à haut niveau dépendaient beaucoup de la volonté du PDG de Groupe mais surtout des appuis politiques internes. Il était donc primordial de disposer d'un réseau de gens influents qui soient en mesure de soutenir sa candidature, et d'entamer des discussions qui progressivement se muaient en négociations autour des prochains postes amenés à se libérer. Peu d'espoir si vous n'étiez pas d'entrée de jeu le favori. Il fallait éviter de se déclarer une fois ceux-ci vacants car alors il était trop tard…

Quelques candides pensaient encore que les promotions reposaient sur les évaluations annuelles demandées par la direction des ressources humaines. Non, bien sûr ! Les grands groupes réservaient les fonctions de premier plan aux fidèles parmi les fidèles, ceux qui avaient su obtenir la confiance du « Prince ». Tout PDG a besoin de loyauté de la part de ses collaborateurs directs, d'individus prêts à accomplir sa volonté sans en dévier. Une allégeance inconditionnelle était exigée pour des fonctions proches du pouvoir qui redoutait un franc-tireur, capable à la première occasion de tenter de bousculer l'ordre établi. Voilà pourquoi le processus de sélection des postes sensibles se faisait principalement par cooptation. L'équilibre restait précaire pour ces grands prédateurs et Arthus avait vu des disgrâces soudaines précipiter une étoile montante vers des taches obscures, synonyme de marque indélébile que ses successeurs s'empressaient de cautionner.

Six mois durant, la persévérance d'Arthus auprès du Directeur de Cabinet finit par aboutir à ce tête-à-tête tant attendu avec le PDG. Mais encore quinze jours plus tôt, alors toujours sans nouvelles, Arthus avait pris le parti de s'éloigner dix jours de la frénésie parisienne en s'envolant pour le Sénégal où il goûtait dans un club haut-de-gamme à un repos revigorant. Au milieu d'autres cadres surmenés, il avait reçu un appel de la RH le convoquant à venir signer son contrat de travail.

L'attente allait-elle être synonyme d'ajournement ? Il était accaparé par ces considérations quand la porte du secrétariat s'ouvrit et l'assistante lui fit signe d'entrer. Le PDG l'accueillit d'une poignée de main ferme et d'un large sourire. Ce quadragénaire de taille moyenne à la carrure de pilier de rugby était impressionnant. Il n'était pas beau mais dégageait un charisme magnétique. Arthus savait que rien n'était joué car la réputation sans état d'âme de son interlocuteur était établie.

L'entame du face-à-face, en apparence désinvolte, visait à endormir toute prudence. C'était un président rompu à prendre ses décisions en un éclair si le profil correspondait à ses critères. Arthus cherchait sur son visage à déceler un indice qui aurait pu l'informer sur son état d'esprit. Le tutoiement était de rigueur au regard de leur collaboration qui remontait à l'année dernière lorsque Arthus avait été chargé d'une opération d'acquisition particulière. Malheureusement ce projet n'avait pas abouti à cause de la crainte du conseil d'administration d'annoncer aux marchés financiers une opération de croissance externe alors que les champions du CAC 40 venaient d'essuyer une crise de la dette sans précédent et avaient été lourdement sanctionnés en bourse. Face aux désistements successifs des protagonistes impliqués sur le dossier, Arthus était le seul à avoir conservé sa position sans essayer de trouver des prétextes à l'abandon des discussions avec les actionnaires individuels de la société-cible. Le PDG avait apprécié cette constance et avait depuis pour Arthus une réelle estime, ne supportant pas les tièdes et tous ceux enclins à fuir dès que le vent tournait ; il avait trop de courtisans dans son entourage pour ignorer que son aura ne se fondait que sur ses prérogatives actuelles. Ils lui renvoyaient l'image de sa toute puissance, n'osant plus le contester de peur de déplaire. Les flatteries constituaient son lot journalier. Le monde de l'entreprise ne récompensait que rarement le courage managérial. La vertu cardinale était la dissimulation.

Cette connivence factice incitait dans son quotidien le PDG à choisir aussi souvent que possible des candidats capables d'affirmer leurs convictions et d'avancer quels que soient les obstacles. Recevoir un ambitieux qui ne craignait pas de dévoiler ses visées lui rappelait son propre parcours. Il ne voulait que des audacieux dans sa garde rapprochée. Arthus apprit, qu'après avoir délégué à son directeur de cabinet le soin d'investiguer quel poste pourrait correspondre, il envisageait de le nommer directeur financier d'une division, ce qui était considérable. Cette entité réalisait près d'un milliard d'euros de chiffre d'affaires par an, on était loin d'un rôle secondaire ! Il y avait de la concurrence, ce genre de poste étant rare. Arthus devait se préparer à trouver une opposition disposant d'appuis comparables, sésame indispensable pour faire pencher la balance du côté souhaité. Une partie complexe s'annonçait, même si ces adversaires ignoraient la candidature d'Arthus qui était demeuré invisible jusque-là. Cette entrevue était donc cruciale pour la suite de sa carrière.

Le PDG mentionna l'autre postulant mais à son ton, il indiquait pencher en faveur d'Arthus. « Ce concurrent ne devait pas avoir l'envergure requise. » Il s'agissait d'une femme. S'ensuivit une joute oratoire pendant vingt minutes autour des motivations d'Arthus qui tira son épingle du jeu. Il lui sembla qu'il l'avait convaincu.

– Si je te recrute, où te vois-tu dans dix ans ?

« La question est inattendue, que répondre ? » Arthus répliqua sans vraiment y réfléchir.

– Mais… à ta place !

Cette réponse tomba avec force. Le PDG plissa les yeux comme un félin qui jauge un de ses semblables. C'était culotté de la part d'Arthus, à la limite de l'insolence. Trop tard, le sort en était jeté !

Il referma son agenda qu'il avait négligemment laissé ouvert en début de réunion. C'était quitte ou double car il ne s'attendait pas à une telle répartie. Arthus et le PDG partageaient la même manière de voir les choses, leurs personnalités étaient compatibles. Il fit un clin d'œil, signifiant que tout s'était parfaitement déroulé.

Le stress s'évapora quand il fut dans l'ascenseur, tout en se faisant la réflexion que sa rivale, malgré son parrainage par le directeur financier du groupe, apprendrait à ses dépens qu'on ne peut gagner une partie quand votre adversaire joue avec des dés pipés.

Quelques jours plus tard, le PDG lui laissa un message l'informant que sa décision s'était portée sur lui. En l'écoutant Arthus eut une inspiration : « Notre Père qui êtes aux cieux, sur terre les premiers de la classe seront les derniers… s'ils respectent les règles du jeu ».

Lune de sel

Les mois s'écoulaient sans que leur histoire se stabilise au beau fixe. Arthus avait déjà rompu une première fois, excédé qu'il était de la jalousie de Célia, de sa manie de surveiller tous ses regards vers d'autres femmes au gré de leurs sorties, de le houspiller si par malheur l'une d'elles venait à le dévisager. Célia ne pouvait s'empêcher de lui faire des remarques acides, lui reprochant de ne pas assez s'occuper d'elle. Arthus s'étonnait de la voir si sûre d'elle en réunions mais si inquiète dans la vie privée. Ils étaient inexplicablement incapables de vivre ensemble vingt-quatre sur vingt-quatre.

L'annonce de la décision d'Arthus de cesser leur relation avait buté sur un écueil : il commit l'erreur de revenir chercher des affaires laissées chez elle et, dès la porte ouverte, le magnétisme opéra de nouveau. Il ressentit cette fatale attraction. L'attitude de Célia trahissait qu'elle n'attendait que cela, cherchant à faire traîner la récupération de ses effets personnels. Arthus et Célia étaient capables de se détester mais cette étrange alchimie physique les enchaînait au-delà de leurs volontés. Arthus était esclave de cette relation physique, entièrement dépendant de cet appel sexuel. Au bout de quelques minutes, les deux amants se retrouvèrent comme après de longs mois de séparation et le tango des corps reprit de plus belle. Ils firent l'amour comme affamés, à même le sol. Arthus lui mordait la pointe des seins tandis que d'une main elle saisit son chibre pour l'introduire en elle. Assise sur lui, elle remuait les hanches pour enclencher ce rythme lancinant et mécanique qui le rendait fou. Qui aurait pu dire en connaissant l'état d'esprit d'Arthus un quart d'heure plus tôt, qu'une telle scène surviendrait quelques dizaines de minutes plus tard ? C'était surréaliste… Arthus s'avoua qu'il était bien faible face à la tentation inconsciemment exercée par Célia. Leurs deux caractères réunis rappelaient à Arthus la morsure du soleil quand on reste trop longtemps sous le feu de l'astre brûlant au cœur de l'été. Il y avait une voracité réelle dans ces étreintes comme si chacun cherchait à dévorer l'autre à l'image de la mante religieuse à la fin de son accouplement avec le mâle.

Les soirées recommencèrent comme si de rien n'était, ils vivaient dans l'instant. Ces heures avait la saveur d'une liaison amoureuse, même si Arthus s'en défendait.

Les vacances se profilaient à l'horizon mais était-ce raisonnable compte tenu des disputes à répétition, en dépit des réconciliations sur l'oreiller ? Probablement Arthus et Célia étaient trop semblables, trop ambitieux, trop déterminés pour trouver un terrain d'entente où ils pourraient se compléter. Ils participaient à la même course et la victoire n'était pas une option à leurs yeux. Il fallait se rendre à l'évidence, leur rivalité avait trouvé un apaisement temporaire dans l'expression charnelle. Cette parenthèse les comblait tant sur le plan professionnel que du point de vue émotionnel. Pourtant le long terme n'était plus envisageable désormais et – peut-être pour se donner une dernière chance – il accepta ce projet de vacances qu'elle lui proposa… Arthus pensait qu'elle souffrait des tensions dans leur couple mais elle ne pouvait empêcher sa jalousie maladive de lui prêter l'intention d'une relation avec d'autres.

Le jour du départ une tempête de neige s'abattait sur Paris et l'avion resta cloué au sol pendant six heures. Fort heureusement Célia avait réservé des billets de première classe et ils profitèrent de ce statut. Confortablement allongés dans leurs sièges, ils dégustaient petits fours, foie gras et champagne tout en regardant les derniers films sortis au cinéma. « Etre le compagnon d'une femme puissante avait du bon ! » Le train de vie d'Arthus en était considérablement amélioré car elle ne regardait pas à la dépense et son salaire était de cinquante pour cent supérieur au sien.

Enfin la tour de contrôle donna l'autorisation de décoller et le vol de dix heures passa comme une lettre à la poste. Dans un demi-sommeil Arthus aperçut les premiers contours de l'île Maurice que dévoilait le lever du soleil. Dès l'arrivée à l'hôtel, Célia était d'attaque, prête à plonger une tête dans le lagon. Ils étaient descendus au *Prince Maurice*, un palace cinq étoiles. On ne pouvait rêver mieux pour une escapade de neuf jours en amoureux.

Le hall de l'hôtel était complètement ouvert sur le panorama. Quatre piliers surmontés de toits à l'indienne, recouverts de palmes séchées et tressées, délimitaient la zone où les estivants étaient accueillis par un cocktail de bienvenue. Les nouveaux venus avaient tout le loisir de profiter de cette boisson, confortablement assis dans de profonds canapés. Les arcades se poursuivaient de chaque côté pour desservir les villas et permettre aux clients de déambuler sans risque de se faire mouiller lors des pluies de la mousson.

Sous ce temps ensoleillé, Arthus contemplait la vaste piscine à débordement qui donnait directement sur la plage privée de la résidence. Deux hôtesses natives de l'île, vêtues d'un chatoyant costume traditionnel, vinrent à pas feutrés leur souhaiter un bon séjour, puis les conduire à leur suite. Des porteurs en uniforme se chargeaient d'amener les bagages.

Les pelouses étaient coupées à ras et un peu partout des parterres de fleurs laissaient éclater la multitude de couleurs de la flore locale. Des palmiers complétaient le tableau. C'était l'exacte définition du luxe.

La suite, composée d'une grande chambre au milieu de laquelle trônait un lit à baldaquin, se prolongeait par une salle-de-bain en marbre aux vastes dimensions ; tous les meubles et placards de rangement étaient en bois exotique sculpté. De surcroit la villa donnait directement sur le lagon. A la chaleur de l'extérieur succédait une température de vingt degrés des plus rafraichissantes grâce à la ventilation. On avait l'impression de vivre dans une maison traditionnelle de l'île tout en bénéficiant du confort moderne de dernier cri. L'accueil si délicat et la suite si agréable avaient en un instant complètement détendus Arthus et Célia. Ils enfilèrent leurs maillots de bain et partirent profiter de la piscine qu'entouraient les différents restaurants à ciel ouvert de l'hôtel.

Célia, pour une fois, semblait oublier ses préoccupations professionnelles et, s'allongeant dans une des chaises longues en osier, ferma les yeux comme pour mieux goûter ce moment d'apaisement, bercée par la moiteur des lieux. Son maillot de bain faisait saillir sa poitrine. Dans un tel endroit il était impossible de ne pas s'abandonner à la langueur océane. Le clapotis des vagues leur parvenait discrètement de la plage et les quelques vacanciers disséminés autour de la piscine restaient silencieux, somnolant à l'heure de la sieste, se laissant dorer au soleil. Arthus remarqua néanmoins que la moyenne d'âge des hommes était proche de la cinquantaine alors que les femmes qui les accompagnaient n'avaient pas l'air d'avoir dépassé trente ans pour la plupart. Il y avait vraisemblablement peu de couples légitimes parmi les clients de l'hôtel. Certaines de ces jeunes femmes avaient une plastique de mannequins et Arthus devina à leur accent qu'elles étaient russes.

Au bout d'une heure, le passage incessant de ces demoiselles dénudées pour aller chercher une serviette commença à perturber l'attention d'Arthus et il suggéra à Célia un repli opportuniste vers leur chambre. Elle le précéda sur le chemin pavé de pierres naturelles. Ses hanches ondulaient harmonieusement et la tension monta d'un cran en lui. Sa peau mate sous les rayons du soleil faisait penser à du pain d'épice et Arthus salivait d'avance. A peine la porte refermée derrière lui, il la prit dans ses bras et commença à l'embrasser avidement, tout en délaissant d'une main la partie haute de son bikini. Puis redescendant le long de son ventre, il s'attarda à masser son clitoris à travers son maillot. Un frisson parcourut le corps de Célia. Arthus constata qu'elle mouillait de désir. Il se défit, à son tour, de son maillot tout en poursuivant ce baiser sans fin. Il reprit son action manuelle sur son sexe. Alors elle le poussa sur le lit et s'assit à califourchon sur lui, stoppant l'étreinte, le regardant droit dans les yeux. Il lut toute la concupiscence de sa partenaire et ils commencèrent à faire l'amour avec sauvagerie. Pendant plusieurs minutes, elle s'activa sur lui en faisant rouler son bassin sur sa verge. Tout en tenant ses fesses pour mieux la pénétrer, le flux sanguin battait les tempes d'Arthus dont le rythme cardiaque s'accélérait. Les deux amants respiraient bruyamment jusqu'à ce que, dans un cri commun sans retenu, ils jouirent. Son sperme inonda enfin l'intimité de Célia qui, brisée par l'effort, s'effondra sur lui.

Quand le silence revint dans la chambre, ils restèrent les yeux dans les yeux, sans un mot, rassasiés de ce plaisir qu'ils se procuraient mutuellement. Mais une sonnerie vint rompre cet équilibre précaire où l'abandon était total. Le téléphone mobile vibrait sur la table de chevet mais elle ne bougea pas, comme anesthésiée. Reprenant ses esprits, elle saisit le portable et se dirigea vers la salle de bain où elle fit couler un bain dans le gigantesque jacuzzi. Célia versa les sels de bain qui remplissaient plusieurs bocaux alignés sur le rebord. Arthus n'avait qu'une envie, la rejoindre pour se plonger à ses côtés dans l'eau chaude parfumée. Malgré le bruit de l'eau, il discernait des bribes de la conversation au téléphone. Un chasseur de tête apparemment. L'échange se déroulait en anglais et Arthus se demanda de quelle société il s'agissait. Quelques minutes plus tard, elle fit irruption dans la chambre.

– Un fond d'investissement, lâcha-t-elle avec un peu de dédain.

Elle lui expliqua par le détail ce qu'on venait de lui proposer. C'était une opportunité incroyable : prendre la tête d'un des plus gros fonds d'investissement anglo-saxon, avec à la clé des plus-values en millions d'euros. « Qui pouvait refuser ? »

Traversant la salle-de-bain à son tour, il se laissa glisser dans l'eau fumante où les sels s'étaient transformés en mousse à la surface. Après cette étreinte qui augurait d'un séjour prometteur, il ferma les yeux pendant qu'elle le taquinait du pied. Il s'assoupit un bref instant et quand il rouvrit les yeux, elle avait quitté la salle-de-bain. Arthus perçut dans la chambre le cliquètement de ses doigts sur le clavier du *BlackBerry*. Il était manifestement illusoire de croire qu'elle saurait faire une pause…

Par la porte entrebâillée, il vit son reflet dans le miroir. Elle était nue sur le lit, en train de répondre aux courriels de banquiers d'affaires. La scène étonnante était révélatrice de sa nature profonde : son obsession de prouver qu'elle était la meilleure. C'était une compétitrice, éduquée de la sorte depuis l'école et rien n'était en mesure de la faire changer. Attrapant un peignoir, Arthus la rejoignit en s'approchant à pas de loup. Il fit jouer ses doigts sur son cou. Elle sursauta, laissant choir son téléphone et un semblant de lutte s'improvisa sur le lit défait. Arthus lui suça le lobe de l'oreille, ce qui eut pour effet de la rendre câline. Elle se blottit dans ses bras, puis caressa son sexe pour lui rendre toute son ardeur. Voyant que ce n'était pas nécessaire, elle enserra de ses jambes les reins d'Arthus et l'attira en elle une nouvelle fois. Les pales du ventilateur au plafond rafraîchissaient la pièce mais leurs peaux furent vite humides. Arthus aimait ce contact des sueurs qui se mêlaient. Quand elle fut sur le point de jouir, elle se crispa et lui enfonça ses ongles dans le dos. Les spasmes les secouèrent encore et ils s'écroulèrent de fatigue pour sombrer dans un sommeil réparateur au milieu de cet après-midi bien entamé.

Vers six heures du soir, Arthus émergea de son somme, un peu hébété. Il alla sur la terrasse ombragée qui offrait un panorama à cent-quatre-vingts degrés sur la plage. En franchissant la baie vitrée, la chaleur étouffante l'enveloppa brusquement. Il eut un mouvement de recul, puis s'accoutumant à la température il respira à plein poumon la brise de mer. L'herbe impeccablement tondue, les oiseaux bariolés qui voletaient de bouquet en bouquet, l'océan dompté par la barrière de corail, le vent qui faisait des ridelles à la surface des vagues, l'instant était extraordinaire.

Célia n'était plus là. Arthus partit à sa recherche. Ce ne fut pas long. En convergeant vers la piscine, il la trouva assise au bar, devant une limonade faite maison. Pour la première fois du séjour, elle avait l'air détendue. Cette image le contenta car il ne s'était pas économisé pour cela.

Trois naïades russes encadrées à distance de leur garde du corps nageaient avec lenteur et grâce sous les palmiers qui ombrageaient à cette heure la moitié de la piscine. Quelques chaises longues en bois exotique accueillaient les rares clients assoupis qui avaient oublié que c'était le moment le plus agréable de l'après-midi pour se baigner dans le lagon. Le soleil avait perdu de son intensité et l'on pouvait s'exposer maintenant sans risque. Au loin le bateau de l'hôtel tirait une jeune femme en train de faire du ski nautique. « Difficile de faire plus relaxant comme lieu de vacances », se dit Arthus.

Les alizées venaient leur caresser les cheveux tandis qu'ils prenaient un dernier verre. Dans ce lieu, le personnel anticipait les moindres désirs des résidents. On leur apporta des serviettes de bain et ils allèrent s'allonger au bord de la piscine en attendant le dîner. Arthus suivait du regard les nageuses qui se prélassaient dans l'eau. Mais le sixième sens de Célia le ramena à la réalité. Elle lui fit une remarque mordante.

– Tu n'as pas mieux à faire ?

Cela l'agaça mais il n'avait pas envie de se prendre le bec avec elle.

– Allons marcher sur la plage et réserver le restaurant de mer, suggéra-t-il en se levant.

– Bonne idée, cela changera du spectacle des femmes-trophées…

Dans le lagon, la mer était translucide. Le sable blanc si fin était doux à fouler et des petits poissons venaient jusque dans leurs pieds à quelques mètres du rivage. Le soleil se couchait à l'horizon quand ils traversèrent le pont sur pilotis qui conduisait à la barge cachée dans la mangrove. Tout était complet pour le soir même, il leur fallait revenir le lendemain. Au retour, Arthus prit la main de Célia et elle lui sourit. Il n'aimait pas lorsqu'elle se mettait à le surveiller mais un geste d'affection suffisait pour qu'elle soit rassurée. Ils rentrèrent à la villa dans un soleil couchant tandis que les spots enterrés le long du chemin s'allumaient.

Une fois dans la chambre Célia enleva son maillot, laissant admirer sa nudité. Elle se coucha sur le ventre au centre du lit. Arthus se mit à lui masser les épaules et le dos. Lentement, il descendit sur le haut de ses fesses. Le lieu et les conditions de ce séjour étaient propices à un érotisme de tous les instants. Ils étaient là pour ça à dire vrai, le reste était superflu. Tout était pris en charge par l'armée invisible de petites mains qui les entouraient.

Les jeunes femmes accortes et peu vêtues qui peuplaient l'hôtel faisaient ressurgir des fantasmes refoulés en lui et Célia devenait le point de cristallisation de ses pensées confuses. Quand elle se donnait à lui, elle devenait solaire, irradiant par tous les pores de la peau l'abandon et la lascivité. La nuit tomba vite et ils n'eurent pas le courage de ressortir. Le service de chambre vint leur apporter une collation. Rassasiés de sandwichs légers et savoureux, ils passèrent un long moment sur la terrasse à profiter du bord de mer où la lune qui se mirait dans l'eau illuminait le paysage comme un phare.

Au petit jour, la pluie tapait doucement aux vitres. Cela devait être une pluie passagère et tiède en raison de la touffeur du climat. Arthus s'étira, bailla, et finit par descendre du lit. Il avait eu un mauvais rêve cette nuit. Cela lui rappela que, s'il était son amant, cela ne suffisait plus à Célia. Elle le voulait pour elle définitivement mais elle n'en disait rien. C'était perceptible comme une petite musique qui résonnait dans le lointain. Elle bougea sous les draps, ce qui découvrit son dos jusqu'au hanches. Il regarda ce spectacle. Le temps n'avait pas la même valeur selon les jours. Certaines heures devenaient évanescentes. On cherchait à les retenir mais chaque minute était comme entraînée par un poids au fond de l'eau. La mémoire figeait ces souvenirs sans qu'on sache comment se faisait cette sélection réflexe.

Quand elle émergea des limbes, il déposa furtivement un baiser sur ses lèvres. Elle respira sa peau dans le creux de son cou et Arthus la sentit disposée à plus de choses que cette timide réponse. Elle ouvrit à demi les yeux alors qu'Arthus se mit à la caresser. Un instant plus tard, se dressant au-dessus d'elle, il offrit à sa vue son sexe raide comme un bambou. Arthus aimait exhiber ses attributs virils car il lisait dans le regard de Célia tout l'effet que ça lui faisait. Elle révélait alors toute son impudeur et l'accouplement débuta sans retenue. Les paroles n'étaient plus nécessaires quand les corps s'embrasaient. Il n'y avait plus de rivalité latente, ni d'enjeu personnel. L'autre devenait une obsession, la seule limite du monde. Alors venait l'ivresse charnelle. Elle se rejeta en arrière et saisit sa verge comme pour la mordre. Il se laissa faire, puis avec autorité la bascula pour la prendre de nouveau. Le sexe détrempé de Célia l'accueillit sans résistance. Le rythme saccadé des bassins collés l'un à l'autre était langoureux. Arthus voulait la faire jouir avant de venir en elle. Elle perdait pied mais serrait fermement ses cuisses contre ses flancs pour accroitre la pénétration. La nuque de Célia dodelinait pendant qu'il palpait délicatement ses seins et se laissait aller à jouer avec ses tétons. Leur liaison avait progressivement établi des rapports de domination, et c'était une émotion intense quand, à tour de rôle, chacun exerçait cette emprise. La recherche du plaisir passait par la jouissance de l'autre. Arthus voulait l'entendre gémir, c'était à cette condition que la dépendance de Célia à sa volonté s'affermissait. Il attendit cette délivrance qui consacrait sa victoire sur les sens de Célia. Dans la dernière minute, il la redressa et lui agrippa les fesses pour entamer un va-et-vient frénétique qui la bousculait à chaque fois qu'il buttait en elle. Ils transpiraient et leurs visages collés mêlaient leurs sueurs salées tandis qu'entrouvrant ses lèvres Célia introduisit sa langue dans l'oreille d'Arthus. Le coït s'emballa un peu plus encore. Arthus la mordit dans le cou. C'était presque une lutte entre eux deux. Le mouvement qu'il imprimait pouvait faire penser à des coups portés à un adversaire tant il y mettait de force, comme une course effrénée dont chaque pas deviendrait mécanique. Leur étreinte n'était plus que l'expression d'une copulation forcenée sous les saccades répétées. Alors vinrent les frissons qui allaient libérer l'orgasme. Les ultimes coups de verge d'Arthus arrachèrent enfin à Célia un long gémissement.

Le moment qui suivait la jouissance, il était dévasté, inerte, incapable d'esquisser le moindre mouvement pendant un bon moment, comme sur le point de mourir, sans aucune manifestation d'un quelconque instinct de survie. Arthus était alors en son pouvoir, complètement soumis à cet état, la volonté annihilée.

Le soleil était maintenant haut dans le ciel et tapait fort. Dix minutes suffisaient pour attraper un joli coup de soleil si l'on avait oublié sa crème solaire.

– Et nous ? lui demanda-t-elle à brûle-pourpoint.

Il la dévisagea : « A quoi pensait-elle ? ». Elle voyait le temps filer entre ses doigts et le cours de sa vie lui échapper. Son existence devrait-elle se résumer à la sphère professionnelle ? A quelques encablures de la quarantaine, l'hypothèse d'un foyer devenait probablement obsédante mais Arthus ne voulait pas la braquer avec une réponse à l'emporte-pièce, aussi essaya-t-il de retourner l'interrogatoire.

– Je ne sais pas, on n'en a jamais vraiment discuté, non ?

– Eh bien justement, mettons à profit ce séjour pour en parler !

Elle semblait prête à tout mettre sur la table. Il connaissait trop bien Célia pour savoir qu'elle ne lâcherait pas le morceau.

– D'accord mais il faudra que tu me dises quelle suite tu comptes donner à ce coup de fil.

– Tu veux dire celui d'hier ?

– Oui, celui du chasseur de tête. Je te vois mal décliner ce genre d'offre sans avoir étudié les conditions.

Elle resta muette, puis se reprit.

– Je ne sais pas, c'est compliqué et cela dépendra d'abord de la suite qu'on souhaite donner à notre relation.

Elle revenait sur le sujet qui la préoccupait mais Arthus ne l'imaginait pas en mère de famille sautant dans un avion pour une réunion à l'autre bout de la planète. Il arrivait à Célia dans la même semaine de faire l'aller-retour Paris-New York, d'enchainer sur un vol Paris-Johannesburg et de terminer par un Paris-Oslo, trajets difficilement compatibles avec une vie familiale. Par ailleurs, la perspective d'avoir à jouer les princes-consorts ne ravissait guère Arthus. Non, cela ne dépendait pas de lui mais bien d'elle ! Jamais, elle ne supporterait de ralentir la cadence, d'accepter de sortir à dix-huit heures du boulot pour récupérer les enfants même si cela devait être à tour de rôle. Et s'il était très agréable d'endosser le rôle du petit ami, c'était une autre histoire que de devenir l'intendant de la maison. La carrière de Célia s'envolait et les tours de passe-passe d'Arthus auprès de quelques directeurs généraux n'étaient pas en mesure de rivaliser avec ses résultats à elle. L'issue inévitable était de se voir reléguer dans un second rôle alors que leur liaison secrète permettait pour le moment à Arthus de tirer les ficelles à sa guise. Il était à craindre – une fois leur couple officialisé – que son quotidien se limite à la réalisation des quatre volontés de Célia. Perdre ce qui lui procurait un ascendant était inenvisageable, sauf à se résigner à une soumission pleine et entière. La liberté d'Arthus était sa seule garantie, il n'allait donc pas la troquer pour assouvir le besoin de sécurité de sa maîtresse. D'ailleurs, c'était cette intermittence de leurs rendez-vous qui avait pu maintenir l'intensité des débuts au cours des mois écoulés. Sans cela, les disputes qui survenaient sans cesse auraient eu tôt fait de mettre un terme à leur relation.

Pouvait-elle réellement continuer à le respecter s'il n'était plus en mesure de l'impressionner ? Elle n'avait pas d'admiration pour les chiffes-molles, aussi valait-il mieux ne pas se voiler la face et assumer : aucun des deux n'était enclin à des compromis professionnels pour fonder une famille.

Dilemme

Arthus et Célia alternaient entre plage et piscine. Le préposé aux sports de voile, affalé sur une chaise dans sa guérite, était disponible à toute heure de la journée pour sortir le bateau à moteur et les emmener au milieu du lagon. Les clients pouvaient en faire aussi longtemps que bon leur semblait.

Après avoir nagé dans les eaux translucides et frayé avec les petits poissons, Arthus et Célia regagnaient le rivage sous les cocotiers où, allongés sous des troncs d'arbre d'un mètre cinquante de haut surmontés de feuillages tressés, ils étaient protégés des rayons brûlants de l'astre solaire. Il fit une surprise à Célia en réservant un chauffeur de l'hôtel pour faire le tour de l'île et découvrir sa luxuriante végétation quand l'agriculture locale n'avait pas tout défriché au profit des champs de cannes à sucre. Arthus imaginait le temps des colonies où les occidentaux devaient occuper leurs journées à de telles promenades.

Ils s'arrêtèrent au fameux jardin Pamplemousse, oasis de calme, ayant conservé ses dimensions originelles. La faune et la flore semblaient s'être mises au diapason pour divertir les visiteurs. Les arbres aux racines impressionnantes, les fleurs exotiques aux couleurs vives, les lianes moussues qui s'enroulaient autour des troncs tordus, l'herbe épaisse comme un tapis, tout invitait à la rêverie. Seul le chant des oiseaux faisait écho aux cris des singes qui résonnaient au loin dans la canopée.

Célia portait un bermuda et un bustier fuchsia qui faisaient ressortir sa peau ambrée. Des lunettes de soleil lui masquaient le regard. Près du bassin aux nénuphars géants, ils s'assirent sur la margelle, fermant les yeux pour profiter du calme. Il était rare de la voir si tranquille alors que leurs ébats ressemblaient à des corps-à-corps violents où se déchargeait la tension de leurs vies professionnelles. Arthus avait noté au travers d'exemples notoires que parmi les cadres dirigeants – ceux qui se trouvaient rapidement au sommet des organisations – un bon nombre finissait par témoigner d'une sexualité extrême. Était-ce leur libido qui les amenait à vouloir commander les autres ou bien leur réussite qui faisait dériver leurs pratiques sexuelles ? En tout cas Célia tombait dans cette catégorie : elle pouvait faire l'amour plusieurs fois par jour sans la moindre lassitude et il constatait que sa résistance physique surprenante s'accompagnait d'une capacité comparable pour les plaisirs de la chair. Depuis leur arrivée les deux amants enchaînaient les étreintes journalières. Bien que très sportif, Arthus était lui-même surpris d'autant d'énergie dépensée.

Un tel besoin d'épuiser ses ressources physiques rappelait à Arthus une connaissance, banquier d'affaire de son état, qui jouait au polo tous les week-ends et en toute saison. C'est un des jeux les plus violents qui soit. Les charges des chevaux qui se soldaient par des heurts dangereux entre cavaliers, les chutes en bout de course causées par les soubresauts de la monture, les coups de maillet que certaines compétiteurs s'échangeaient à la dérobée, toute cette violence larvée exprimait une volonté de se faire mal, comme pour mieux se sentir vivre. Les rythmes astreignants et la compétition acharnée imposés par les *deals* semblaient trouver un exutoire dans ce genre de discipline sportive. D'autres cadres dirigeants faisaient de la boxe et repousser leurs limites était comme une drogue manifestement. Comme un besoin de se brûler les doigts qui tournait parfois à la perversion sadomasochiste chez ses personnalités hors du commun.

Arthus en venait à s'interroger : « En était-il de même pour sa partenaire ? ». Quand ils faisaient l'amour, l'acte se terminait systématiquement par une phase où graduellement la violence s'insinuait. Pourtant ce n'était pas dans les habitudes d'Arthus et il se questionnait sur la cause de cet état. « Était-il possible d'avoir des rapports sexuels classiques avec une femme de pouvoir ? La hiérarchie du statut en faveur de la femme n'obligeait-elle pas à une contrepartie qui trouvait son accomplissement dans la domination sexuelle exercée par l'homme ? »

Cela était pour le moins troublant… comme si l'un devait offrir à l'autre une compensation à cette asymétrie professionnelle. Probablement qu'il y avait une nécessité de lâcher prise dans l'intimité après toutes ces heures de travail sous stress, à devoir tout contrôler sous peine de disqualification. Une sorte de jouissance émotionnelle à ne plus avoir à diriger les opérations, à se laisser conduire sans réfléchir, à s'abandonner enfin à la volonté de l'autre, à éteindre le champ de l'intellect pour laisser la place à l'assouvissement des pulsions sexuelles les plus primaires. Arthus était l'objet du plaisir de Célia mais elle voulait subir le joug de ses désirs les plus obscurs et sa jouissance ne survenait pleinement que lorsque son amant l'avait malmenée. Elle recherchait inconsciemment cette communion physique et cette excitation parvenue à son paroxysme produisait un état de transe qui laissait Arthus perplexe. Il avait parfois l'impression d'agir dans ces moments comme s'il voulait la punir, une manière de lui faire payer sa supériorité professionnelle.

Arthus savait que Célia ne sortirait pas indemne de leur liaison, elle ne supporterait pas que cela se solde par une rupture. Il supposait que sa réaction serait virulente, aussi évitait-il la moindre allusion à un quelconque futur à deux. Cela devenait problématique pour Arthus car son quotidien s'organisait de plus en plus souvent en fonction de Célia. Leur relation se normalisait et il redoutait de passer le point de non-retour. Sans compter que les desseins d'Arthus s'arrangeaient mal d'avoir à révéler qu'il était en couple avec Célia. Son ambition professionnelle étant de tirer parti de femmes de pouvoir qui se donneraient à lui, il ne pouvait donc être question de tomber dans la routine d'un couple légitime. Arthus avait trop à obtenir pour se laisser aller aux sentiments. La révélation de leur relation aurait tôt fait, au sein d'*Operandi*, de décrédibiliser l'ascension d'Arthus.

Tandis qu'il pressentait que le terme de leur histoire approchait, elle se montrait paradoxalement plus confiante. Peut-être comme l'animal traqué par la meute qui sent que ces efforts sont vains mais qui espère encore une issue favorable. Ils n'étaient pourtant pas faits l'un pour l'autre, il fallait s'y résoudre.

Le vol de retour fut moins romantique, chacun savait que la vie parisienne allait les accaparer de nouveau. Le ballet des déplacements à l'étranger allait reprendre et leurs tête-à-tête s'espaceraient. Ils n'avaient pas dénoué la question concernant leur couple, attendant un compromis de l'autre. Absorbé par ces réflexions, il resta dans sa bulle pendant la durée du vol.

Arthus avait peine à suivre le film qui se déroulait sur l'écran vidéo tandis qu'elle consultait ses courriels en retard qu'elle avait pris soin d'imprimer avant d'embarquer.

Les hôtesses passaient régulièrement leur servir du champagne mais le cœur n'y était plus. Arthus regrettait déjà le luxe de cette vie à deux. S'il était agréable de se faire offrir un train de vie de star, il ne fallait pas prolonger l'expérience au-delà du raisonnable : poursuivre leur relation impliquait de la rendre publique. Il avait conscience du confort matériel qu'il allait perdre mais dépendre, à vie, financièrement d'une femme était inacceptable pour la majorité des hommes. Les prétentions d'Arthus s'avéraient incompatibles avec cette vision, même si la société encourageait les femmes à prendre le contrôle de la sphère économique.

« Le matriarcat était une tendance de fond que nul ne pouvait plus stopper » se dit Arthus.

La magie de ce séjour s'estompait à mesure qu'ils se rapprochaient de la France. Les images féériques du décor de ces vacances lui revenaient à l'esprit et le souvenir de ce corps si souple qu'Arthus avait possédé jusqu'à l'épuisement le plongea dans une méditation profonde. Perdu dans ses pensées, il écouta d'un oreille lorsqu'elle lui parla. Célia finit par s'endormir et Arthus détailla alors les traits de ce visage qu'il avait tant adoré pendant ces dernières nuits où la fièvre de la chair les avait saisis encore et encore.

Nouvel adversaire

Laure était rayonnante. Cela faisait longtemps qu'Arthus ne l'avait vu ainsi. Il se demanda ce qui pouvait bien la mettre dans un tel état. « Un petit ami ? » Il chassa vite cette idée car Laure avait tout du garçon manqué.

Arthus la salua d'un signe de tête, puis gagna la salle de réunion où devait se dérouler le rituel hebdomadaire du service. Il surprit Célia discutant avec leur chef. Son irruption les dérangea, il comprit que leur entretien devait rester confidentiel. Les autres participants remplirent la salle et l'on passa en revue les dossiers.

Il utilisait son téléphone mobile sous la table. Quelques textos lui apprirent que, pendant leur séjour insulaire, Célia avait avancé sur le cas de Laure, lui savonnant la planche. Elle avait dressé un portrait à charge auprès du grand patron. Ce dernier qui tenait en grande considération Célia ne pouvait risquer de se la mettre à dos. Faisant preuve d'une grande lâcheté managériale, il fit part de plusieurs critiques assassines à l'encontre de Laure devant l'assemblée. La jeune femme n'en revenait pas, elle déchantait soudainement. Ses yeux lançaient des éclairs à l'attention de Célia mais il était déjà trop tard. Elle décrocha également un regard inquisiteur à Arthus mais – sachant que Célia et lui s'étaient affrontés à de nombreuses reprises – Laure ne pouvait suspecter le complot ourdi contre elle. Comme elle se méprenait !

Arthus devina que les messes basses précédant la réunion concernaient Laure. Son bonus venait de s'évaporer et, compte tenu des heures dépensées sur le dossier, la pilule allait être amère. Cet affront était l'ultime humiliation que l'on pouvait lui faire. C'était vicieux à souhait… Tout le monde parlerait au sein de la division et saurait qu'elle avait été saquée. Elle perdait la face, ce qui était pire que d'être mise sur la touche. Difficile de s'en relever ! Pour l'instant, elle serrait les dents, les muscles du cou tendus, s'efforçant de cacher sa colère. Les yeux embués, au bord des larmes, Laure n'était plus que l'ombre d'elle-même. Son égo peinait à digérer l'avanie tandis qu'Arthus savourait sa vengeance.

Son ennemie était vaincue. Mais il n'en avait pas encore tout à fait fini avec elle…

Quand la réunion s'acheva, Arthus alla intentionnellement traîner du côté de la machine-à-café au fond du couloir qui menait au bureau de Laure. Elle fit semblant de ne pas le voir mais sa présence inopinée pouvait constituer une aide. Moins de trente secondes après être rentré dans son bureau, la vipère pointait le bout de son nez. Négligemment elle s'approcha tandis qu'Arthus continuait de boire à petites gorgées le café chaud, le dos appuyé contre le mur. Elle espérait qu'il allait engager la conversation mais il s'en garda bien. Le silence devenait gênant. Elle se voûta sur son gobelet, ravalant sa fierté, et brisa le silence.

– Tu étais au courant ? demanda-t-elle les yeux baissés.

– Non… et je trouve que ce n'est pas fair-play de te faire cela.

Elle releva la tête comme piquée par une guêpe, le dévisageant, incrédule face à une telle compassion de sa part. Impossible de déceler quoique ce soit, Arthus jouait sur du velours.

– C'est bien dommage, poursuivit-il, tu méritais mieux… malheureusement par ton attitude revêche, tu as écarté toute possibilité de collaboration. Tu as sous-estimé Célia et aujourd'hui tu le payes… c'est du gâchis ! J'aurai pu soutenir tes ambitions mais il est trop tard et tu sais pourquoi.

Une gifle ne lui aurait pas fait plus d'effet. Arthus la vit vaciller un bref instant. Son estocade la laissait sans voix, pétrifiée, incapable de comprendre ce qui lui arrivait. Non seulement elle le croyait complètement étranger à sa disgrâce mais – malgré sa trahison – Arthus affirmait qu'il aurait été prêt à l'épauler. Néanmoins la phrase de ce dernier signifiait clairement qu'il n'entendait pas aller contre la volonté de Célia. Elle se retrouvait donc seule, sans appui. Et la mise en quarantaine risquait de durer des mois. Tout s'effondrait pour elle.

L'abandonnant à son sort, Arthus partit d'un pas guilleret, satisfait de l'anéantissement de cette rivale. Elle était blessée à mort, impossible de se remettre sur pied après cela. Il avait été l'instigateur de sa chute. Sa vindicte triomphait ! Et Arthus le devait à son entregent, ou plutôt à son entrejambe.

Le fil des jours reprit. Cet événement était oublié depuis un bon moment lorsqu'Arthus apprit un matin que Laure avait donné sa démission, résignée par l'absence de toute perspective d'évolution. Le règlement de compte avait porté ses fruits, son adversaire avait préféré jeter l'éponge.

Mais comme toujours la surprise vint d'où l'on ne l'attendait pas et la nomination au sein du service du directeur de cabinet d'un grand ponte de l'entreprise fit l'effet d'un coup de tonnerre. L'intéressé se trouvait promu Directeur Adjoint du département, c'est-à-dire qu'il occuperait l'échelon entre le Directeur du département et les vices présidents dont faisait partie Arthus. Une manière de les mettre sous tutelle. Un très mauvais signal pour Arthus, d'autant que Célia avait entamé des discussions avec une chasseuse de tête. Sans sa protection, les ennemis d'hier ne manqueraient pas de réveiller leurs intentions nuisibles à l'égard d'Arthus. Il devait patienter mais cette nouvelle ne présageait rien de bon et Arthus relança l'assistante du PDG pour accélérer son départ vers de meilleurs pâturages.

L'intuition s'avéra malheureusement fondée… Le nouveau venu se présenta dix jours plus tard à l'équipe et, sous son air affable, Arthus discerna par des tics de son visage quelque chose de désagréable, comme une raideur psychologique. Ce garçon n'était pas un tendre et son ambition cachait mal une haute opinion de lui-même qui confinait à l'arrogance. Arthus et les autres n'étaient que du menu fretin, pouvait-on lire dans son regard. Peu ouvert au dialogue, ce favori en cour venait conquérir le pouvoir.

Il s'entretint avec chacun des collaborateurs du service comme pour mieux les évaluer. A force de faire des rapports tout au long de l'année, il avait acquis le réflexe de classifier les choses et les hommes. Arthus et Célia n'échapperaient pas à ce mode de fonctionnement et, assez rapidement, il leur demanda de rendre des comptes sur leurs dossiers. Ce qu'ils faisaient déjà au travers de la réunion de revue des projets.

Cela ne suffisait pas au nouveau venu et ses ordres commencèrent de pleuvoir. Il fallait s'exécuter sans explication, sans broncher. Une vraie tête de mule avec qui il était impossible de se mettre d'accord. La contestation commença à gonfler en coulisses mais ce combat était perdu d'avance car il bénéficiait du parrainage d'un membre du comité exécutif. Il était *de facto* intouchable, et ceux qui s'aventureraient dans une cabale en seraient pour leur frais. Arthus prit donc ses distances avec le reste de l'équipe, refusant d'alimenter la polémique.

Ses arrières étaient en voie d'être assurés sans qu'aucun ne le sache, Arthus attendait juste que la direction des ressources humaines le recontacte pour signer l'avenant à son contrat de travail, entérinant ainsi sa mobilité vers de nouvelles fonctions. Une fois de plus, il allait échapper à un enfermement professionnel et laisserait ses camarades sous la coupe de l'intransigeant directeur adjoint.

« Quand on ne peut gagner la bataille, il faut savoir battre en retraite » pensa Arthus.

3ème partie

La mécanique des privilèges

Solde de tout compte

Arthus appréhendait ce moment pénible où il faudrait déclarer le deuil de leur relation. Célia était morose ces derniers jours et il n'arrivait pas à la dérider. Finalement, elle continuait le processus avec le fonds d'investissement. L'intrusion du Directeur adjoint qui régentait tout était probablement à l'origine de sa décision. Quoiqu'il en soit Arthus réfléchissait à la manière d'amener en douceur le sujet de la séparation. Il ne voulait pas donner lieu à une scène publique avec éclats de voix, aussi exclut-il l'idée d'un restaurant. La gent féminine exigeait des explications quand la rupture arrivait, ce qui demeurait un exercice pénible pour Arthus. Inutile d'épiloguer quand on se quitte. Les amants d'hier se retrouvaient subitement comme deux étrangers ne sachant plus comment se dire au revoir : « un baiser sur les lèvres ou sur la joue ? ». C'était ridicule quand on repensait à toutes ces nuits passées enlacés. Arthus détestait les adieux sentimentaux. Quand le vin était tiré, il fallait le boire…

Il l'appela. Elle décrocha, légèrement surprise. Ils avaient pour habitude de correspondre par textos ou messagerie instantanée.

– Il faut qu'on parle, dit-il d'une voix métallique.

– J'ai compris, ne t'en fais pas… on a déjà rompu et, à chaque fois, on s'est remis ensemble… Voyons-nous plutôt.

Ce n'était pas du tout ce qu'il avait prévu, il voulait éviter cela à tout prix. L'alchimie physique altérait tout discernement chez lui, elle le savait pertinemment. Impossible de faire cesser leur liaison s'il devait passer une tête chez elle.

– J'ai besoin de faire une pause. Continuer demande de savoir où l'on veut aller… reprit-il.

– D'accord, fixons-nous un dîner dans un mois et l'on verra d'ici là.

Elle connaissait toutes les ficelles de la négociation et se ménageait une porte de sortie, c'était habile.

– Si tu veux, concéda Arthus mi-figue mi-raisin.

Après tout, ce sevrage sexuel temporaire pouvait aider Arthus à oublier l'emprise charnelle qu'elle avait sur lui. Sur un « au revoir » sec, il clôt l'échange. Peu convaincu de la proposition, il ressassa les options pour mettre un terme à cette affaire. Au fond de lui, il pressentait que le seul moyen d'y parvenir était de la remplacer par une autre.

La semaine passa sans rien de notable pour Arthus si ce n'est la signature de son nouveau contrat de travail. Il planifia aussitôt d'aller rencontrer l'équipe qu'il aurait à diriger. Célia était partie en Amérique du Sud pendant quinze jours, empêtrée dans un dossier tordu où l'autre actionnaire cherchait à tondre la laine sur le dos d'*Operandi*.

En attendant, le PDG invita Arthus à un séminaire budgétaire avec son comité directeur. C'était l'occasion de prendre le pouls de ses pairs, ces nouveaux concurrents. Il ne s'étonna pas en regardant dans l'annuaire interne de voir qu'ils avaient tous dépassé quarante ans. Cependant, les profils semblaient moins compétitifs que ceux de ses co-équipiers actuels.

Lorsque son chef fut informé de la nouvelle par Arthus, il fit la grimace. C'était seulement une personne en moins dans le service, aussi Arthus ne s'expliquait pas pourquoi cela avait l'air de le gêner à ce point mais, en allant saluer l'assistante du directeur du département, il perçu une conversation équivoque entre deux portes.

– Célia nous quitte dans trois semaines…. dit le Directeur associé

– Quoi, Célia donne sa démission ?

« La salope, elle s'est bien gardé de me le dire ! » s'emporta intérieurement Arthus. Elle quittait le Groupe sans l'avoir mis au courant, elle ne changeait pas. Il se dit qu'il aurait dû le prévoir… Elle s'offrait ainsi une chance de préserver leur relation intime. Une fois partie, rien ne s'opposait plus à afficher au grand jour leur liaison. Il suffirait juste de préciser que c'était une histoire récente : qui pourrait suspecter la combine compte tenu de leur rivalité notoire ? Elle le manipulait avec une telle aisance. Il réalisait maintenant que l'invitation de Célia n'était qu'un moyen de le placer devant le fait accompli. Elle le retenait en lui permettant d'accéder à un train de vie luxueux. La tentation était grande d'y succomber mais cela signifiait pour Arthus de renoncer à ses ambitions de carrière. Il devait trouver une sortie honorable.

Arthus rendit visite à son supérieur quelques instants plus tard, celui-ci attablé à son bureau le dévisagea avec agacement. La promotion de son protégé en tant que Directeur Adjoint tournait à la farce car les vice-présidents quittaient le navire. Le dictateur de pacotille se retrouverait à gérer des collaborateurs juniors. Mais il était vain de s'opposer à une décision d'un PDG, trop risqué politiquement… Un retour de bâton était toujours à craindre.

Aussi le chef d'Arthus n'allait pas faire de vague mais il digérait mal ces deux départs successifs. Il cogitait un commentaire blessant mais rien ne sortit. Son crâne chauve luisait sous la lumière du faux plafond. Il se gratta la nuque dans un bruit désagréable de papier de verre qu'on frotterait sur du bois. Sa cravate d'un bleu triste, trop serrée, et sa chemise blanche légèrement jaunie au niveau du cou et des aisselles révulsaient Arthus qui ne bougeait pas, immobile comme un bouddha de pierre. Il intériorisait d'avoir réussi son coup et laissait son supérieur à sa défaite. De toute façon, l'air était devenu irrespirable, vicié par les jalousies, les ambitions et les coups bas.

– Pour ton augmentation annuelle, tu verras avec ta nouvelle entité… persifla son chef.

« C'est tout ce qu'il avait trouvé ? Ne t'inquiète pas, tout est déjà négocié… » pensa Arthus.

– Tu verras à assurer la passation de tes dossiers au nouveau directeur adjoint, ajouta d'un ton amer le grand perdant du jour. Arthus réprima un sourire narquois. Voulait-il le déstabiliser en l'obligeant à ce jalon désagréable avec son protégé ? Peine perdue !

Il attendait les autres directives mais celui-ci, voyant qu'il n'arrivait pas à déstabiliser Arthus, se remit à la lecture d'un contrat à signer pour se donner une contenance et marquer son mépris. Arthus demeura un instant à le regarder porter de petites annotations dans la marge. Des corrections ou plutôt des pattes de mouche, tout juste déchiffrables. « Nous nous sommes tout dit » songea Arthus. Deux ans de collaboration qui se terminaient dans un mutisme froid.

Il prit congé le plus poliment du monde, laissant derrière lui un homme désemparé qui, au lieu de se réjouir de la promotion d'un adjoint, était vexé d'avoir été pris de vitesse. C'était pourtant le même principe qu'appliquait scrupuleusement son supérieur, faire passer ses intérêts personnels avant ceux de son employeur. Pourquoi en aurait-il été autrement pour ses collaborateurs ?

Petits arrangements familiaux

Rasséréné, Arthus mit à profit les dernières semaines qui précédaient son transfert pour continuer à glaner toute information susceptible de servir un jour. Un fait particulier le fit tiquer alors qu'il participait à une réunion. Arthus avait observé qu'un des directeurs – qui s'appelait Jean-Christophe – laissait entièrement conduire l'avancement des travaux par l'un de ses subordonnés. Cela était d'autant plus bizarre que celui à qui il déléguait était inexpérimenté. A l'occasion d'une deuxième réunion de travail, Arthus se fit de nouveau la réflexion. « Décidément quelque chose clochait ! » Arthus sonda discrètement d'autres directeurs mais une sorte d'*omerta* semblait planer. Nul ne souhaitait commenter cette situation bien que l'incompétence de ce collaborateur sautât aux yeux de tous.

Et c'est par le plus grand des hasards que l'énigme fut résolue au détour d'une conversation qu'Arthus n'aurait pas dû entendre. A l'heure du déjeuner, tandis que les bureaux paysagers se vidaient de leurs occupants, il s'était rendu à la cafétéria prendre un sandwich mais le bruit de fond le chassa du lieu.

Tout en grommelant, Arthus se réfugia dans l'un de ces petits salons à l'usage des salariés qui trouvait au centre de l'*open-space*. La direction générale avait avancé auprès des syndicats que le bien-être du personnel était pris en compte par le biais de ces bulles où trois salariés pouvaient se tenir quand toutes les salles de réunion étaient occupées. Certes confortables, ces îlots étaient en fait des compartiments circulaires en tissu matelassé qu'entourait une cloison mobile s'arrêtant à deux mètres de hauteur et dépourvue de porte. L'insonorisation était donc partielle et rares étaient ceux qui utilisaient ces modules où chacun pouvait surprendre leur conversation. Arthus s'affala sur la banquette rembourrée car à cette heure l'étage était désert et silencieux. Il resta là, concentré, à feuilleter un document de synthèse. Un moment qui dura jusqu'à ce que les assistantes, dont les bureaux qui jouxtaient l'espace réduit, reviennent de leur pause déjeuner. Au début, elles parlaient à mi-voix mais probablement encouragées par la solitude du lieu, elles s'enhardirent et leur papotage parvint jusqu'à ses oreilles innocentes. Arthus comprit immédiatement qu'il s'agissait du Directeur dont le comportement était suspect.

– Au fait, as-tu pu déplacer la réunion de Jean-Christophe ? s'enquit l'une des assistantes.

– Non, pas encore… Je vais voir mais la Directrice Générale l'a déjà décommandé trois fois, cela devient énervant et je crois qu'elle n'a aucune envie de le voir. Le sujet n'intéresse personne mais il insiste pourtant.

– Je ne comprends pas… Sa nomination remonte bien avant l'arrivée de la nouvelle Directrice Générale, non ?

– Oui, tu sais bien, c'est le beau-frère de l'ancien Directeur Général qui s'est fait débarqué l'année dernière…

– Ah oui, je comprends mieux maintenant ! Jean-Christophe veut sauver sa peau, c'est pourquoi il a besoin que son projet soit lancé officiellement : cela lui permettrait d'avoir vingt-quatre mois de boulot devant lui et de conserver son équipe.

– Il joue sa tête, tu penses ?

– Oui probablement, d'autant qu'elle doit savoir comment il a obtenu son poste. Mais garde-le pour toi !

« Quelle révélation, une information qui valait très cher ! » Le genre de petits secrets qui confortait les convictions d'Arthus pour qui la majorité des promotions tiraient fréquemment leur origine d'un copinage malsain mais là, ça dépassait tout ! Il s'agissait tout simplement de népotisme, à l'image des chefs d'état africains qui nommaient leur progéniture aux postes les plus élevés de l'administration ou du gouvernement. Les choses ne changeaient guère malgré le passage au XXIème siècle, et aucun milieu professionnel lucratif n'échappait à ce phénomène. Chaque année voyait son lot de « fils de » reprendre la profession de leur géniteur : fils et filles d'acteurs, de chanteurs, d'hommes politiques ou de directeurs exécutifs surgissaient comme par magie dans les magazines où l'on encensait sans retenue leur précocité… là où il fallait seulement voir le réseau de relations de papa et maman. Le carnet d'adresses des parents était un passeport pour fuir la condition de simple salarié et débuter en trombe une carrière de premier plan. Dans un marché du travail où la compétition commençait dès le plus jeune âge, un coup de pouce du *pater* valait désormais plus que tous les diplômes. Et comme le talent n'était pas héréditaire, il convenait de préempter les meilleures positions tout en s'efforçant de rendre légitime les promotions spectaculaires.

Le monde de l'Entreprise n'avait pas davantage d'état d'âme. On avait recours à la cooptation aussi souvent que possible. Bien sûr la discrétion était de mise mais, de temps en temps, le fils d'un PDG se retrouvait bombardé à la tête d'une filiale par le jeu des relations familiales. C'était toujours un échange de bons procédés entre puissants : « je t'aide mais tu m'aideras en retour le moment venu… ».

Arthus en conclut que ce cher Jean-Christophe bénéficiait probablement encore de protection extérieure qui empêchait la Directrice Générale de faire le ménage. Même fragilisé, il était inamovible et la Directrice Générale, fraichement recrutée, devait voir d'un mauvais œil cette enclave au milieu de son territoire. Pour couronner le tout, celui qu'elle avait dans le viseur n'avait aucun scrupule à se faire seconder par un incapable de son espèce. Ce qui donnait à Jean-Christophe l'assurance de ne pas se faire doubler…

Tandis que de l'autre côté de la cloison en tissu le bavardage allait de plus belle, Arthus se tint caché jusqu'à ce que d'autres occupants de l'étage, de retour de déjeuner, remplirent petit-à-petit de leur brouhaha l'*open-space*. Chacun reprenait son poste et les deux commères vaquèrent à leurs occupations courantes. Des pas se rapprochant de la cachette d'Arthus, il sortit à la suite du groupe de cinq personnes en file indienne quand ils passèrent à sa hauteur : personne n'avait pu se douter de son séjour furtif dans ce curieux réduit.

Arthus remercia sa bonne étoile qui lui dévoilait les cachoteries des uns et des autres. Il y vit un encouragement à poursuivre ses visées aussi amorales qu'elles puissent être, lui le pionnier du nouvel ordre social qui couronnait la domination progressive du genre féminin au sein de l'humanité. Les mâles, adoptant cette stratégie de survie qui reposait sur leur capacité sexuelle, auraient à satisfaire ces femmes de pouvoir.

Il repensait à ces dirigeantes qui avaient pris – inexorablement – le pas sur les hommes, elles les avaient dépassés dans la plupart des universités du monde occidental et leur présence au sein de tous les corps de métier attestaient de cette lente transformation. Désormais majoritaires dans les bataillons de diplômés, elles bousculaient le genre masculin jusque dans ses derniers retranchements : au sommet des grands groupes internationaux. Le mâle était en train de devenir un genre mineur dans l'échelle sociale, ce n'était plus qu'une question de temps. La lame de fond remontait à la surface. Pendant des millénaires, la tutelle des hommes à l'égard des femmes s'était maintenue grâce à la loi naturelle du plus fort mais ce nouveau siècle bouleversait la règle en vigueur et consacrait l'aboutissement des efforts studieux des femmes.

« La méritocratie supplantait la phallocratie mais les femmes étaient-elles plus heureuses d'asseoir enfin leur suprématie ? » s'interrogeait Arthus.

La société occidentale avait toujours toléré le droit des femmes de vivre aux dépens d'hommes fortunés ou puissants, en échange de leur beauté éclatante. C'était maintenant aux hommes jeunes qu'on allait accorder avec indulgence le droit de frayer avec des femmes plus matures, à la réussite exceptionnelle dans le monde des affaires, des médias ou des arts. L'aventure moderne ne résidait plus dans l'expatriation vers un pays émergent, ces sentiers étaient définitivement balisés. Il ne restait plus que la voie de l'intimité interdite, celle de la séduction prohibée par la morale.

Et des vedettes masculines du cinéma devenaient les égéries de parfum pour femmes, répondant ainsi aux fantasmes du sexe bientôt dominant. Les femmes de pouvoir, nouvelles héroïnes modernes, fascinaient les hommes ambitieux mais, seuls ceux prêts à emprunter les chemins de traverse, risqueraient leur honneur dans ce jeu dangereux. Arthus en faisait partie et savait que d'autres poursuivraient ce qu'il avait commencé dans l'ombre.

Il était temps pour lui de lancer les grandes manœuvres afin de s'attirer les faveurs d'une nouvelle protectrice.

Apparition

Deux jours plus tard, il prenait ses nouvelles fonctions et la mise en jambe ne tarda guère. A l'occasion du séminaire budgétaire, il fut convié à une cinquantaine de kilomètres de Paris dans un château au nom enchanteur qui lui donna l'impression d'être revenu quelques siècles en arrière. Il découvrit, par une petite route de campagne, les grilles majestueuses en fer forgé qui encerclaient le domaine. Une longue allée boisée le conduisit jusqu'aux douves remplies d'eau. L'endroit était splendide et flatteur pour les participants au séminaire. *Operandi* envoyait un message clair : les présents étaient des personnalités importantes pour l'entreprise puisqu'on prenait le soin de les réunir dans un tel écrin. Pour une quarantaine de collaborateurs, logés et nourris pendant trois jours dans un tel cadre, Arthus évalua la dépense à plusieurs dizaines de milliers d'euros mais finalement c'était bien peu pour s'assurer de la fidélité des meilleurs éléments du Groupe.

Tout le monde était venu en tenue de week-end comme le précisait le code vestimentaire dans le courriel d'invitation. Arthus avait opté pour un pantalon en toile bleue, des Richelieu en cuir et un chandail en cachemire.

Le buffet était plantureux. Le voisin de table d'Arthus engagea la discussion tout en garnissant son assiette des plats disposés sur la desserte.

– Et toi, de quoi t'occupes-tu ? demanda-t-il.

– Je vais être en charge de la Direction Financière... fit Arthus laconiquement.

Il restait évasif à dessein. La discrétion passait souvent, à tort, pour de la modestie et Arthus profita de ce déjeuner pour fixer dans son esprit les fonctions des uns et des autres. Des affinités apparaissaient mais il se méfiait d'une impression rapide. Arthus avait appris que tout ennemi gît là où on ne l'attend pas. Tout était calme en surface mais les échanges de groupe pendant l'après-midi révélaient des non-dits et inimitiés contenues. Il était le dernier arrivant, aussi on l'étudia sous tous les angles. « Pouvait-il représenter une menace ? » semblaient penser les uns et les autres.

Il s'abstint de poser la moindre question qui pouvait donner le sentiment qu'il ne maitrisait pas son sujet. Un coin de mystère ne pouvait lui nuire dans la conquête du pouvoir. Il se montra sous son meilleur jour durant l'après-midi.

Avec le soleil couchant, la pénombre enveloppait la vénérable bâtisse et les boiseries anciennes ressortirent davantage sous les lustres illuminés. On se serait cru dans un salon de l'Ancien Régime où l'aristocratie se retrouvait pour se divertir, sans se soucier du reste de la société. Les convives ne faisaient pas autre chose, se dit Arthus. Ils jouaient le sort de milliers de salariés à cet instant précis. Tel département serait fermé, tel autre verrait son effectif renforcé ; tel directeur gagnait en puissance en se voyant attribuer de nouveaux projets alors que son rival tombait en disgrâce pour avoir insuffisamment travaillé au corps le PDG. Il fallait faire le paon quand le grand patron soulevait un problème. C'était une comédie mais les dupes n'étaient pas ceux que l'on croyait. Tout était bon pour se distinguer car chaque fin d'année voyait les plus faibles bannis de cette Cour.

Les débats se clôturaient. On leur annonça la venue de la Directrice Générale Adjointe. Un murmure imperceptible traversa l'assemblée. Arthus avait vaguement entendu parler d'elle.

Tous disposaient maintenant d'une demi-heure avant de passer à table. Arthus fit le tour des jardins à la française qui entouraient le château et les pièces d'eau. Il faisait un peu frais en ce mois de septembre mais la saison était encore belle. L'automne n'avait pas encore déshabillé les chênes centenaires de leur feuillage fourni.

Arthus aperçut ses homologues aller et venir du parking aux dépendances afin d'y déposer leurs effets personnels. Comme une petite armée qui avançait en cadence. Ils se suivaient en file indienne, puis s'éparpillaient vers les différentes entrées desservant les chambres. Il flâna encore un peu, humant l'odeur de l'herbe coupée qui lui montait aux narines tandis qu'il arpentait les parterres taillés au cordeau. C'était un privilège de pouvoir pénétrer au milieu d'un tel décor. Goûtant l'instant, puis regagnant le logis, il songea à ce que lui procurait sa promotion récente. Mais bien qu'il se rapprochait de son but, Arthus avait conscience du chemin qui restait à faire. Cette pensée lui redonnait du mordant et il accéléra le pas. Il était temps d'entrer dans l'arène et de choisir son camp. Cette soirée constituait l'opportunité de trouver des alliés.

Il se dit qu'il fallait être encore plus attentif qu'à l'habitude et ne pas se faire remarquer trop tôt. Négligemment, il prit place à l'une des six tables rondes qui occupaient le plus grand des salons. Les participants se répartirent selon les clans, chacun prenant garde à se placer loin de son principal ennemi.

Enfin le PDG arriva avec une femme à son bras. Cette apparition arrêta Arthus dans sa phrase. Subitement son attention fut captée par cette femme sculpturale, cintrée dans un tailleur qui révélait de longues jambes fuselées dans des bas noirs. Sa classe naturelle produisait un effet immédiat et ses yeux de chats brillaient de malice. Il irradiait une lumière particulière de sa chevelure blonde coupée au carré. Arthus n'arrivait pas à en détacher son regard, hypnotisé par ces lèvres où il décela l'esquisse d'un sourire. Il sentit alors une émotion le saisir et, soudain, il éprouva le besoin furieux de posséder cette femme. Tandis qu'elle se déplaçait entre les tablées, il comprit qu'elle incarnait ce qu'il rêvait de conquérir. Il voulut enserrer cette taille si fine et respirer dans son cou sa fragrance mais il la vit disparaitre au fond de la salle, gardant en tête l'image de ses chevilles délicates montées sur des talons aiguilles. Son voisin brisa le charme.
— Elle est canon la Directrice Générale, non ?

La valse des serveurs débuta, distribuant les plats dans une succession d'odeurs : sauces, épices, vins. La pièce embaumait de toutes ces saveurs et il en oublia un court instant cette apparition. Au milieu de comparses joyeux, les discussions filèrent vite sur le ton de la plaisanterie. On se réjouissait de faire partie du comité directeur. C'était un aboutissement pour certains mais pour Arthus l'exercice du pouvoir n'était que le commencement.

Au cours de la soirée, la directrice générale tourna la tête. Son regard et celui d'Arthus se croisèrent une fraction de seconde alors qu'il l'observait. Une chaîne en or discrète plongeait dans son décolleté jusqu'à la naissance des seins. Cette femme était désormais pour lui comme la soif qui brûle la gorge du naufragé, et une idée audacieuse jaillit en lui.

Le champagne coulait à flot et les esprits se laissaient aller peu à peu. Arthus contemplait la Directrice Générale. « S'attaquer à une telle cible ? Aucun droit à l'erreur assurément... » Mais le chalenge était trop tentant et le morceau de choix.

Les agapes s'achevèrent dans un concert de rires. Arthus, tout en se levant de table, passa près d'elle et nota qu'elle ne portait pas d'alliance. « Divorcée ? En concubinage ? Ou bien veuve... » se dit-il. L'esprit embrumé par ce dîner copieusement arrosé de grands crûs, il cessa là ses cogitations. Une fois dans sa chambre, il se déchaussa maladroitement, défit sa chemise, ôta son pantalon, et tomba sur le lit pour sombrer dans un sommeil réparateur.

Demain était un autre jour.

Lendemain de fête

Arthus avait rêvé toute la nuit qu'il lui faisait l'amour. Après un brin de toilette, il se pressa et quand il l'aperçut dans un coin de la vaste salle-à-manger une émotion le saisit. La Directrice Générale papotait avec le PDG. Elle ponctuait ce bavardage jovial de petits rires auxquels faisait écho celui beaucoup plus sonore de son interlocuteur. Arthus jugea plus avisé de s'asseoir à distance, à une table à moitié vide où s'activaient deux de ses compères. Après s'être servi de pain grillé et de confiture, il retourna avec son assiette auprès de ses voisins dont les banalités masquaient le peu d'entrain qu'ils avaient à partager ce petit-déjeuner. En fin de compte, ils étaient plutôt sympathiques mais Arthus n'avait aucune compassion pour leurs problèmes quotidiens qui relevaient davantage de guerres internes que de difficultés opérationnelles.

Tout occupé à tartiner ses toasts, il ne fit pas attention aux arrivants qui venaient à intervalles réguliers prendre place autour de lui.

Après le petit-déjeuner, l'assemblée se réunit de nouveau et les débats reprirent. La journée se passa sans accroc et tout le monde se quitta confiant en l'avenir. Le PDG salua Arthus d'un clin d'œil, puis l'aréopage fit ses bagages et monta en voiture. Pendant le trajet vers Paris, il se répéta ce qu'il avait vu durant ces deux jours, cherchant à résumer les forces en présence. Cependant, son esprit revenait constamment à la Directrice Générale. Il lui parut nécessaire de découvrir quelle était sa situation personnelle avant d'entreprendre la moindre approche.

La route défilait et les derniers rayons du soleil disparaissaient progressivement à l'horizon. Le vent s'engouffrait par la vitre baissée et lui fouettait le visage. Le pressentiment qu'il mettait les doigts dans un engrenage irréversible s'empara de lui. Il avait du mal à fixer ses pensées. Les embouteillages ralentirent Arthus aux abords de la capitale. Lorsqu'il il finit par se garer, le cadran de son automobile affichait vingt et une heures. Arthus claqua la portière et gagna son appartement. Une douche le débarrassa enfin de cette vision entêtante. Dix minutes lui furent nécessaires pour rallier Alexandre dans un café de quartier. Sa candeur était rassurante. D'ailleurs, Arthus ne connaissait personne d'autre à qui confier ce projet saugrenu. Son camarade accueillit chaleureusement cette idée.

– Tu es impayable ! Il n'y a que toi pour échafauder ce genre de stratagème.

– Oui mais je dois avouer que je ne sais pas encore comment m'y prendre… C'est plus compliqué qu'avec Célia que je pouvais observer à loisir. Il faudrait que j'instruise un dossier sous son égide ou qu'on me désigne pour une initiative stratégique. Pas évident en fait…

– En tout cas si tu y arrives, tu seras le champion toute catégorie !

Son enthousiasme revigora Arthus. Pourtant la tâche n'était pas à portée de main et il ne disposait pas d'indice qui l'aurait mis sur la voie. Les bières aidant, ils divaguèrent sur les bénéfices qu'Arthus en retirerait. Cette femme serait l'apothéose de sa carrière… ou bien, il devrait quitter *Operandi* ! L'échec serait lourd de conséquence, il fallait s'y préparer. Mais de manière surprenante Arthus était serein face à cette perspective, comme si l'issue ne faisait aucun doute. Était-il trop sûr de lui ? Non, c'était plutôt la certitude qu'il était prêt à jouer cette partie. Peu importait le résultat, pourvu qu'il ait l'ivresse.

Ils burent encore quelques verres qui donnèrent lieu à des plaisanteries salaces. Quand vint l'heure de se séparer, ils se serrèrent la main comme si le moment était solennel… histoire de se dire que le pari était lancé.

Le lendemain, un samedi, Arthus jetait un œil de temps en temps à son Blackberry pour vérifier que le minuscule voyant n'était pas passé au rouge, signal de la réception de nouveaux courriels. Non, rien ne vint rompre le cours de cette journée. Célia s'en tenait à ce qu'elle avait dit. Il s'affaira sans enthousiasme à une occupation impérative : faire les boutiques pour renouveler sa garde-robe. Maintenir son pouvoir de séduction exigeait un minimum de travail.

Les semaines passaient sans qu'Arthus s'aperçoive que son nouveau poste l'occupait pleinement. Il gérait les impératifs professionnels et s'écartait de son plan. Après un mois, il n'avait fait aucun progrès dans ses manœuvres d'approche. A sa décharge, aucune occasion ne s'était présentée pour revoir la Directrice Générale.

Par un bel après-midi, un texto de Célia vint rappeler à Arthus l'engagement qu'il avait pris. Il avait très envie de l'appeler mais se retint. Toute entrevue dans un endroit qui ne serait pas public verrait ses penchants prendre le dessus. Les souvenirs assaillaient Arthus. Il la revoyait déambuler nue dans son appartement, ses formes féminines fouettant les sens d'Arthus, le plongeant dans un état quasi-second. C'était un jeu érotique qu'il appréciait particulièrement, comme une mise en bouche avant le passage à l'acte. L'exposition de sa nudité semblait répondre à un fantasme réciproque pour tous deux. Arthus trouvait excitant intellectuellement la vision de cette femme de pouvoir dans le plus simple appareil, elle qui devait contrôler son image à chaque instant dans le contexte professionnel. Ces vêtements ôtés, c'était comme si elle s'était défaite de sa carapace. Son éducation stricte ne l'avait pas prédisposée à exhiber son intimité. Un certain trouble accompagnait la phase d'effeuillage qu'Arthus, confortablement assis dans le canapé du salon, lui imposait. Ce n'était pas un *strip-tease* à proprement parler mais plutôt un rituel à la lumière du jour. En jouant les voyeurs, Arthus levait chez elle toute inhibition vis-à-vis de son corps.

Alexandre, à qui il avait relaté cette habitude, pensait que c'était l'expression d'un rapport pervers où Arthus imposait inconsciemment une forme de domination vis-à-vis de Célia. Arthus aimait la voir nue en dehors de leurs ébats, ne se lassant pas d'admirer ses courbes mais il s'agissait avant tout de stimuler le désir en la mettant dans une situation équivoque. Parfois, Arthus demandait à Célia de se rendre au bureau sans culotte sous sa jupe. L'interdit lui donnait alors un sentiment de liberté et les regards de connivence qu'ils échangeaient pendant les réunions d'équipe étaient probablement semblables à ceux d'adolescents qui fument en cachette au collège. Arthus soupçonnait qu'elle aimait ces scénarios où il la mettait un peu en danger.

Il était le voyou qui couchait avec elle, ce qui était bien mieux qu'un pâle prince charmant.

Message subliminal

Arthus avait planifié une réunion au siège dans le but de croiser la Directrice Générale. Il devait être approximativement dix heures lorsqu'il rangea son scooter devant la grille du bâtiment. Pour tout dire, cette réunion était sans grande importance mais elle lui procurait le prétexte idéal pour revenir sur les lieux. Les intervenants étaient déjà là, débattant du dernier projet de réorganisation d'une unité d'affaires. Une brochette d'experts corsetés dans un costume gris qui adoraient ce genre de synode où ils pouvaient caqueter à souhait autour d'un sujet soporifique qui n'intéressait que les rats de bibliothèque.

Arthus écoutait distraitement celui qui avait pris la parole. Tour à tour, se succédèrent différents orateurs aussi pompeux les uns que les autres. Certains faisaient de grands gestes pour marquer l'importance de leur propos, d'autres semblaient parler dans le vide, le regard porté à l'horizon. La lente litanie ne prit fin qu'au bout d'une heure et Arthus put alors laisser échapper un soupir de soulagement. La petite troupe se félicita de l'avancée enregistrée tandis qu'Arthus réfléchissait à la meilleure manière de se rendre à l'étage de la Direction Générale sans que cela ne paraisse bizarre. Une fois la réunion terminée, abandonnant ses confrères, Arthus sauta dans l'ascenseur et appuya sur le bouton déclenchant la fermeture des portes métalliques, ce qui empêcha ses collègues d'y prendre place. La cabine s'éleva rapidement.

Il se glissa dehors, avec un peu d'appréhension, sans savoir de quel côté aller. Par chance, aucune assistante ne déambulait à cette heure, ce qui lui laissa le temps d'explorer les couloirs. Le nom des occupants était affiché sur les portes des bureaux. Arthus en était là quand, contre toute attente, il la vit sortir des toilettes. Toujours impeccablement habillée d'un ensemble chic, elle le reconnut immédiatement et vint à sa rencontre. Il lui rendit son bonjour, puis un bref échange s'improvisa.

– Qui venez-vous donc voir ? lui demanda-t-elle curieuse.

– Euh… j'ai une réunion avec le Directeur Financier.

Avait-t-elle perçu son hésitation ? Le regard de la Directrice se fit plus pénétrant mais il le soutint sans ciller. Elle le jaugeait.

– Ah tiens ! Je croyais qu'il était en déplacement à l'étranger cette semaine…

– En fait, c'est une conférence téléphonique mais son équipe étant ici, j'ai jugé préférable d'y assister physiquement… c'est toujours plus efficace quand il y a des documents à partager.

Arthus se rattrapait aux branches comme il pouvait avec cette histoire inventée.

– Et sur quel sujet allez-vous travailler avec son équipe ?

Un bruit de pas au fond du couloir les fit se retourner. L'assistante de la Directrice Générale faisait un signe dans leur direction.

– Excusez-moi, je dois vous laisser, lui dit-elle. Mon rendez-vous suivant vient d'arriver… Je vous dis à bientôt ?

– Non, répondit Arthus d'un air intrigant.

Elle fit une moue interrogative.

– Pourquoi ?

– Les femmes trop belles me blessent le cœur… lâcha Arthus en surjouant.

C'était un peu pompeux mais Arthus pensait qu'il était préférable d'en faire trop avec ce genre de femme, spécialement quand on leur faisait la cour. Sa réponse déplut, elle tourna les talons sans proférer un mot. Il resta planté là, dépité par la conclusion de ce tête-à-tête. Son culot n'avait pas fonctionné. C'était mal engagé et, pour se donner une contenance, il se dirigea vers la machine à café tout en ruminant l'incident. Elle n'avait pas goûté cette saillie, aussi Arthus devait se faire oublier quelques temps. Son expérience en la matière le rassurait pourtant. La conquérir supposait de faire la différence avec la cohorte de ses subalternes.

Il se considérait comme un sportif de haut niveau, obligé de prendre des risques, de s'exposer pour avoir une chance de remporter le match.

Avant de devenir sa partenaire au lit, elle serait jusqu'à ce jour son adversaire mais il faudrait jouer plus finement car ce bref tête-à-tête avait failli tourner au vinaigre.

Après la tempête

Habilement, Arthus avait décliné la proposition de dîner de Célia pour un rendez-vous en milieu d'après-midi. Elle n'insista pas, consciente que ce tête-à-tête pouvait être le dernier. Bien qu'il faille évoquer la poursuite de leur relation, ils étaient un peu las de ces ruptures successives et, comme un vieux couple, l'heure du bilan sonnait. Certes, leur liaison charnelle était fusionnelle mais cela ne suffisait pas à construire une vie à deux sur le long terme.

Ils se retrouvèrent à la terrasse d'un café branché du quartier des Invalides, noyé sous le soleil en cette saison. A l'abri des parasols de toile, ils commandèrent chacun un Perrier-citron et échangèrent des regards complices.

Arthus avait remarqué qu'elle avait coupé ces cheveux au carré. Cela lui allait bien même s'il préférait sa queue de cheval. Alexandre avait une théorie sur le sujet : « quand une femme change de coupe de cheveux, c'est qu'elle a tourné la page ». Arthus ne ressentit aucune nervosité chez elle. Le deuil paraissait fait. Elle avait compris lors de son dernier appel que les ressorts de cette attraction physique étaient épuisés. Libérés de cette entrave, les deux anciens amants discutaient posément sans regret ni nostalgie. Chacun allait prendre un nouveau départ.

« La fin d'une liaison n'est pas forcément un échec, on en retire toujours une expérience personnel qui aiguise notre perception sur ce qui est essentiel » pensa Arthus. C'est une étape dans le parcours amoureux de chacun. Cette histoire, ils l'avaient consommée jusqu'à l'ivresse. Leur soif étanchée, il était inutile de regarder en arrière.

Célia et Arthus parlèrent des derniers événements professionnels, ainsi que vacances à venir chacun de son côté. Aucun tabou chez Célia mais plutôt de la pudeur face au souvenir de cette liaison éteinte. La chaleur de cet après-midi les enveloppait, les assommant progressivement. Après cette longue conversation, ils restèrent un moment les yeux dans le lointain, silencieux.

Devant eux, la vaste esplanade d'herbe se prolongeait jusqu'à la Seine et participait à ce repos des esprits. Seuls les cris des enfants qui jouaient au ballon parvenaient de temps en temps jusqu'à eux. Le flot habituel des voitures sur l'avenue centrale avait disparu durant ce long week-end de Mai. C'est avec une certaine volupté qu'ils profitaient de cet instant de répit.

Les touristes se succédaient aux tables de la terrasse et le cliquetis des verres finit par les sortir de la douce torpeur où ils avaient glissé subrepticement. « Allait-il un jour la revoir ? » Arthus ne croyait pas qu'il soit possible de se fréquenter sans sous-entendu sexuel. Enfin vers quatre heures, ils se quittèrent, partant dans des directions opposés.

Les semaines qui suivirent, Arthus constata que le souvenir de Célia le hantait. Cette relation de près de deux ans, ponctuée de séparations à répétition et de réconciliations spontanées, s'était gravé dans sa mémoire et, à plusieurs reprises, il lui avait semblé apercevoir Célia au détour d'une rue ou derrière la vitrine d'un magasin. Bien sûr, cette illusion était produite par une silhouette semblable mais il se surprit à se laisser abuser par ces apparitions. Pourtant Arthus était soulagé de cette rupture à l'amiable, aussi il ne s'expliquait pas le mystère de cette confusion intérieure. Après quelques temps, il en attribua la cause à l'alchimie particulière qui avait existé entre eux, marquant profondément en lui l'image de Célia et conditionnant son cerveau à guetter sa présence. « En était-il de même pour elle ? » Arthus cherchait à chasser cette question de son esprit mais, à l'évidence, cette idée revenait le tarauder comme une ritournelle entêtante.

Les affaires courantes firent progressivement diversion à ce phénomène envahissant et sa vie reprit à un rythme toujours aussi trépidant. Arthus se remémorait le but qu'il s'était assigné et cette période de sevrage faisait croître en lui, jour après jour, un désir renouvelé de posséder les femmes de pouvoir qui peuplaient son environnement de travail. Heureusement pour Arthus, elles étaient en nombre limité, ce qui lui permit de fixer son attention sur celle qui se distinguait entre toutes. Il avait pris la résolution de ne plus se disperser auprès de cibles facilement à sa portée. Il lui fallait réduire ses ennemis potentiels au silence et asseoir durablement sa position. Dans le monde de l'entreprise, Arthus devait choisir d'être populaire ou d'être craint ; la seconde option se révélait la meilleure pour s'imposer au sommet de la hiérarchie.

Comme la sève d'un arbre qui vient irriguer les branches et reverdir la frondaison au printemps, Arthus se remplissait d'une envie de sexe que nourrissaient les visions fugitives dans les couloirs de jambes dénudées, de décolletés avantageux, de balancements de hanches ou encore de crinières qui exaltaient leur féminité. Il lui arrivait parfois de faire un détour pour pouvoir humer l'effluve d'un parfum qui filtrait aux alentours de certains bureaux. Ce plaisir caché stimulait ses fantasmes et alimentait sa détermination, poussé par ce désir inextinguible, le jour où il devrait déclarer ses intentions à celle qui accaparait secrètement son esprit. Arthus s'entraînait à devenir plus confiant dans sa capacité à vaincre toute résistance. Quand viendrait le temps de l'affrontement, l'erreur serait de considérer qu'il s'agissait d'un jeu...

Son attente fut enfin satisfaite, l'assistante de la directrice générale lui apprit que le point était prévu dans dix jours. Il conserva son naturel mais se réjouissait intérieurement de ce rendez-vous qui lui ouvrait l'horizon d'un nouveau territoire. Ce tête-à-tête informel marquait une entrée en matière où Arthus devrait briller. « Pas question de susciter une quelconque déception ! On a rarement deux fois l'occasion de faire bonne impression... » et l'allusion de l'autre jour avait été peu convaincante, il avait essuyé une véritable humiliation.

« Un faux pas de plus et la sentence pourrait être irréversible » médita Arthus. Il comptait les jours qui le séparaient de l'instant où il allait entrer dans l'arène. Il se faisait l'effet d'un étudiant qui passait un examen de fin d'année. Arthus l'avait déjà fait, il saurait le refaire, bien sûr. Mais la part d'improvisation était inévitable et c'est là que l'on gagnait ou que l'on perdait. La nuit qui précéda, il rêva de son corps, la poursuivant sur une plage déserte. Se réveillant trop tôt, il but plusieurs cafés pour ne pas se rendormir.

Arthus arriva en avance avec une légère appréhension, comme une boule à l'estomac. Pour la première fois de sa vie, il avait le trac.

226

Douche froide

Il entra lentement dans le bureau qui occupait tout l'angle du dernier étage du bâtiment aux couleurs d'*Operandi*. Derrière un bureau imposant en bois précieux, tête penchée, elle finissait de signer les documents que lui présentait sons assistante. Il s'arrêta au milieu de la pièce, guettant un signe de sa part. Seul le bruit des pages était audible. Derrière elle, une vue à cent-quatre-vingt degrés sur Paris offrait un spectacle saisissant. Aux murs des estampes chinoises apportaient une touche exotique à l'atmosphère froide qui régnait en ce lieu. Une table de réunion en marbre et un canapé complétaient le mobilier ; aucune photo ne trônait sur le bureau. Tout était maîtrisé.

L'assistante récupéra avec empressement le parapheur et s'esquiva sur la pointe des pieds. Ils étaient enfin seuls. Elle le dévisagea un court instant. Il lui laissa le privilège d'entamer la conversation.

– Où en êtes-vous du fameux dossier ? dit-elle sans prendre la peine de le saluer. Le sourire d'Arthus s'effaça.

– Cela avance mais ça irait plus vite si une décision était prise à haut niveau… répondit-il avec assurance.

Sous-entendu « si vous vous en occupiez sérieusement ». Le ton, un tantinet impertinent, la crispa et, en réponse, sa voix se fit aussitôt plus autoritaire.

– Je n'apprécie guère ce genre de remarque, vous être cadre supérieur, c'est à vous de faire en sorte que cette affaire aboutisse. J'aimerais d'ailleurs que vous vous dispensiez de l'humour que vous vous êtes permis la dernière fois que nous nous sommes croisés.

– Je suis désolé, j'étais fatigué par les précédentes réunions et j'ai dit ce qui m'est passé par la tête. Je vous prie de bien vouloir l'oublier.

Cette excuse improvisée l'apaisa. Elle s'adossa à son fauteuil en cuir.

– Faites attention, cela pourrait vous jouer des tours… finit-elle par lâcher d'un ton cassant.

Ses yeux avaient perdu toute bienveillance, il essuya un regard lourd de reproches. La transition fut difficile mais il s'en sortit sans trop de dégât. Il avait eu chaud et, dorénavant, savait à quoi s'en tenir. Elle menait le jeu, le lui rappelant sans prendre de pincettes : à l'avenir, Arthus devrait montrer patte blanche.

« S'attendait-elle à ce que je poursuive mes avances avec un tel accueil ? » maugréa-t-il dans sa barbe après avoir pris congé.

La semaine suivante, il s'affaira à la rédaction d'une note demandée par le PDG. Arthus pataugeait, s'enlisait, tournait en rond. Le sujet lui échappait. Cette note pouvait être synonyme d'échec… compromettant ses chances immédiates d'avancement. Une solution existait mais elle était hasardeuse. Aussi l'écarta-t-il et tenta de synthétiser en deux feuillets son avis. Néanmoins, sa prose sonnait toujours creux. Or, il devait bientôt rendre sa copie mais aucun progrès notable en vue. Il se résignait à trouver un remède à cette incapacité rédactionnelle. Cogitant tout un après-midi, Arthus se résolut à une ruse, ayant identifié parmi la garde rapprochée du PDG une jeune femme brillante qui s'occupait des projets d'innovation.

Arthus avait été amené récemment à lire un compte-rendu de sa main se rapportant au séminaire budgétaire. C'était d'une rare limpidité. Tout ressortait simplement, sans fioriture ni longueur. Des observations justes, une intelligence jaillissait du document et Arthus se dit qu'autant de talent pouvait être la clé de son problème. Il entrevoyait le moyen de convaincre cette cadre à la suite d'œillades involontaires qu'elle lui avait témoignées lors du dîner au château. Arthus s'avouait ne pas être insensible aux atouts de la jeune femme, au-delà de son quotient intellectuel. Elancée comme une nageuse, elle avait des traits agréables et sa bouche pulpeuse était aguicheuse. C'était le genre de femme dont on sait au premier coup d'œil qu'on serait bien disposé si jamais elle venait vous proposer un rendez-vous équivoque. Vêtue d'un chemisier qui laissait entrevoir une poitrine à laquelle tout homme normalement constitué ne pouvait s'empêcher de jeter un regard, Arthus envisagea aussitôt de la mettre dans son lit en échange de la rédaction de sa note. Après tout, il s'agissait simplement de coucher ses idées sur le papier…

A l'occasion d'une réunion à laquelle elle participait, Arthus traîna en rangeant ses affaires. Elle n'en perdit pas une miette et, quand il sortit enfin de la pièce, elle se tenait – comme par hasard – à quelques mètres. « Cela se présente au mieux ! » se réjouit Arthus qui la raccompagna à son bureau trois étages en dessous. En chemin, ils firent plus ample connaissance dans les travées qui desservaient les différents départements. Il lui ouvrit les portes et lorgna sur ses fesses lorsqu'elle passait devant lui. Arthus savait pourtant qu'il y avait un hic, les bruits de couloir faisait de la jeune femme une hystérique mais avait-il d'autre alternative compte tenu de l'urgence ? Comme cela s'éternisait, il proposa de prolonger autour d'un verre dans la soirée. Elle s'empressa d'acquiescer.

Après un rapide passage chez lui pour se changer, Arthus fut le premier arrivé sur place, la guettant. Quand elle surgit au coin de la rue, avançant sur ses talons hauts, la robe courte s'arrêtant en haut des cuisses, il se félicita : « La messe est dite, prépare toi à passer à la casserole, ma cocotte ! ».

Il fit rapidement bifurquer la discussion sur sa préoccupation du moment, à savoir la fameuse note. Comme il l'avait prévu, elle offrit spontanément son aide pour l'écrire. On aurait dit qu'elle lisait dans les pensées d'Arthus mais il connaissait la raison de cette attention. A demi-mots, il comprit qu'elle était célibataire de longue durée, ce qu'Arthus résumait par l'expression « ne pas avoir vu le loup depuis un bail... ». Ce soir, elle ne ferait pas de manières car « la cruelle réalité du célibat forcé l'avait rattrapée » constata Arthus. Etrange phénomène où la figure féminine séculaire qui incarnait la sensibilité, la docilité, la compassion... rendait ce profil de cadre ambitieuse incompatible avec les fantasmes des hommes contemporains. « L'équation *QI élevé + journées à rallonge + poste en vue* agissait comme une camisole chimique envers les homologues masculins » se dit Arthus en l'écoutant mais il y avait – heureusement – un bon samaritain sur sa route pour redonner des couleurs à sa vie sexuelle...

Ils finirent leurs verres dans un éclat de rire, puis levèrent le camp. D'un signe du menton, Arthus lui désigna la selle de son scooter.

– Je te dépose ?

– Volontiers ! Je n'habite pas loin, on y sera vite, accepta-t-elle sans manière.

Arthus démarra en trombe alors qu'elle s'agrippait à sa taille, son corps collé au sien. Il sentait ses seins et la chaleur de ses cuisses le long des siennes. Un début d'érection lui fit remettre les gaz et il brûla un feu rouge. Elle n'avait rien vu, absorbée par la sensation de cette intimité naissante. Après de courtes indications, ils atteignirent leur destination.

Elle habitait dans un de ces quartiers populaires du Sud de Paris que colonisaient depuis une décennie les bourgeois-bohème, chassant du même coup les classes moyennes qui ne pouvaient suivre l'inflation des prix causés par l'arrivée de cette population au fort pouvoir d'achat.

Sautant du deux-roues et, sans prendre la peine de l'attacher, il franchit à sa suite l'entrée de l'immeuble. Elle lui saisit la main, le guidant dans le noir le temps qu'elle trouve l'interrupteur. Quand ils pénétrèrent dans son appartement, Arthus fut déçu. Tout y était banal : décoration bon marché et mobilier préfabriqué suédois. Quelques photographies géantes de New-York disséminées sur les murs parachevaient l'ensemble. Cela manquait de personnalité, un appartement de célibataire en somme. Son chat vint se frotter dans leurs jambes. « Quelle drôle d'idée de vivre avec un chat, cela renvoie aux clichés de la vieille fille… » Fallait-il y voir le signe d'une condamnation à une vie sans relief, sans enfants ? A papillonner d'un amant à l'autre au fil du temps, la brillante cadre supérieure perdait la conduite de sa vie amoureuse.

Elle le débarrassa de son imper mais, avant de prononcer quelque chose, il l'embrassa dans un élan spontané. Sa langue était douce et suave. Après dix minutes de la sorte, une certaine langueur le saisit. C'était comme un repas de fête dont on attend le dessert.

Côte-à-côte sur le divan, la main d'Arthus se déplaçait le long de son épaule, puis remonta jusqu'à son cou. Son souffle le frôla quand elle tendit le bras pour allumer la petite lampe sur la table basse derrière lui. Ils parlaient tout bas comme s'ils voulaient partager un secret. Chacun semblait attendre le signal où l'assaut serait donné, le moment où les corps allaient se dévêtir. Elle se blottit encore un peu, puis – cédant au désir – leurs lèvres se collèrent de nouveau. Elle lui ébouriffa les cheveux et il glissa une main sous sa jupe. Elle entrouvrit alors les cuisses pour lui faciliter la tâche. Il la fit basculer sous lui, déboutonnant son chemisier pour lui ôter son corsage dévoilant ses seins dont les tétons se durcirent comme des dés à coudre. Arthus adorait les filles dont les seins réagissaient ainsi. Redoublant l'intensité de ses baisers, elle lui confirma ainsi tout le bien qu'il en pensait.

A force d'attouchements subtils, ils furent entièrement nus en moins d'un quart d'heure. Arthus se redressa, dévoilant crûment toute l'étendue de son excitation. Sans mot dire, elle se saisit de son membre viril et commença à le sucer. Elle faisait cela avec talent et, quand Arthus n'en put plus, il la fit pivoter. Les fesses de la jeune femme laissaient maintenant apparaître la fente humide de son sexe qu'Arthus se mit à masser de son gland. Elle lâcha un soupir de concupiscence avant d'attraper sa cuisse avec impatience pour le presser contre elle. Sous l'action, il se fondit en elle. Le rythme était lent dans un premier temps mais elle lui intima l'ordre d'accélérer la cadence. Arthus n'en demandait pas tant et s'exécuta, courbant son buste pour venir palper ses seins. Sa cote était en train de grimper.

Il avait chaud et soif maintenant. Elle tourna sa tête vers lui et leurs bouches se cueillirent avec effusion. Soudain elle rompit l'accouplement pour lui faire face. Maintenant assise en tailleur, en appui sur les mains, le dos rejeté en arrière, il contemplait ce corps bronzé et ses seins en forme de poire. Ses longs cheveux relâchés effleuraient le visage d'Arthus lorsqu'elle vint se mettre à califourchon sur lui. Sa toison pubienne, taillée court, laissait entrapercevoir l'entrée de son sexe. Elle s'accrocha à son cou tandis que, de l'autre main, elle dirigea le sexe d'Arthus et d'un geste expérimenté l'introduisit en elle. Les mouvements répétés de ses reins augmentèrent rapidement la sensation de plaisir. Elle se cabra en arrière dans une posture particulièrement érotique. La lumière était restée allumée, ce qui donnait à Arthus tout le loisir de se délecter de la vision de ce corps qui, emporté par la luxure, se déhanchait lascivement. Le halètement de leurs respirations trahissait la lente montée vers la jouissance. Quand elle fut sur le point d'atteindre la délivrance, d'une main elle colla son bassin au ventre d'Arthus, ce qui accrut l'amplitude avec laquelle son sexe jouait en elle et les spasmes de l'éjaculation, sous l'effet de l'orgasme, s'en trouvèrent décuplés. Il poussa un cri sourd.

Son plaisir une fois consommé, elle se rejeta en arrière pour rester immobile un instant, fermant les yeux, satisfaite de cette étreinte qu'elle attendait depuis longtemps. Dans le silence qui reprit possession de la pièce, il perçut distinctement les battements de son cœur qui ralentirent peu à peu. L'épiderme d'Arthus devenu hyper-sensible l'instant qui suivit l'explosion sexuelle, il se figea pour éviter de frissonner au contact des doigts de la jeune femme. Malgré leurs peaux brûlantes, le calme revint et ils reprirent leurs esprits après de longues minutes où l'apaisement des âmes succéda à la communion des corps.

Engourdi, Arthus était tombé dans une légère léthargie quand elle se dégagea pour aller boire. Puis, elle revint dans la chambre, exposant dans l'encadrement de la porte sa beauté cinglante. Il aimait les femmes impudiques et se rassasiait de ce spectacle. Se redressant, il alla à elle. Ils s'embrassèrent encore et sa bouche rafraichie par l'eau froide étancha la soif d'Arthus. Quelques secondes suffirent à redonner à Arthus la vigueur nécessaire et, sans hésiter, il la coucha sur le lit, la prenant une nouvelle fois, sans décoller ses lèvres des siennes. Le sang battait les tempes d'Arthus. Elle lui suça le bout de la langue, tout en remontant lentement ses jambes le long de ses flancs pour les croiser dans le dos d'Arthus. Sa peau soyeuse avait le goût du pain d'épice. Il commença à donner de grands coups de rein mais ne pouvait plus jouir, la première éjaculation ayant été trop abondante. Pourtant Arthus voulait la baiser jusqu'au bout de la nuit. Quand cessèrent enfin les ébats, rompu par l'effort, il fit mine de se rhabiller.

– Tu pars déjà ? s'exclama-t-elle vexée.

– Désolé, je dois finir cette fameuse note pour demain matin… dit-il d'un air contrit. Notre histoire n'était pas au programme de ma soirée.

– On n'a qu'à la faire maintenant ! lui proposa-t-elle en sautant du lit.

– Vraiment ? … je ne veux pas t'ennuyer avec ça, tu sais.

Quel comédien, il faisait ! Mais il n'en fallut pas plus pour qu'elle se porte aussitôt à son secours. Il lui décrivit alors les éléments du problème et elle se mit à rédiger d'une main assurée. La scène était unique : cette jeune femme pulpeuse, dans le plus simple appareil, travaillait à l'avenir d'Arthus avec un dévouement qui forçait l'admiration… Scénario tout bonnement improbable la veille.

Pendant ses explications, le stylo de la jeune femme courait sur le papier et, au bout d'une heure, la rédaction se termina. Elle lui tendit la note manuscrite qu'il parcourut avec impatience. C'était concis et parfaitement résumé. Les idées se suivaient en ordre, rien n'était superfétatoire. Elle surveillait ses réactions. Ses lèvres murmuraient ce qu'elle avait écrit. La tentatrice d'Arthus était incroyable.

– Bravo ! C'est exactement ce qu'il me fallait. Je reprendrai peut être un ou deux paragraphes mais c'est largement suffisant pour finaliser le document demain…, acheva-t-il avec un peu de mauvaise foi.

Comblée par ce satisfecit, elle lui renvoya son sourire. « Décidément, coucher avec des cadres à haut potentiel n'offrait que des avantages ! »

Ils ne tardèrent pas à tomber dans un sommeil profond, vaincus par l'heure avancée de la nuit.

Quand il se réveilla, elle était encore enlacée dans ses bras mais Arthus se libéra de ce corps dont la douceur recommençait à l'exciter. Elle continua de dormir comme une bienheureuse. Il s'éclipsa sur la pointe des pieds après avoir ramassé ses vêtements épars au sol. Une fois dehors, la clarté du jour l'aveugla. Il fixa dans sa mémoire l'immeuble où elle habitait. C'était un de ces immeubles grisâtre et sans charme construits dans les années soixante dont les locataires sont devenus des retraités pour la plupart. Elle avait dû acheter cet appartement à l'aube de l'envolée des prix dans la capitale. Il reconnut à la fenêtre que la jeune femme habitait au deuxième étage. Ce vendredi se présentait sous les meilleurs auspices et, en traversant Paris, Arthus se remémora cette délicieuse nuit. Il lui fallut moins d'une demi-heure au bureau pour recopier et parfaire la note de synthèse qu'il adressa dans la foulée au PDG. L'euphorie le gagnait, il appela son vieux camarade, Alexandre, pour un déjeuner impromptu où ils se réjouiraient de ce joli dénouement.

Chose faite, Arthus se dit qu'il faudrait signifier à la demoiselle que cela n'irait pas plus loin car il ne perdait pas de vue son objectif principal. Arthus décida toutefois de s'accorder un peu de temps avant de couper court aux attentions de cette nouvelle partenaire.

On ne se détachait pas si facilement d'une femme autant experte dans les jeux sexuels.

Encercler l'ennemi

Parmi tous les courtisans qui se pressaient quotidiennement dans l'entourage du PDG, Arthus avait examiné minutieusement chaque profil, chaque parcours, chaque caractère afin de déterminer le maillon faible, celui qu'il lui fallait frapper pour se coiffer de sa dépouille. L'ambition d'Arthus croissait de jour en jour et il ne comptait pas prendre son mal en patience. Le temps était venu de choisir un ennemi et de l'affronter. C'était à ce prix qu'il obtiendrait de nouveaux privilèges, qu'il pourrait poursuivre son ascension. Ses homologues en faisaient de même, du moins pour les plus déterminés... les autres attendaient que le Bon Dieu les remarque !

Ces investigations avaient permis à Arthus de déceler une inimitié entre la Directrice Générale et l'un des vice-présidents. Arthus en attribua l'origine au dilettantisme de ce dernier. Il était roublard et savait y faire pour emporter l'adhésion de ses supérieurs mais de tels artifices ne fonctionnaient pas avec la dirigeante. Elle l'avait à l'œil désormais. Arthus se dit que c'était peut-être l'opportunité de renouer le dialogue en lui prêtant main forte. En attendant le prochain faux pas de ce concurrent, Arthus avait une carte à jouer.

« De la créativité que diable ! » s'encourageait Arthus qui s'attacha à travailler les faiblesses de cet adversaire. En effet, s'il paraissait risqué de déclencher frontalement les hostilités avec quelqu'un ayant le même statut que lui mais disposant d'une plus grande ancienneté, Arthus pouvait en revanche frapper là où l'autre ne s'y attendait pas.

Il devint vite évident qu'une alliance tacite entre Arthus et la Directrice Générale était de nature à le faire entrer dans ses bonnes grâces. Le projet était séduisant mais la mise en œuvre délicate... A demi-mots, Arthus devait faire comprendre qu'ils avaient un intérêt commun à se débarrasser du gêneur.

Arthus s'immisça par petites touches dans le cercle du vice-président, étudiant les profils psychologiques et obtenant les confidences des plus bavards. Tout cela pour délimiter la frontière entre ceux qui étaient disposés à passer à l'ennemi sans états d'âme et les autres, farouchement attachés à la personnalité de leur manager. Il y avait toujours des rancœurs enfouies, des coups bas qui demandaient vengeance, des jalousies latentes. Le monde de l'entreprise est le domaine de tous les ressentiments, l'exutoire de ceux qui ont raté leur vie privée et la terre promise des chefaillons... Certains étaient prêts à tout pour obtenir réparation des injustices de la naissance ou du talent et Arthus savait qu'un peu de compassion suffisait à délier les langues, à recueillir le fiel des déçus, à canaliser les énergies pour frapper au cœur ceux qui se dressaient sur sa route. L'humanité étalait ses faiblesses dans le dédale des organigrammes, Arthus s'était fait une spécialité de les décrypter. La stratégie de déstabilisation prenait corps.

Ce travail d'enquête terminé, Arthus pouvait passer à l'attaque mais le plus difficile se dressait devant lui : décrocher un tête-à-tête avec sa chère directrice sans éveiller les soupçons sur ses intentions réelles, à savoir la séduire et la mettre dans son lit.

L'occasion se présenta quand le PDG fit appeler Arthus pour participer à une réunion élargie du comité directeur. Elle en faisait partie et Arthus comptait bien lui dire deux mots à l'issue de la séance. Le jour dit, il se posta dans un recoin qui jouxtait la salle du conseil d'administration. Quand elle déboucha, il l'accueillit. Elle était d'humeur guillerette et l'épisode de la dernière fois semblait être de l'histoire ancienne.

Elle arborait une jupe noire qui s'arrêtait au-dessus du genou, et un chemisier en soie blanche légèrement diaphane qui laissait deviner son soutien-gorge. Son carré blond était rehaussé de boucles d'oreille dont les brillants jetaient leurs éclats. Sa démarche légère lui donnait l'allure féline, ses jambes fines faisaient penser à celles d'une ballerine. Arthus n'oubliait pas que, derrière cette apparente douceur, se cachait un fauve. Elle se déplaçait à pas feutrés, avec d'infinies précautions comme pour fondre sur sa proie. Ils s'assirent côte à côte. Cette simple action remonta un peu sa jupe, offrant une vue sur ses cuisses fuselées, ce qui magnétisa instantanément Arthus. Son parfum aux senteurs fleuries l'enveloppa et il résista péniblement à la tentation de poser sa main sur le genou de la Directrice Générale. Le trouble qu'il éprouvait était puissant à cet instant précis. Il lorgna sur sa poitrine, s'efforçant d'entr'apercevoir la naissance de ses seins par l'entrebâillement de son chemisier. Son regard se porta ensuite sur les lèvres rehaussées de gloss, ce qui acheva de lui brouiller l'esprit. Mettant un terme au blanc qui suivit, il engagea maladroitement la conversation.

– Pensez-vous trancher aujourd'hui ?

– Vraisemblablement non… mais l'important est de débuter le processus de réorganisation en présence des intéressés, concéda-t-elle en décroisant et recroisant ses jambes.

Ce mouvement anodin se révélait très érotique pour Arthus. Mais son ton aimable l'enhardit à avancer sur le terrain où il voulait l'amener.

– Que comptez-vous faire du Vice-président en charge des activités à l'International ? Sa position va devenir problématique, non ?

Elle marqua un silence tandis qu'Arthus promenait ses yeux le long de ses courbes.

– Je ne sais pas… pourquoi une telle question ?

Ses pupilles le fixèrent avec intensité comme réveillée par un intérêt soudain.

– Je pense que la période actuelle nous oblige à une organisation plus ramassée, ce qui implique que certains vice-présidents soient mis sur la touche. Et si son équipe était subitement amputée, il serait plus facile de justifier une telle décision. Enfin, je crois…

Le visage de la Directrice Générale s'éclaira l'espace d'une seconde, puis elle se pencha vers lui dans une attitude qui traduisait que la suggestion avait trouvé une oreille attentive. L'entretien fut interrompu par des collègues qui surgirent de l'ascenseur. Les salutations effectuées, tous prirent place dans la vaste salle et Arthus surprit par deux fois le regard qu'elle lui jetait. Elle réfléchissait à cette entente possible pour se défaire du problème. « Il fallait laisser le temps agir » se dit Arthus. Elle reviendrait vers lui quand sa réflexion aurait mûri. Pouvait-elle lui faire confiance ? « Oui, ma chère… au-delà de vos espérances ! » se réjouit Arthus.

Le soir venu, Arthus alla surfer sur internet et se soulager en reluquant les filles divines d'*Errotica*. Il voyait les traits de la Directrice Générale se superposer à ceux de ces vestales et cela l'aida à jouir. Puis, il prit une douche froide pour se rafraîchir les idées. Il ne voulait pas seulement s'en faire une protectrice mais bien devenir son amant, qu'elle le couvre de ses faveurs, qu'elle se soumette à son emprise indépendamment du succès de leur arrangement. A cette perspective, une montée d'adrénaline le fouetta. Comme le parachutiste s'apprêtant à sauter, l'expérience accumulée ne faisait jamais complètement disparaitre la furtive appréhension face au vide.

La partie allait enfin pouvoir commencer.

Coup de pouce

Ses sourcils se fronçaient, le PDG prenait souvent cet air courroucé quand une lecture l'absorbait. Par la fenêtre, Arthus scruta les nuages à la recherche du ciel bleu mais, à cette saison, le climat humide ne laissait que peu de répit aux piétons. La note tenait sur trois pages mais il paraissait relire chaque ligne. Le temps s'écoula sans qu'il prononce un mot. Puis, il posa les feuillets sur son bureau et déclara :

– L'affaire est pliée, ils n'oseront jamais prendre un tel risque juridique !

Catégorique, il se ralliait manifestement aux recommandations d'Arthus. Les réactions du PDG pouvaient être terribles, tous redoutaient son humeur. Récemment, Arthus l'avait déjà vu déchirer devant son auteur une présentation qui ne lui convenait pas. Il congratula vivement Arthus et enchaîna sur son actualité. Tout en le laissant poursuivre, Arthus se dit que ces lauriers constituaient une opportunité en or de quémander une faveur. Il prit la parole quand le PDG eut finit son allocution.

– Tu sais, je compte toujours sur une voiture de fonction… Mon statut m'y donne droit en théorie mais la RH bloque au motif que cela ne figure pas dans mon contrat de travail. Ce n'est pas sérieux !

– Ah oui ! répondit l'autre avec distraction tandis qu'il tapait sur le clavier de son ordinateur.

– Ce n'est pas acceptable sachant que tous mes pairs en disposent, dit Arthus avec plus de fermeté.

Il était un tantinet vindicatif mais restait factuel. Le PDG n'aimait pas les pleurnichards, il en voyait suffisamment défiler dans son bureau. Manquer de dignité affaiblissait votre image. Qui pouvait vous respecter dans ce cas ? C'était le meilleur moyen de voir sa requête finir aux orties. Arthus avait appris à le connaître : mieux valait être incisif avec le patron.

Le PDG sembla passer à tout autre chose lorsqu'on les interrompit : son agenda imposait la fin de l'entretien. Il raccompagna Arthus sur le seuil de son bureau et lui donna une tape sur l'épaule.

– Fais-moi passer le formulaire pour ta voiture de fonction, je te le signerai…

Arthus réfréna sa joie en franchissant le palier d'un pas alerte pour se camper devant l'ascenseur. Son aplomb avait payé car lors de son recrutement la RH lui avait proposé de choisir entre une augmentation ou un véhicule de fonction… au final, il obtenait les deux ! Tout était question de négociation et d'interlocuteur. La mécanique des privilèges se construisait ainsi, jour après jour, par de petites avancées où chaque progrès infime était une victoire en soi, où chaque soutien comptait pour influencer celui qui détenait la décision. C'était comme de petites gorgées d'eau fraîche que l'on tire d'une gourde après une longue marche sous la chaleur écrasante d'un soleil d'été. Arthus avait compris comment fonctionnaient les rouages de l'immense machinerie, il volait de succès en succès. Le jeu consistait juste à répéter la même tactique : exiger jusqu'à ce que vos adversaires rendent les armes. C'était humain après tout.

Le plus drôle fût que le lendemain la RH l'appela pour lui annoncer qu'elle avait débloqué sa demande. C'était vraiment le prendre pour un benêt. Arthus se fendit d'un remerciement appuyé auprès de cette dame qui avait subitement perdu son estime. « La dignité n'était pas la vertu cardinale des cadres » se dit Arthus.

La nuit était déjà tombée en raison de l'horaire tardif de sa visite au grand patron. La pluie fit alors son apparition. Ce temps humide lui fit regretter d'être venu en métro et la station la plus proche se trouvait à dix minutes de marche. Malgré son parapluie, l'ondée allait mouiller ses chaussures soigneusement cirées le matin même. Le piéton qu'il était pesta contre ce climat anglais qui arrosait la capitale depuis une semaine. Il allait se résoudre à partir en direction du métro quand il vit au loin un taxi rouler sur l'avenue dans sa direction, la loupiote au vert. D'un geste de la main, il fit signe au conducteur de stopper sa course. Celui-ci vérifia si la destination lui convenait mais cette détestable habitude des chauffeurs parisiens ne suffit pas à faire perdre à Arthus son humeur guillerette. Au moment où il s'engouffrait dans l'habitacle, Arthus aperçut la directrice générale, à une cinquantaine de mètres derrière les grilles, qui traversait la cour carrée du siège. Dans un réflexe conditionné, il congédia le taxi qui releva sa vitre en l'invectivant. Pour une fois que les rôles étaient inversés, Arthus n'était pas mécontent de la tournure de cet incident.

Il se posta au coin de la grille d'entrée, ouvrant son parapluie et scrutant le bruit des talons qui résonnaient sur les dalles en pierre. Elle n'était plus qu'à quelques mètres du portail imposant. Le crachin se changea subitement en pluie battante. La Directrice Générale s'arrêta et Arthus sentit dans son dos son regard. Elle devait chercher un abri de fortune. Quoi de mieux que ce parapluie qui se présentait à elle ? Il fit volte-face et lut sur son visage qu'elle ne s'attendait pas à le croiser là. Il était la seule option qui s'offrait à elle pour ne pas finir détrempée sous cette pluie d'orage. Il lui tendit le bras pour l'inviter à s'abriter. Elle ne put s'empêcher de sourire. Le hasard était imprévisible.

– Sale temps ! Où est votre chauffeur ?

– Malade depuis ce matin, une mauvaise grippe… Elle détourna les yeux.

– Vous avez commandé un taxi ? continua-t-il.

– Non, je n'ai pas prévu cette pluie et, à cette heure, sous cette pluie, impossible de trouver un taxi libre !

– Je vais vous accompagner jusqu'à la borne de taxi située une rue plus bas, dit-il d'un air enjoué. Vous éviterez la douche…

L'orage qui grondait au-dessus de leurs têtes se fit plus menaçant encore.

– Merci, souffla-t-elle un peu résignée.

Elle était gênée de lui devoir son salut comme en témoignait sa voix mais elle n'avait pas vraiment d'autre choix que de se laisser guider et c'est ainsi qu'ils partirent ensemble. La première centaine de mètres fut parcouru en silence. Il voulait la mettre à l'aise, aussi lui laissait-il l'initiative de la conversation. « Il n'y a rien de plus insupportable que de se sentir obligé de discuter avec quelqu'un » compatissait-il.

– J'ai réfléchi à votre suggestion de l'autre jour, finit-elle par lui dire…

Elle marqua un temps.

– Mais quel rôle comptez-vous jouer exactement ? poursuivit-elle.

Elle l'obligeait à se découvrir, elle était trop fine pour dévoiler ses intentions au premier venu même si elle s'était fait son idée.

– C'est simple, nous avons des intérêts communs : vous voulez vous débarrasser de ce vice-président qui contrecarre vos plans ? Moi, je veux récupérer ses équipes et peux vous aider à l'éliminer…

Elle semblait impressionnée par son culot. Il lui parlait d'égal à égal et elle n'en avait pas l'habitude car on s'adressait toujours à elle avec prévenance et déférence. Un camion bruyant passa à côté d'eux et empêcha Arthus d'entendre sa réponse. La pluie redoublait d'intensité. Il pleuvait maintenant des cordes, l'obligeant à saisir son bras, le trottoir devenant glissant. Si quelqu'un les surprenait dans cette situation, les ragots ne tarderaient pas à voir le jour dans les couloirs d'*Operandi*. Arthus mesura tout le danger de cette exposition imprudente aux regards d'éventuels salariés quittant le siège général du groupe mais ils arrivaient enfin à la borne de taxi. Sa main lâcha le bras d'Arthus mais il avait senti moins d'empressement à cesser ce contact physique que les convenances ne l'auraient voulu. Il toqua à la vitre et le taxi d'un hochement de tête confirma qu'il était libre. Elle s'assit dans la voiture et Arthus la vit disparaître dans la circulation.

Il se passa la main sur le visage pour chasser les fines gouttes de pluie qui s'y étaient déposées quand il avait ouvert la portière du taxi. Elle lui avait laissé un peu de son parfum en s'appuyant sur lui pour monter dans la voiture. Arthus respira cette fragrance, un frisson le parcourut et il resta interdit un long moment, essayant d'apercevoir dans le trafic le toit du taxi une dernière fois. L'image de ses jambes découvertes à mi-cuisse, lorsqu'elle s'était installée à l'intérieur du véhicule s'imprima dans son esprit. Arthus descendit dans la station de métro pour sauter dans une rame. Les turbulences du trajet le firent somnoler mais la voix nasillarde du conducteur fit sursauter les voyageurs lorsque le train atteignit le terminus. Tout le monde sortit et Arthus fut emporté par le flux qui l'emmena vers l'escalier mécanique pour les expulser à la surface. L'air frais le réveilla un peu tandis qu'il finissait à pied la dernière centaine de mètres qui le séparait de son domicile.

Il s'endormit doucement en repensant à cette journée pleine de surprises.

Petite faiblesse

Arthus venait juste d'éteindre sa lampe de chevet quand l'interphone de l'entrée le tira de l'endormissement qui s'emparait de lui. Il pesta, se dressa puis se dirigea vers le combiné accroché au mur. « Qui pouvait bien le déranger à vingt-trois heures passées ? »

– Je suis en bas… tu peux m'ouvrir ?

Il reconnut immédiatement cette voix malgré le ton agressif. Sa rédactrice pointait son nez au milieu de la nuit sans prévenir ! Un mauvais pressentiment le traversa… elle n'avait probablement pas digéré le manque de nouvelles de sa part. Cela promettait d'être pénible. Il hésita à ouvrir mais comme elle se mit à sonner de nouveau rageusement il appuya machinalement sur le bouton de l'interphone. Ayant entrebâillé la porte de l'appartement, il écouta les talons claquer sur le carrelage du hall, puis le son étouffé de ses pas sur le tapis de l'escalier parvint jusqu'à lui. Il enfila à la hâte son peignoir et se campa sur le seuil de la porte, un peu anxieux tout de même, comme pour lui interdire l'entrée. Arthus ne l'avait pas recontactée car, passé la première nuit, il l'avait trouvée bien fade. C'était comme une lente transformation qui s'opérait en lui : la conquête des femmes suscitait maintenant plus d'intérêt que l'assouvissement de sa libido. Néanmoins il avait oublié de tirer sa révérence et l'amante déçue venait réclamer des comptes.

Le bruit dans l'escalier s'amplifiait à mesure qu'elle montait les degrés et, à chaque seconde, la nervosité d'Arthus augmentait. Quand enfin elle attaqua les dernières marches qui la menaient à son étage, elle leva le menton et lança un regard noir. Cela lui fit l'impression d'être acculé au fond d'une cage avec une panthère tournant en rond autour. L'œil rempli de colère, un rictus au coin de la bouche, elle s'arrêta à mi-étage pour rompre le silence.

– Je peux entrer ?

Ce n'était pas une question en fait mais plutôt une supplique. Après une fraction de secondes, il s'effaça, lui cédant le passage afin d'éviter un esclandre publique. Elle s'assit dans un des fauteuils et défit la ceinture de son imperméable. Arthus demeura ostensiblement debout, drapé dans son peignoir. La scène était saugrenue, tournant à l'explication quasi-conjugale alors que leurs échanges s'étaient limités à quelques flux corporels. Elle s'attendait à ce qu'il se confonde en excuses mais la meilleure stratégie dans l'art militaire restait l'offensive.

– Tu peux m'expliquer pourquoi tu débarques à cette heure de la nuit chez moi ? C'est un peu flippant, je ne te le cache pas ! s'emporta Arthus.

– Tu plaisantes ? s'écria-t-elle furieuse. Tu me largues comme une moins que rien et tu crois que ça allait passer comme une lettre à la poste ?

Sa voix déraillait légèrement. A l'émotion venait manifestement s'ajouter les effets à retardement d'une boisson alcoolisée. Cela aurait dû inquiéter Arthus mais il préférait savoir qu'elle était légèrement enivrée, ce qui justifiait son comportement excessif et cette descente chez lui. Il n'avait pas l'intention de faire durer la conversation et escomptait se débarrasser rapidement du problème avant que cela ne dérape trop.

– Désolé mais nous n'allons pas discuter de cela ce soir, je dois me lever aux aurores demain pour prendre un avion.

Elle scruta son visage mais elle tombait de fatigue et l'alcool engourdissait son esprit. Elle cherchait à provoquer une réaction de sa part, éleva le son de la voix tout en se levant pour faire les cents pas dans le salon. Arthus restait imperturbable tout en l'écoutant d'un air attentif. A ses cris, il opposait un mutisme inflexible. La scène se prolongeait. Les cris résonnaient dans l'appartement tandis qu'il maintenait une certaine distance comme s'ils étaient deux parfaits étrangers. La logorrhée se poursuivit et il eut droit au couplet moralisateur sur les hommes qui étaient tous des salauds. La tension faisait que chaque blanc dans le monologue en devenait assourdissant. Alors qu'elle parlait, la gêne envahit Arthus devant ce spectacle qui humiliait la jeune femme. Quand la colère eut été intégralement déversée, elle s'interrompit, à court de reproches, pour le fixer avec mépris. Elle espérait vainement une réponse mais nulle explication ou regret ne sortit de la bouche d'Arthus. Alors son cerveau embrumé plia, incapable de lutter davantage contre cette attitude. Arthus lui demanda de rentrer chez elle et réussit à la guider vers la porte. Elle attendit un ultime geste, sans résultat. Résignée, elle courba l'échine, éreintée par cette débauche verbale où la fragilité se mêlait à une douleur sourde. Il se dit qu'il l'avait surestimée, elle n'avait pas la carrure d'une battante.

Célia s'y serait pris autrement, elle aurait jeté toutes ses forces dans cette joute, essayant de le prendre par ses faiblesses. Elle n'aurait pas cherché à noyer son chagrin dans l'alcool. Arthus n'aimait que les tueuses, celles qui vous tiennent tête jusqu'au bout.

Lasse, la jeune femme s'enfonça dans la cage d'escalier, sans se retourner, vaincue et abandonnée par son amant d'un soir. Les femmes n'étaient pas si libérées que cela malgré l'opinion des magazines féminins, pensa Arthus. Coucher équivalait encore pour certaines à s'engager dans une relation sentimentale. Ce genre de sensiblerie était le principal écueil de ces relations épisodiques. Les femmes qui réclamaient l'égalité avec les hommes dans tous les domaines avaient encore du mal à consommer la chair sans arrière-pensée. Elles voulaient à tout prix être amoureuses.

Arthus ne séduisait jamais une femme dont la plastique et la personnalité ne lui inspiraient pas un désir réel. Cet attrait qui engendrait un certain attachement constituait-il les prémices d'un sentiment amoureux ? L'événement qui venait d'avoir lieu suscitait des interrogations chez Arthus et il réalisa que le moteur de l'attraction qu'il pouvait éprouver reposait sur la capacité de ses partenaires à surmonter toute forme d'adversité. A l'image du mâle dominant, dans une meute de loups, qui ne s'accouple qu'avec la femelle dominante, les autres n'ayant plus que l'option de se soumettre au commandement du leader. Le monde de l'entreprise était-il une représentation de l'organisation primitive que l'on trouvait chez les mammifères ? Si c'était le cas, alors l'avènement des femmes dans les instances de direction s'accompagnerait dorénavant de comportements semblables à ceux des communautés animales où le partage du pouvoir s'exerçait également dans la sphère sexuelle. Une manière de sélectionner les meilleurs gènes pour assurer la perpétuation de la race. Soudainement tout s'éclaira, Arthus comprenait ce qui produisait cet élan intérieur... Son ambition trouvait son accomplissement dans l'obtention symbolique du statut de reproducteur. C'était le stade suprême dans la hiérarchie des prédateurs.

D'ailleurs la fréquence avec laquelle des artistes célèbres, des élus politiques et même des sportifs de haut niveau s'accoquinaient pour le meilleur – jamais pour le pire – traduisait ce phénomène nouveau. Cela confortait son analyse. A deux, on était plus fort et la dernière tendance en date des « couguars » témoignait de cette évolution. Ces femmes, dans la cinquantaine, au sommet de leur carrière attiraient dans leur lit de jeunes trentenaires, attirés par les sirènes de la réussite. Elles jouaient ensuite les marraines à l'égard de ces jeunes gens n'ayant pas froid aux yeux et qui voyaient bien toutes les retombées qu'ils pouvaient retirer de telles liaisons. Bien sûr il y avait toujours des moqueurs et les journaux pour se faire les gorges chaudes de ces couples improbables mais l'opinion publique était plus compréhensive. La réussite étant plus aléatoire de nos jours, un grand nombre d'individus comprenait qu'un coup de pouce au départ était fort utile pour s'extirper de la population des anonymes.

Un petit arrangement valait mieux que de longues études et, au final, la morale n'était pas cotée en bourse.

Méditations et vanités

Ces conquêtes successives l'amenaient à se questionner. « Était-il devenu le dernier des phallocrates ? » A dire vrai, Arthus ressentait un réel plaisir intellectuel à renverser le rapport de force défavorable que lui imposaient dans le cadre professionnel ces femmes puissantes. Là où il subissait leur loi pendant la journée, il redevenait dès la sortie du bureau l'amant qui dictait la règle du jeu, celui qui s'emparait et dominait leurs corps lascifs. Elles cédaient à sa volonté, à ses fantasmes, s'abandonnant enfin. La pleine satisfaction qu'il retirait de leur bienveillance, tout au long de l'année, le mettait de bonne humeur. Celles qui passaient pour des prédatrices en raison de leur détermination, de leur capacité à tancer un collaborateur à cause d'un dossier mal ficelé, à faire plier un directeur qui aurait témoigné d'un peu trop d'assurance, à accabler publiquement un rival indélicat par une saillie féroce, tenaient à distance les ennemis d'Arthus. Il vivait ainsi au-dessus de la mêlée, se délectant du spectacle des règlements de compte.

Par la suite, Arthus constatait une intensité accrue pendant leurs étreintes comme si l'alternance du pouvoir, elles le jour et lui la nuit, permettait de mieux lâcher prise. Ces femmes brillantes, supérieures et jalousées, dont l'entreprise exigeait en permanence des résultats trouvaient dans sa compagnie la possibilité de céder, de laisser poindre leur fragilité sans aucun jugement de sa part. Chacun obtenait une contrepartie dans cette relation intime... Avec immoralité, il se servait d'elles pour faire carrière mais l'ego d'Arthus s'en accommodait sans difficulté, flatté qu'il était de tirer les ficelles en coulisse. Son appétit sexuel s'en trouvait stimulé. Il se disait que l'égalité entre les hommes et les femmes ferait un grand pas le jour où le plus grand nombre de ses concitoyens accepterait qu'un homme puisse être promu en raison de ses relations intimes avec sa supérieure hiérarchique.

Après tout si l'on analysait le cycle actuel, les femmes réussissaient davantage dans les études, se révélant plus rigoureuses professionnellement. Les lois récentes dans toute l'Europe leur ouvraient les portes des conseils d'administration et des cercles du pouvoir. Les hommes devaient donc se préparer à un basculement sans retour qui allait asseoir la prééminence des femmes dans la société occidentale.

Les pygmalions n'avaient jamais été des philanthropes, juste des hommes prêts à partager leurs talents en échange des faveurs de la jeunesse, de la beauté, de la féminité. Arthus incarnait simplement une nouvelle catégorie de cadres, conscients de ce fait et acceptant les compromis particuliers provoqués par l'avènement des femmes au sommet des organigrammes des grands groupes internationaux. Pourquoi aurait-il été plus indécent pour un homme de bénéficier de la promotion canapé ? Surtout s'il y avait des candidats…

Son physique plaisait et ses collègues féminines étaient flattées de ses marques d'attention. Nul ne pouvait nier que la séduction interférait fréquemment dans les rapports au sein des entreprises. Il se souvint d'un article de presse qui relatait qu'un français sur cinq avait rencontré son conjoint au bureau. Une preuve éclatante ! Dans ce microcosme, les plus chastes s'amusaient de ses compliments galants, on ne lui opposait jamais de réactions négatives. Qui aurait pu affirmer que les décolletés ne visaient pas la population masculine ? C'était bien une démarche volontaire de séduction même si elle était rarement assumée, comme un gâteau en vitrine d'un magasin toujours fermé. Un regard appuyé sur une chute de rein ou une cheville montée sur des talons aiguilles n'engendrait pas de protestation féministe. La séduction latente dans la société, Arthus ne faisait que l'amener à un stade plus avancé. Le monde de l'entreprise, lieu de sélection drastique, exacerbait la mise en avant des qualités individuelles ; les relations particulières d'Arthus n'allaient pas à l'encontre de ce principe.

Il fallait être réaliste, ses partenaires travaillaient davantage que lui, se révélant toujours prêtes au sacrifice pour obtenir une promotion. Leur statut hiérarchique ajoutait à l'excitation d'Arthus et il savait désormais ce que les femmes reléguées dans des postes subalternes éprouvaient face aux avances d'un directeur général. Si le pouvoir était un aphrodisiaque pour celui qui le détenait, il devenait érotique pour ceux qui en croisaient les détenteurs. Le sentiment d'être choisi par ceux qui incarnent la puissance était unique et singulièrement troublant. Peu d'humains étaient en mesure d'y résister semblait-il…

Arthus avait noté chez lui une excitation sexuelle systématique quand il partait retrouver sa partenaire du moment, comme sous l'effet d'un stimulant chimique, ce qui ne se produisait pas dans ses relations amoureuses classiques hors du champ professionnel. Il en attribuait l'origine au conditionnement que produisait sur lui l'interdit moral de coucher avec ces dirigeantes. Mais le besoin chez ces amazones contemporaines de se mettre en couple avec des hommes à fort tempérament détonnait avec leur volonté permanente de s'imposer face au genre masculin. Intuitivement, Arthus avait pensé que leur préférence se portait sur des compagnons enclins aux concessions, gage d'une relation harmonieuse sans conflit. Mais il n'en était rien.

Arthus avait découvert le terrible paradoxe de l'endogamie qui les condamnait à un célibat souvent forcé. Ce concept désignait le phénomène naturel qui pousse les individus à se mettre en couple sur la base de caractéristiques communes selon l'adage « qui se ressemble s'assemble… ». En conséquence, ces battantes ne s'intéressaient qu'à des hommes dominateurs, brillants, ayant réussi comme elles. Pour couronner le tout, leur préférence allait aux hommes capables de les mettre en danger sentimentalement. Était-ce la nécessité de trouver plus fort que soi qui résonnait comme un ultime défi ? Malheureusement pour ces femmes, les candidats potentiels au nombre restreint s'étaient mariés tôt majoritairement, devenant de bons pères de famille, et – pour les rares spécimens qui papillonnaient encore – il n'était pas envisageable de nouer une relation avec l'une de ces guerrières. « Trop d'exigences ! »

Sans le reconnaître, elles désiraient des compagnons virils, métaphores du rôle dévolu au sexe fort depuis la nuit des temps. Arthus en concluait que toutes ces élucubrations dans les magazines concernant les hommes qui exprimaient leur part de féminité s'adressaient aux étudiantes et mères de famille. Il se révélait quasi-impossible pour ces vestales de débusquer un mâle au profil compatible avec qui frayer. D'autre part, leur statut professionnel créait un rempart de verre contre tout éventuel prétendant dans le cadre professionnel. Qui allait prendre le risque d'une rebuffade auprès d'une directrice déléguée ou générale ? Personne car un tel incident aurait précipité l'inconscient dans un isolement durable.

Elles étaient la version féminine des machos, image nécessaire à la survie dans ce milieu hostile, mettant au second plan les aspects féminins de leur caractère. Être respectée équivalait à être crainte. Arthus avait remarqué que ses collègues masculins finissaient tôt ou tard par fantasmer sur cette race de femmes mais – incapables d'y parvenir – ils se drapaient dans la condescendance. Arthus, à l'inverse, les contemplait dans leur état de femme, ne s'adressant à celles qu'il désirait que dans l'optique de les séduire sans perdre son temps à une froideur polie. Comme les valeurs brutales du monde de l'entreprise niaient aussi souvent que possible leur condition, en dépit des législations successives pour y remédier, Arthus avait sa chance. Les postes clés récompensaient toujours celles qui masquaient leur sensibilité et leurs émotions. Le fait de les séduire les réconfortait sur leur nature profonde, elles appréciaient infiniment de sentir qu'elles pouvaient susciter le désir d'un homme. Elles appréciaient sans oser le dire d'être un peu forcées et Arthus les obligeait à des jeux érotiques qui excitaient leur imagination.

Il réveillait leur féminité et nourrissait leurs sens : Arthus était l'écho de leurs âmes.

Séduire à petit feu

En amour, Arthus avait acquis la conviction que tout le monde était autodidacte. Nulle méthode ne fonctionne vraiment malgré le baratin des séducteurs. La décision se fait toujours sur le non-dit. Il fallait en premier lieu savoir envelopper l'autre de son désir, lui donner l'impression qu'il était unique. Comme une corde de piano qui vibre, Arthus se devait de découvrir la note qui abaissait les défenses de celles qu'il poursuivait.

Les femmes de pouvoir étaient méfiantes par nature car trop d'obstacles s'étaient dressés sur leur route pour laisser entrer aussi facilement un inconnu dans la maison. La Directrice Générale savait qu'en s'engageant dans une relation privée avec un collaborateur, elle courrait le risque de voir un jour cette relation interférer dans sa vie professionnelle. D'autant qu'Arthus était son subalterne et, si le harcèlement sexuel aurait été délicat à démontrer, on ne pouvait complètement l'exclure.

Arthus avait mal dormi, se réveillant en sueur avant l'aube, tourmenté par cette envie de la conquérir et craignant la sanction d'un d'échec. Elle était son obsession mais comment l'amener à capituler ? De l'art d'être persuasif sans apparaître insistant… Un dîner aurait été trop compromettant pour elle. Il se creusait la tête pour trouver la bonne idée.

En ouvrant son courrier au bureau ce matin-là, Arthus vit le hasard venir à son secours. Les nombreux fournisseurs d'*Operandi* adressaient régulièrement des invitations pour des événements privés, soirées ou concerts, qui visaient à tisser des liens plus étroits avec les décideurs aux postes-clés de l'entreprise. Rares étaient ceux qui les refusaient. Exactement ce qu'il lui fallait ! Aussitôt, il se mit à surfer sur internet afin de trouver une exposition récente qui concilie réflexion et esthétisme. Arthus fuyait les expositions pontifiantes qui nécessitaient un guide pour comprendre les élucubrations des artistes. Il se cantonna à quelque chose de classique, optant pour une rétrospective des œuvres du Primatice. En nocturne, ce qui réduisait sensiblement l'engorgement des visiteurs dans les salles du musée. Arthus estima que les dessins et arabesques, ayant rendu célèbre l'artiste italien de la Renaissance dans toute l'Europe sous le règne de François Ier, sauraient dissiper les états d'âme de sa chère directrice générale. Lors d'une de leurs entrevues, il avait noté les estampes qui ornaient son bureau. A n'en pas douter, elle était férue de classicisme.

Dès réception des billets, il les lui adressa par courrier avec un mot laconique : « Je serais ravi de vous y accompagner » suivi de ses initiales, ce qui laissait la possibilité à la Directrice Générale d'y aller avec quelqu'un d'autre. Ainsi, il n'achetait pas son silence : il lui aurait été bien impossible de savoir si réellement elle s'y était rendue. Elle avait les cartes en main mais accepter signifierait beaucoup. Arthus chauffait à feu doux, le temps devait faire son œuvre.

Il s'arma de patience, évitant de se rendre au siège afin de ne pas la croiser, mais n'arrivait pas à se vider l'esprit. Les jours défilaient sans nouvelle de sa part. Avait-t-elle bien reçu sa missive ? Il s'enferma dans son travail, échafaudant de nouvelles tactiques, en vain. Il repensait aux quatre années écoulées, à ces conquêtes d'un jour comme à celles qui s'étaient inscrites dans la durée. Auréolé de ses succès, il envisageait difficilement la possibilité d'un refus. Son audace était-elle suffisante pour lever les barrières morales de la dirigeante ? Il tournait le problème dans tous les sens sans qu'aucune direction claire ne s'impose. Il finit par contacter Alexandre qui lui posa plus de questions qu'il ne lui apportait de réponses.

Arthus avait l'impression désagréable d'être dans une impasse. Son orgueil le sommait de se ressaisir. L'incertitude devait changer de camp sous peine de perdre toute chance de la séduire. Alors dans un semblant d'ultimatum, il lui envoya la veille de la rétrospective un texto sommaire : « Je vous attendrai à vingt-et-une-heure à l'entrée principale ».

Ils ne s'étaient pas revus depuis trois semaines et la persévérance d'Arthus pouvait peut être l'intriguer au point qu'elle vienne à ce rendez-vous de dernière minute. L'essentiel était qu'elle ressente sa détermination sans faille. Était-elle plus assurée que lui à cet instant ? Cela faisait probablement longtemps qu'elle n'avait pas fait l'objet d'une telle sollicitation, ce qui plaidait en faveur d'Arthus. Il se rassurait en pensant qu'il était une tentation pour elle, celui qui ravivait les braises de sentiments éteints.

Voilà vingt minutes qu'Arthus piétinait dans la nuit au pied de la pyramide de verre qui marquait l'entrée du Louvre. A cette heure, la cour Napoléon s'était vidée et seule la courte file indienne des visiteurs s'étirait devant l'entrée qui conduisait dans les entrailles de l'ancien palais.

Il commença à s'apitoyer sur son sort, tout en sachant qu'il en était pleinement responsable. La queue s'allongeait sous la lumière des réverbères et les statues de pierre, perchées sur les balustrades, semblaient le surveiller. Le gardien qui filtrait les entrées avait l'œil sévère comme s'il soupçonnait des resquilleurs. Arthus essayait maintenant de se trouver un prétexte pour déguerpir car son malaise s'amplifiait à chaque minute. Il s'agaçait sous cette torture de l'attente : « Enfin que voulaient elles, ces battantes ? Quand on les respectait, elles vous méprisaient mais quand on prenait les devants, que l'on partait à l'assaut de leur forteresse, on ne récoltait que des velléités ! ».

Il en était en proie à ces tergiversations quand soudain, à l'angle du musée, venait d'apparaître l'objet de sa convoitise. Ses états d'âme s'envolèrent. De sa démarche féline, elle avançait comme au ralenti. Une vive émotion parcourut l'épiderme d'Arthus quand leurs yeux se rencontrèrent. Un sourire indicible éclaira le doux visage et Arthus devina aussitôt qu'au cours de cette soirée leurs échanges seraient d'une autre nature qu'au bureau.

– Bonjour Chiara, dit-il un peu intimidé tout en lui faisant la bise pour la première fois.

L'appeler par son prénom plaçait immédiatement leur tête-à-tête dans la sphère privée. Son parfum ajouta encore à son trouble. Elle était divine, comme en apesanteur. Dans ses yeux brillait une intensité nouvelle.

Ils passèrent le portique de sécurité, puis empruntèrent l'escalier mécanique. Le hall résonnait des pas des visiteurs qui allaient et venaient tandis qu'ils laissèrent leurs manteaux au vestiaire.

La rétrospective se tenait à l'entresol. Chiara saisit son bras pour gravir l'escalier de pierre. Une fois en haut, Arthus tendit les billets coupe-file au cerbère qui fit un pas de côté pour leur céder le passage. Un peu tendu, Arthus entama la visite par une courte introduction sur le peintre italien. Elle écoutait en plongeant son regard dans le sien, ce qui accrut son émoi. Il se concentrait sur les tableaux du maître mais inlassablement revenait à elle. La succession de salles et de couloirs, recouverts d'un tissu gris qui étouffaient les sons du flot de visiteurs, dévoilait tout le génie de l'artiste mais l'échancrure du chemisier de Chiara empêchait Arthus d'en profiter complètement. Il choisit alors de se taire afin de retrouver ses esprits mais elle ne lui en laissa pas le loisir.

– J'ai hésité à venir… C'est la première fois qu'un homme plus jeune me fait des avances, je voulais comprendre.

– Ah oui ? répondit-il, étonné. Vous pensez me faire croire que vous vous êtes rendue à mon invitation seulement pour découvrir mes motivations ? Vous mentez mieux en réunion...

Elle allait dire quelque chose mais sa répartie la prit au dépourvu et l'arrêta dans son élan. Pensive, elle fit mine d'admirer une fresque coloré qui représentait un groupe de naïades.

– Vous êtes aussi impertinent qu'au bureau mais je ne suis pas venue pour parler travail… dit-elle en plantant son regard dans le sien.

« Jouait-elle l'intimidation ? » Arthus écartait toute déclaration amoureuse, voulant préserver une zone de mystère à tout prix.

Il l'emmena près d'une toile impressionnante où s'étalait une représentation de la Rome antique. Au milieu des Thermes, des consuls allongés s'entretenaient alors que les esclaves leur apportaient une profusion de mets. Cette allégorie était finalement très contemporaine même si les managers au sein des entreprises pensaient disposer encore de leur libre-arbitre face aux comités de direction.

Ils continuèrent de déambuler dans ce dédale de perspectives romantiques, alternant piques et amabilités sans jamais aller au-delà des convenances. Leur rendez-vous se révélait chaste, bien loin du désir immédiat. A chaque fois qu'ils se déplaçaient pour aller d'une toile à l'autre, cela provoquait des pauses dans le dialogue. Le doux bruissement des visiteurs les enveloppait tout en les isolant de la foule. Ils étaient maintenant tranquilles au milieu de cette parenthèse, lui envouté par ses lèvres quand elles s'animaient. Les mouvements de sa chevelure et les effluves capiteuses de son parfum quand il la frôlait pour se planter face aux fresques emportaient toute réserve de la part d'Arthus. Elle était plus attirante que jamais. Ses yeux pétillaient et le jeu de la séduction se retournait contre lui. Malgré son assurance de façade, c'est elle en fait qui prenait le dessus.

Le parcours s'acheva après deux heures et demie et ils débouchèrent sur la salle des pas perdus sous la pyramide de verre. Ils s'arrêtèrent pour se faire face, espacés d'une quarantaine de centimètres, distance sans équivoque, celle de l'intimité. L'harmonie qu'ils partageaient à cet instant était palpable et Arthus ne voulut pas rompre l'équilibre délicat de ce moment en suspens. Chiara mit fin au silence devenu gênant :
— Quelle est la suite ?
— Laissons-nous le temps de la réflexion, dit-il.

Comme un fauve observant la femelle avant l'accouplement afin de savoir quand prendre l'initiative, Arthus ne voulait rien brusquer : laisser planer un doute lui permettait de reprendre la main. Elle était trop subtile pour qu'il puisse dérouler la même tactique que lors de ses précédentes aventures. Chiara ne respectait que les caractères bien trempés. Ici, il n'était plus un salarié. A lui de la surprendre et d'imposer sa manière de faire. Arthus décidait du tempo, la révérer aurait été une erreur. Elle appréciait cette attitude et sourit brièvement.

Ils fuirent le cocktail prévu pour les VIP. Alors qu'elle allait enfiler son manteau, il ne put s'empêcher de parcourir avec délice ses formes en remontant des chevilles jusqu'à la nuque. Elle sentit son regard et tourna la tête à l'improviste, le confondant instantanément. Il fit comme si de rien n'était mais ne trompait personne. Elle s'en amusa, flattée de cet intérêt mal dissimulé qui trahissait ses intentions. Ils savaient pourquoi ils étaient là ce soir et, quand vint le temps de se séparer, la confiance s'était installée.

L'ambiance avait fait baisser la garde d'Arthus une fraction de seconde mais cette faiblesse passagère n'en donnait que plus de sincérité à ses marques d'attention envers elle.

Quelques semaines s'écoulèrent encore avant que la Directrice Générale ne suive les préconisations d'Arthus de lui rattacher une partie des activités de son ennemi. Son rival vint naïvement prendre l'avis d'Arthus qui, cordialement, lui expliqua qu'il se pliait également à cette décision prise en haut-lieu. L'autre argumenta, défendit sa position. Arthus compatit, puis argua que résister lui attirerait le ressentiment de la direction générale… alors que plier lui permettrait de sauver l'essentiel.

L'assiégé scrutait toute expression du visage d'Arthus qui aurait pu lui apporter un renseignement, dans l'espoir de découvrir quel camp Arthus avait rallié. L'alternative était de se soumettre à cette décision collégiale ou bien de concentrer sur lui le feu de ses détracteurs. Il voulait faire peser la balance en sa faveur mais toute faute allait se payer au prix fort. Aussi il hésitait, seul au milieu de la mêlée, essayant d'évaluer ses chances de retourner la situation. Bien qu'Arthus sache pertinemment que la partie était déjà perdue pour son adversaire, il fit en sorte de dédramatiser la situation. L'entretien dénué d'animosité s'acheva par une poignée de main amicale. Arthus avait promis son aide au moindre souci, l'autre partit visiblement rassuré.

« Parfait ! se dit Arthus, continuons d'avancer masqué… la prochaine attaque sera mortelle mais il sera trop tard alors pour comprendre ce qu'il lui arrive. »

Arthus entourait ses ennemis pour les étreindre et mieux les étouffer.

Une main tendue

Sa voix était rauque au téléphone et, depuis quelques jours, le vice-président manifestait son inquiétude bien qu'il s'en défendait. A plusieurs reprises, il avait contacté l'assistante d'Arthus pour tenter de soutirer des informations sur la réorganisation qui se préparait. Le bruit avait circulé que la Directrice Générale avait concocté un remaniement d'ampleur relatif au comité directeur et il flairait que quelque chose s'ourdissait contre lui.

Arthus finit par le recevoir à contrecœur. Après tout, c'était l'occasion de prendre le pouls de cet adversaire. L'accueil fut sommaire et Arthus consentit à aborder son projet, acquiesçant mécaniquement à ses commentaires. Le vice-président suspectait – à raison – des réticences de sa part mais ne voulait pas braquer son interlocuteur. Il s'efforçait d'amadouer Arthus qui fit état de sa préférence pour un appel d'offre. En fait, il cherchait surtout à repousser le lancement de ce projet, à l'enliser pour de bon. Affaiblir cet ennemi était la priorité d'Arthus et tout retard pris allait se payer comptant. L'autre sentant peu de soutien lui proposa de faire partie du comité de pilotage, une manière d'impliquer personnellement Arthus. Mais ce dernier déclina lâchement en restant évasif sur les raisons qui l'empêchaient de l'épauler.

Il voyait ce concurrent transpirer sur son siège mais il y avait un temps pour tout. L'heure de payer l'addition se rapprochait. Le gros chat s'était assoupi et quand le moment de se mettre à courir était survenu, le réveil avait été brutal. Arthus savait que trop de vice-présidents vivaient avec le sentiment d'impunité, se croyant intouchables, saccageant les projets de l'entreprise si cela pouvait servir leurs propres intérêts, abusant des privilèges sans jamais avoir à rendre compte. Et pire que cela, ils étaient prêts à mordre la main qui les nourrissait.

« Chat maigre saute plus haut ! » avait coutume de dire le PDG d'Arthus qui trouvait la formule parfaitement appropriée à la situation. La cure d'amaigrissement programmée en haut-lieu allait concerner un certain nombre de ces cadres repus. Arthus entendait participer à la curée car pour bien tuer, il fallait aimer tuer...

Ayant été recruté dans les années fastes, le vice-président avait pu bénéficier d'un traitement de faveur qui le hissait au niveau des rémunérations des membres du comité exécutif, soit près du double de la rémunération d'un vice-président normal. Une raison supplémentaire de porter des coups contre lui, se dit Arthus qui détestait, par principe, ceux qui, du fait du hasard, percevaient un salaire démesuré par rapport à leur statut. Cela le renvoyait à sa propre situation, où laborieusement il œuvrait à rectifier le tir, à gratter petit à petit des augmentations et ainsi réduire l'écart vis-à-vis d'eux. Tout ce qu'Arthus obtenait, il ne le devait qu'à lui-même, alors qu'eux, avaient décroché d'un seul coup un poste leur donnant droit à de tels émoluments. Cela obsédait Arthus. Sa chance était que souvent ces gros matous s'endormaient dans leur fauteuil de sénateurs, sûrs de leurs privilèges, mais perdant la vigilance indispensable à la survie dans la jungle de l'entreprise. Arthus aimait leur rappeler. Et tandis que le condamné s'escrimait à le rallier à sa cause, Arthus faisait des mimiques compatissantes comme pour l'encourager. Cette tentative désespérée tournait au ridicule et trahissait la perte de lucidité du vice-président.

— Tu pourrais peut-être déléguer ton adjoint ? suggéra-t-il à Arthus avec un ton suppliant.

Prétextant que la charge de travail était trop lourde pour les mois à venir, Arthus le renvoyait dos-à-dos vers la Direction Générale en lui conseillant de rencontrer les membres les plus disponibles afin d'essayer d'obtenir des ressources additionnelles. Cela s'éternisait et, à longue, il comprit qu'aucune aide ne viendrait d'Arthus. Le téléphone sonna, ce qui permit à Arthus de rompre la discussion en signifiant que l'appel était confidentiel. Un soupir de lassitude répondit au « à bientôt » qu'Arthus lâcha. Enfin, il jetait l'éponge.

Arthus nota qu'il faudrait s'occuper de ses lieutenants qui paraissaient hostiles à tout rapprochement, leur tour viendrait aussi. D'expérience, Arthus savait que leur loyauté n'était pas monnayable. Les compères se connaissaient depuis trop longtemps pour tourner leur veste. Tous cherchaient à se protéger mutuellement face aux coups portés. Insinuations et dénigrements étaient leurs armes et ce travail de sape pouvait finir par laisser des traces. Arthus devait faire en sorte de les caresser dans le sens du poil tout en préparant une frappe éclair, une réorganisation où il n'y aura pas de place pour eux sur l'organigramme. « Envolées les belles promesses ! » Par le passé, il était arrivé qu'Arthus accorde sa confiance à ceux qu'il croyait avoir rejoint son camp mais il s'en était amèrement mordu les doigts. Arthus se préparait à faire main basse sur le projet du vaincu et à décrédibiliser ses troupes jusqu'à ce qu'elles soient exsangues.

Trois jours plus tard, alors que l'assistante apportait le café – petit privilège que d'être servi dans son bureau – Arthus relisait un courriel émanant de l'adversaire. Le vice-président ripostait à la menace dont tout le monde parlait dans les couloirs : il décrétait la réorganisation de son département avant que la directrice générale ne publie la sienne. Il nommait ses adjoints sur de nouvelles missions. Bien joué en apparence quoique tardif en vérité. C'était plutôt risible car, contrairement à ce qu'il pensait, il ne faisait que précipiter sa chute. Sauver les meubles aurait été possible en restant seul, en bougeant vers un autre poste, en négociant d'autres responsabilités. L'erreur consistait à vouloir protéger ses lieutenants, coûte que coûte. Il se condamnait ainsi définitivement. La Directrice Générale n'avait plus le choix que de le licencier si elle voulait préserver son autorité. La guerre était déclarée sans coup de semonce. L'assaut final était donné. En finissant de déguster son café, Arthus convint de se tenir à bonne distance des salves, l'essentiel étant de ramasser les restes du bataillon défait. Pour l'exemple, on sacrifiera les gradés félons et tout repartira comme au premier jour. Oui, tout s'ordonnait comme il l'espérait... De bonne humeur, Arthus savourait cette journée radieuse et se dit qu'elle était propice aux initiatives audacieuses. Devenait-il superstitieux en vieillissant ?

Il composa le numéro de Chiara mais tomba sur la messagerie vocale. Injoignable comme d'habitude. Alors il rédigea un texto : « Que dirais-tu d'un verre chez toi ce soir ? » usant sciemment du tutoiement. C'était l'heure de vérité, inutile de mettre les formes. Surtout ne pas lui laisser le temps de s'organiser mais la prendre au dépourvu. Arthus forçait la porte. Moins d'une minute plus tard, le mobile vibra : « Impossible, je finis tard… ou alors vers minuit ? » affichait l'écran. Arthus sauta sur la proposition et pianota sur le clavier maladroitement tant son excitation était grande : « D'accord, à quelle adresse ? ».

Un SMS de réponse lui parvint dans la foulée mais il ne prit pas la peine de l'ouvrir tout de suite. Pendant le reste de la journée, il échafauda divers scénarios qui aboutissaient tous à une conclusion érotique. Cette femme était devenue son fantasme et il la rêvait lui ouvrant son appartement entièrement nue en talons aiguilles, un collier de perles entre les seins comme seul vêtement. Son stress grandissait au fur et à mesure des heures. Le statut et le pouvoir qu'incarnait Chiara enfermait Arthus dans un danger permanent. La puissance de l'interdit le saisit comme s'il allait passer un entretien de recrutement. A y regarder de plus près, il n'était pas si loin de la réalité.

Le carillon de l'église qui jouxtait sa rue retentit onze fois, ce qui le fit sursauter. Comme émergeant d'un somme, Arthus enfila en hâte son manteau noir, noua une écharpe autour de son cou et claqua la porte de son domicile. Enfourchant son scooter, il partit en trombe vers le cœur de Paris. Ils étaient convenus de se retrouver vers minuit mais l'impatience avait eu raison d'Arthus et, quand il arriva, il était à peine vingt-trois heure trente. Tant pis ! Il s'enhardit et composa le code d'entrée mentionné dans le dernier texto. Poussant la lourde porte vitrée en ferronnerie, il s'engagea dans le hall grandiose, en marbre rouge digne d'un palais vénitien. Puis il sonna avec trac à l'interphone. Une voix lui répondit, légèrement déformée par le combiné.

– C'est moi, dit-il bêtement.
– Je t'ouvre… c'est au sixième étage.

Arthus inspira une large bouffée d'air en se dirigeant vers l'ascenseur. Le tapis était si épais qu'il trébucha en l'accrochant du bout du soulier. Il prit place à l'intérieur de la cabine en bois. Pendant la montée, il lui revint en tête cette image où, dénudée, elle l'accueillait sur le pas de la porte. Chassant aussitôt cette chimère, il réajusta son col de chemise dans la glace. Les étages défilaient à toute vitesse. Il transpirait légèrement. Enfin la cabine se stabilisa et comme poussé par un ressort, il en sortit. La porte massive à double battant lui faisait maintenant face. Au moment où timidement Arthus allait pour appuyer sur la sonnette, des pas derrière la porte le firent sursauter.

– Bonjour, dit-elle en ouvrant et en l'invitant d'un geste à entrer.

Il resta planté là comme paralysé par la solennité de l'instant. Elle était vêtue d'une superbe robe longue provenant vraisemblablement d'un grand couturier. Sa tenue, ses épaules et ses bras dénudés faisaient penser aux mannequins que l'on voit dans les magazines. Elle l'attrapa par la manche et le fit entrer. Un court instant, ils se regardèrent sans parler, un peu gauche, sachant ce que signifiait le fait d'être ensemble chez elle à cette heure. C'était sans équivoque.

Elle lui tendit la main et l'entraîna derrière elle dans un salon aux dimensions imposantes. Les proportions de l'appartement étaient gigantesques, probablement plus de trois cents mètres carrés à la vue des pièces de réception. Des moulures et des boiseries recouvraient les murs blancs. Le mobilier d'époque et chaque sculpture devaient coûter plusieurs milliers d'euros. Des tableaux d'art moderne étalaient leurs couleurs criardes de-ci delà. Arthus distingua le portrait d'une chinoise bariolé à la manière d'Andy Warhol. Les autres toiles - de joyeux graffitis - n'évoquaient rien pour lui. Le contraste entre les meubles et les toiles illustrait ce que les parisiens branchés qualifiaient de modernisme. Sans manière, elle s'allongea dans le canapé dans une pose langoureuse, en appui sur l'accoudoir, repliant ses jambes sur les coussins. Sa robe fendue laissait entrevoir la naissance de ses cuisses. Son sourire le désarma pendant qu'il se laissait tomber dans un des fauteuils-club en cuir.

– Tu n'as pas eu de mal pour venir ?

– Non, je connais bien ce quartier de Paris…

Arthus jeta un œil au reste de la pièce tout en poursuivant.

– Tu habites ici depuis longtemps ?

– C'est un appartement que j'ai acheté il y a huit ans lorsque je me suis séparée de mon mari…

La référence le fit tiquer, il n'aimait pas qu'on lui parle des histoires passées et enchaîna :

– Ce n'est pas un peu grand pour une seule personne ?

– On finit par s'habituer, ironisa-t-elle.

Sous la console au mur, des bouteilles dépassaient d'une caisse en bois qu'elle lui désigna. Il se leva pour remplir les verres et lui demanda ce qu'elle préférait.

– Un verre de Porto, merci. C'était plutôt osé de me proposer de se voir chez moi ? lui lança-t-elle sur le ton de la plaisanterie.

Il se retourna lentement, les deux verres à la main, et s'avança vers elle.

– Pas vraiment car tout bien réfléchi cela vous expose moins qu'un dîner en ville où l'on peut croiser des connaissances… les ragots auraient tôt fait de se répandre, non ?

Il se mordit aussitôt les lèvres de l'avoir vouvoyée par réflexe. Il avait encore du mal à occulter qu'elle était sa supérieure hiérarchique.

– On peut voir les choses comme cela… dit-elle en regardant le fond de son verre.

« Avec elle, il valait mieux avoir réponse à tout » se dit Arthus. Ils trinquèrent et le bruit des verres en cristal tinta dans la pièce. Cette fois, Arthus s'assit à côté d'elle. Le regard de Chiara se fit plus intense. Dégustant le porto en silence, ils n'éprouvaient plus aucune gêne. Arthus prenait des forces avant de continuer la joute verbale où, chacun à leur tour, ils essaieraient de déstabiliser l'autre.

– En tout cas tu n'as pas froid aux yeux, tu es le premier à tenter ta chance depuis que j'occupe mes fonctions au sein d'*Operandi*…

– Normal, j'aime les défis ! fanfaronna Arthus du tac-au-tac.

– Remarque intéressante… je ne serais qu'un défi de plus dans ta longue carrière de séducteur ?

« Là, pensa Arthus, elle me teste, ne jouons pas au petit garçon ! »

– Oui, c'est bien cela, asséna-t-il.

Elle se passa la main dans les cheveux tandis qu'il sirotait le vin cuit.

– Nous verrons bien… mais explique-moi quand l'idée a germé dans ta tête ?

– Eh bien, j'ai eu le coup de cœur dès que je t'ai vue pendant le séminaire budgétaire. Pas très original, non ?

– Non effectivement.

– Et toi, quand as-tu considéré l'éventualité d'une relation avec moi ?

– Je ne sais pas précisément...

Elle fit mine de réfléchir. Il se rapprocha d'elle et se mit à promener ses doigts sur son genou. Il était temps d'arrêter cet interrogatoire de peu d'intérêt. Les yeux d'Arthus étaient captivés par ses lèvres. Elle dit encore quelque chose mais il n'écoutait plus, happée par un désir impulsif. Il remonta sa main sur sa cuisse, elle se redressa et posa son bras sur le dos du canapé. Alors Arthus glissa ses doigts dans ses cheveux et de sa main enveloppa la nuque de Chiara. Il sentit tout son corps frissonner. Lentement il attira son visage vers le sien et leurs langues se trouvèrent. Elle l'enlaça et, dans le creux de ses bras, sa poitrine vient se coller contre son torse. La tête de Chiara dodelinait sous le rythme de ce baiser passionné qui exprimait l'effusion après une longue attente. Comme un souvenir qui lui revenait, la sensation de plaisir grandit et remplit Arthus. C'était la même sensation que le jour où il avait embrassé pour la première fois une fille. Rien ne pouvait amoindrir cette émotion. Ils restèrent ainsi de longues minutes l'un contre l'autre. Quand le baiser prit fin, elle plongea son regard dans le sien comme pour mieux lire dans son âme. Ce qu'elle y sembla y voir la rassura apparemment car la sincérité d'Arthus n'était pas feinte.

– Viens, je veux te montrer quelque chose.

Elle se dégagea et le tira par le bras pour quitter le salon à sa suite. Chiara se déplaçait légère comme une ballerine. Elle les dirigea vers le fond du couloir qui traversait l'appartement et il découvrit un escalier en colimaçon dont les marches menaient à l'étage supérieur. Elle le précéda, ce qui donna à Arthus un point de vue unique sur sa chute de reins. Il caressa sa cheville à mi-parcours, ce qui lui fit tourner la tête... elle semblait aimer son naturel.

Arrivés dans une pièce spacieuse, le parquet ancien craqua sous leurs pieds. De larges baies offraient une vue incroyable sur le quartier. Une bibliothèque adossée sur le mur du fond accompagnait un grand lit à colonnade recouvert d'oreillers blancs.

Il devina ce qu'elle voulait lui montrer. Une terrasse ouvrait la perspective sur l'avenue Foch en contrebas. Elle écarta les battants de la porte-fenêtre et Arthus la suivit sur la large terrasse. A cette heure, la chaleur de cette nuit d'été les surprit. L'absence de vis-à-vis faisait de cet endroit un oasis au milieu des toits de Paris.

A cœur ouvert

Elle était incroyablement belle sous la lumière de la lune alors que la coupole dorée des Invalides luisait au loin. La ville presqu'endormie ne laissait filtrer que quelques bruits et la musique d'un groupe de jeunes réunis sur les pelouses de l'avenue. Elle s'approcha de la balustrade. Arthus, dans son dos, la prit dans les bras. Personne ne pouvait les voir. « Repensait-elle à tous les sacrifices imposés par son ambition ? Toutes ces heures perdues au bureau… pourquoi au final ? Une vie privée insipide qui finissait en divorce. Des tensions et des querelles larvées dans cette lutte permanente pour le pouvoir ! Quels souvenirs lui resteraient-t-il lorsque viendra le moment de se retirer du monde professionnel ? Où seraient les visages d'amis au milieu de tous les courtisans ? » Peu importe si leur histoire ne durait qu'une nuit, ce moment était comme une renaissance. Une nuit de plaisir charnel retrouvé.

Elle pivota et passa ses bras autour de son cou. Arthus aimait ce corps fragile contre lui. Il la caressait. Puis, à reculons dans une danse lente qui faisait monter en eux le désir, ils se dirigèrent vers l'alcôve et se laissèrent tomber sur le lit. Arthus fit glisser la fine fermeture éclair cachée dans le dos de la robe. Elle déboutonna la chemise et desserra la ceinture d'Arthus. En un tour de main, ils roulèrent sous les draps. Une brise légère rafraichit l'air de la pièce par les baies ouvertes. L'étreinte se prolongea dans un coït violent. Essoufflés et couchés côte-à-côte, le corps en feu, ils savouraient la volupté qui succédait à la débauche d'énergie. Les flancs de Chiara se soulevaient au rythme de sa respiration, faisant saillir ses seins. Elle saisit la main d'Arthus et leurs doigts s'entrecroisèrent. Tout le caractère de Chiara irradiait dans ce contact. L'instant d'après, elle vint sur Arthus, refermant sa main sur ses cheveux courts, et lui murmura à l'oreille :

– Ne t'avise pas de me traiter comme les autres… J'ai pris mes renseignements, aussi ne crois pas que tu joueras avec moi comme tu l'entends… Tu t'en mordras les doigts, je te préviens !

Le ton était dur et elle serra avec force ses cheveux pour ajouter le geste à la parole. Il ressentit une vive douleur à la racine des cheveux. L'avertissement était clair mais il ne cilla pas. Son amour-propre était contrarié par cette mise au point et il lui coûtait de l'entendre. L'idée de la gifler traversa l'esprit d'Arthus mais il se retint. Arthus n'était pas là que pour la bagatelle… Il s'agissait de sa carrière, alors un peu de sang-froid et tout irait bien. Implicitement, elle lui avouait qu'elle était prête à considérer leur relation sur le long terme. Elle ne voulait pas d'une passade, elle y perdrait de sa superbe. Arthus lui fournit la réponse qu'il jugea la plus adaptée.

Il se mit à lui masser le bas du dos jusqu'à ce que Chiara donne le signal qu'elle était disposée à un nouvel ébat. Arthus la pénétra avec autorité. Les ondulations de ses fesses montraient la satisfaction de sa maîtresse face à sa virilité exacerbée. C'était un contrat tacite entre eux : pas de respect possible si l'un des deux se soumettait à l'autre.

Le jour n'était pas encore levé quand un cauchemar, où toutes ses ex-conquêtes défilaient chez lui pour demander leur dû, le tira des limbes. Il quitta le lit et s'approcha de la bibliothèque où il inspecta les rayonnages faiblement éclairés. La plupart étaient remplis de livres d'art et d'histoire. Autant d'objets que personne ne devait jamais compulser mais qui étaient la caution intellectuelle de la réussite. Il fallait bien masquer la violence des comportements dans le monde de l'entreprise. Arthus trouvait risible de savoir que les dirigeants avaient besoin de prouver leur grande culture alors que leur quotidien consistait à broyer les résistances humaines, à réduire en pièce ceux qui menaçaient leur statut et leurs quatre volontés. Les femmes de pouvoir ne différaient.

Il la regarda dormir. Sans défense, ses traits étaient doux. Elle bougea dans son sommeil, découvrant la courbe de ses seins. « Demain, nous serons ensemble dans la salle du conseil d'administration sans qu'aucun des participants ne puisse se douter de ce qui s'était passé la veille » pensa-t-il. Quel pouvoir Arthus détenait entre ses mains !

Il décida de s'éclipser car son chauffeur l'attendrait probablement devant chez elle dans moins d'une heure. Il ramassa ses vêtements et descendit les marches à pas de loup. Refermant la porte derrière lui, il dévala ensuite l'escalier, manquant de buter contre la porte vitrée du hall. Il eut le temps d'entendre la concierge pester.

L'aube commençait à pointer, diffusant ses rayons roses dans les rues, après avoir nettoyé la pollution de la veille de sa rosée matinale. N'ayant rien avalé, son estomac tiraillé par la faim le rappela à ses devoirs élémentaires. Il scruta aux alentours et porta son choix sur un café dans une rue adjacente. Par chance, celui-ci était ouvert et Arthus s'assit à une table dehors. Il découvrait le spectacle de la ville se réveillant avec ses premiers passants qui couraient attraper leur métro ou leur bus. Il éprouvait un sentiment de liberté comme si cette nuit avait rompu la dépendance hiérarchique qui le liait à elle. Désormais, elle et lui étaient intimes, il pouvait lui exiger ce qu'il voulait.

Le garçon qui lui apportait sa tasse le tira de sa rêverie. Le café chaud coula dans sa gorge, le réchauffant à la manière d'un feu de cheminée. Arthus se sentait invincible.

Des lycéennes passèrent devant lui en riant. Il envia leur nonchalance tandis qu'au loin retentit la sirène d'une ambulance. Les habitants reprenaient le cours de leur existence et la ville tentaculaire déversa progressivement son flot de véhicules dans ses artères, irriguant de son vacarme les quartiers bourgeois.

A l'abri dans sa voiture, Chiara devait déjà relire les dossiers à signer, biffer ceux qui étaient recalés. Avait-t-elle une pensée pour Arthus ou bien la belle mécanique s'était-elle déjà remise en marche sans état d'âme ? Le souvenir du grain de sa peau lui revint avec l'odeur chaude du capuccino. L'angoisse d'hier s'était éteinte.

Dans la foule qui se pressait à l'entrée de la bouche de métro défilaient ces figures où l'on discernait toute la palette des expressions humaines comme un gigantesque puzzle. Ils se frôlaient, se touchaient, se heurtaient parfois, sans jamais s'arrêter. Des hommes chauves qui se donnaient de l'importance, des jeunes écoliers hilares, des femmes fatiguées par les tâches ménagères qui s'ajoutaient aux horaires professionnels, des étudiantes anxieuses des examens à venir, chacun voulait échapper à son destin mais tous replongeaient sans rechigner sous la surface. Arthus assistait à ce ballet incessant, immobile sur sa chaise, conscient de sa chance

de pouvoir disposer comme bon lui semblait de cette journée
magnifique.

Promotion allongée

Un peu grisé par ces derniers jours, Arthus se préparait pour une nouvelle soirée avec Chiara et, devant la glace de sa salle-de-bain, arc-bouté au lavabo, fixait son reflet. Sa carrière de séducteur atteignait son point d'orgue, il avait appris de toutes ces femmes qu'il fallait mettre un peu de légèreté dans sa vie… pourtant quelque chose le travaillait. Si Arthus jouait avec le feu, il devait bien s'avouer qu'il n'était pas prêt à tout perdre. Aujourd'hui, chacun jouait un rôle dans la société : les acteurs voulaient être chanteurs, les journalistes ambitionnaient de devenir animateurs sur le petit écran, les hommes politiques cherchaient à être reconnu en tant qu'écrivains et les écrivains se rêvaient ministre de la Culture… Pris à son propre jeu, la mécanique de son imposture lui imposait d'aller jusqu'au bout. Impossible de virer de bord. Il devait se montrer à la hauteur et conserver le contrôle de la situation. Cependant, il était prisonnier de son personnage à l'égard de Chiara.

Contemplant la pilule bleue en forme de losange qui se détachait du rebord blanc du lavabo, il écarta cette hésitation naissante en l'avalant avec une gorgée d'eau. Arthus avait le trac mais ce stimulant sexuel lui garantirait des prouesses sexuelles inhabituelles pour les prochaines heures. Il sourit, un peu crispé quand même. C'était la première fois qu'il essayait ce genre de pharmacopée. Ce soir, il voulait la « baiser pendant des heures… ».

Marchant d'un pas rapide sur le trottoir, il n'arrivait pas à se calmer, c'était leur deuxième soirée et la première s'était parfaitement déroulée. « Pourquoi s'inquiéter alors ? » Pourtant il avait la gorge sèche et la nuque moite. Ses autres histoires sexuelles étaient finalement sans enjeu. Ces femmes avaient son âge et un statut équivalent. Elles auraient tout aussi bien pu être rencontrées dans un cadre privé. Non, là c'était différent ! Tout était calculé de sa part et, malgré l'attirance charnel, il savait que si les choses tournaient mal, une mise à l'écart ou un licenciement auraient tôt fait d'arriver. C'était la raison de cette angoisse qui précédait son arrivée dans l'appartement de Chiara et justifiait d'avoir recours à un stimulant chimique. Perdre ses moyens avant ou pendant l'acte était le pire scénario envisageable pour lui.

Dans l'ascenseur, Arthus commençait à ressentir les effets du viagra, il ferma aussitôt sa veste pour dissimuler l'érection grandissante. Faisant retentir la sonnette, il perçut le bruit des talons qui se rapprochait. Son sexe se dressait désormais à la verticale. La situation était risible. La porte s'entrouvrit. Elle l'embrassa mais s'interrompit, surprise par la protubérance dans le pantalon. Afin d'éviter une question embarrassante, il prit les devants :

– Je n'en peux plus, je te veux tout de suite… Déshabille-toi !

Alors, sans un mot, elle referma la porte, puis délaça sa robe qui glissa doucement le long de son corps dont le contact parut brûlant à Arthus. Il n'était plus en mesure de dire si le revigorant sexuel modifiait également la perception du toucher. Elle était là devant lui, nue, les mains posées sur les hanches. Le sang battait les tempes d'Arthus comme un tambour. Il l'emmena dans le salon à demi-éclairé. Sa peau était lisse et chaude. Elle s'agenouilla et prit tout son temps pour le sucer. Arthus se débarrassa de sa veste et de sa chemise pendant cet exercice. Quand elle le jugea au bord de la rupture, elle le poussa dans le canapé où il enleva le reste de ses vêtements. Il eut le loisir d'admirer la toison soigneusement taillée qui laissait deviner la fente de son sexe. Cette vision provoqua chez lui une émotion difficilement supportable tandis qu'elle s'installait sur Arthus. Sur le mur d'en face, dans le miroir incliné qui renvoyait l'image de leurs corps enlacés, il vit sa verge s'enfoncer dans ses chairs. Ce fut un soulagement tant son membre était dur. La résistance de sa chatte apaisa la tension interne de son pénis. Dans la glace, le dos et les fesses de Chiara s'offraient à la vue d'Arthus. Elle remuait au-dessus de lui, faisant aller et venir son bassin et, après quelques brèves minutes, il jouit.

L'avantage du viagra est qu'en dépit de l'éjaculation, on ne débandait pas. Si bien qu'après une courte pause, Arthus fut prêt à recommencer. Ils firent l'amour trois fois de suite et ne mirent un terme à leurs ébats que lorsque les frottements prolongés de leurs sexes devinrent douloureux.

Le silence remplit alors les lieux. Ils se regardèrent sans bouger. La lumière se reflétait dans les yeux de Chiara. Elle était parfaitement attentive au moindre signe de sa part. Le temps s'écoula sans qu'aucun des deux ne veuille briser la plénitude. On aurait pu croire l'appartement désert.

– Comment vois-tu les choses ? dit Arthus à voix basse.

– Je ne sais pas, c'est nouveau et inattendu…

– Je veux parler du bureau, poursuivit-il.

Elle ne répondit pas, et s'allongea sur lui. Sa peau avait une odeur de bonbon. Il la caressa tout en l'embrassant.

– A mon avis, nous avons le choix entre conserver les choses en l'état…

– Et ? s'enquit-elle, le voyant hésiter.

– Ou bien faire évoluer l'organisation pour que je puisse travailler à tes côtés au quotidien.

Arthus guettait sa réaction, c'est maintenant que cela se jouait. Elle resta muette, pesant le pour et le contre.

– J'y ai pensé mais je crois que c'est trop tôt, même si je sais que tu as l'étoffe pour le poste… Il y a des obstacles.

– Sérieusement ? Je ne partage pas cet avis…

Disant cela, il se leva et se mit à marcher de long en large.

– Tu peux tout à fait découper un périmètre pour m'en confier une partie. Ainsi je pourrai t'informer de ceux qui travaillent contre toi en coulisse… Tu as des ennemis mais tu l'ignores.

Elle le dévisagea comme si elle s'interrogeait.

– Ah bon ! Tu veux m'en dire plus ?

– Non, c'est à toi de voir si tu me fais confiance ou non…

Il s'assit sur le bord du canapé. Elle se dressa sur ses genoux et lui enserra la taille.

– Je te promets d'y réfléchir mais laissons cela de côté pour ce soir.

Arthus se montra conciliant et ils gagnèrent sa chambre pour se coucher cette fois. Arthus était le signe invisible que les femmes étaient en train de devenir aussi puissantes que les mâles, qu'elles pouvaient faire d'un amant un roi de Paris ou de New-York. Il était le premier d'une lignée d'hommes au service du bon plaisir des femmes de pouvoir. Il n'en ressentait aucune culpabilité, ni regret, c'était un juste retournement des choses. Les hommes avaient vécu trop longtemps sur les certitudes viriles, aveugles au lent déclin de la force pure.

Le monde occidental célébrait l'avènement des femmes aux plus hautes fonctions, ouvrant des perspectives insoupçonnées aux mâles les plus performants, c'est-à-dire ceux capables de combler le désir amoureux des dirigeantes frappées par la solitude de leur fonction.

Ivresse du pouvoir

La lettre de nomination avait été publiée. Dès son arrivée au siège, Arthus comprit que l'information avait largement circulé au cours des dernières heures. Tout le monde était au courant et on lui faisait des signes de tête pour le saluer. Il devinait déjà dans les regards ceux qui allaient venir solliciter son appui mais également ceux qui ne digéraient pas sa promotion. Le sourire forcé, ces envieux dissimulaient mal la jalousie qu'ils éprouvaient à son encontre. Les autres lui faisaient presque des courbettes pour s'attirer ses bonnes grâces. A son tour, il opina du chef, tout en ignorant les fâcheux. C'était l'heure du couronnement, il n'avait aucune raison de bouder son plaisir. Arthus arborait sa satisfaction et abrégea les salutations.

Il pénétra enfin dans le Saint des Saints. Nulle agitation ne troublait l'atmosphère feutrée du dernier étage de la tour de verre. Accéder à ce domaine était la récompense de tant d'efforts souterrains mais ce triomphe se savourait dans l'isolement de ce bureau. Arthus appela son assistante qui trotta jusqu'à la porte ouverte. Elle n'osait franchir le seuil, attendant un mot de sa part. « Finalement ce n'était pas le pouvoir qui changeait ceux qui le recevaient mais les autres qui changeaient à l'égard de ceux qui l'obtenaient » pensa-t-il.

Sa première tâche dans le mandat qui lui était confié fut de clore le dossier le plus urgent, c'est-à-dire licencier son rival. Tout était prévu, celui-ci avait reçu hier soir la convocation dès la communication de l'avancement d'Arthus.

L'assistante avertit Arthus qu'un visiteur patientait dans le petit salon. Il continua de traiter ses courriels comme s'il n'avait rien entendu. Au bout de dix minutes, il daigna traverser le long couloir qui le séparait du lieu où l'attendait le condamné. Arthus l'aperçut de dos au téléphone de l'autre côté de la cloison vitrée. Il paraissait fébrile, se grattant sans cesse le crâne où pointait une calvitie naissante. La cinquantaine bien sonné, son embonpoint trahissait un certain laisser-aller. Rattaché à Arthus depuis l'annonce de sa nomination, il n'ignorait pas que quelque chose se tramait contre lui. Arthus s'était bien gardé de répondre à son coup de fil. Maintenant, il le voyait tortiller une courte mèche de cheveux comme le ferait un enfant pris en train de désobéir. Arthus poussa la porte et, sans protocole, lui dit :

– On se voit dès que tu as fini ?

L'autre acquiesça mais Arthus repartait déjà, le contraignant à raccrocher précipitamment. Accélérant le pas, il le rattrapa. Arthus remarqua la sueur qui perlait de son front. Pourtant les bureaux étaient climatisés. Quelques amabilités de façade servirent de hors d'œuvre avant d'en venir à l'essentiel, une fois assis dans le bureau.

– Tu comprends, ta position contre la décision de réorganisation de la Directrice Générale joue en ta défaveur… C'était une erreur à ce niveau. Tu fais désormais l'objet de la défiance du comité directeur. Ecoute, je dois proposer un schéma d'organisation sous quinze jours… sache que je vais devoir faire bouger les lignes et ouvrir des postes en interne.

Autrement dit, cela allait être un concours de beauté où Arthus porterait son choix sur les plus fidèles.

– Je suis sûr qu'on peut travailler ensemble, plaida-t-il sur un ton larmoyant.

– Possible… mais je dois suivre le processus, sinon cela peut faire tout capoter.

Comme une bête acculée, il pressentait le danger tout proche mais espérait un signe qui lui aurait apporté quelques indications supplémentaires.

– Je te propose qu'on en reparle après mon entrevue avec la Directrice Générale, ce serait plus clair à ce moment-là, poursuivit Arthus.

– Mais il sera trop tard ensuite pour inverser la décision si elle n'est pas en ma faveur ! glapit-il.

– On verra… Cela va être compliqué, c'est sûr… je ferai pour le mieux.

– Je te préviens, je ne me laisserai pas faire !

– Allons, allons, tu es encore dans les murs… maîtrise tes nerfs si tu veux conserver tes chances de rebondir au mieux, lui conseilla Arthus sur un ton amical.

Le conseil était pertinent, il avait encore une carte à jouer et agrippa les bras de son fauteuil comme pour reprendre appui dans l'affrontement. « Oui, tout est toujours plus difficile lorsqu'on a n'a plus d'alliés… » se dit Arthus.

– Je te tiendrai au courant, conclut-il laconiquement, abrégeant ainsi l'entretien.

Son ennemi se tassa dans son fauteuil. Il semblait hésiter à proférer une menace mais aucun son ne sortit de sa bouche. L'instant était pesant. La secrétaire entra pour informer Arthus du rendez-vous suivant, puis elle raccompagna le visiteur à l'ascenseur.

Arthus recevait courriels et messages de félicitations. Les premiers quémandeurs se manifestèrent. Le ton employé abusait de flatteries, cela faisait du bien à son ego mais il n'était dupe : le chien ne mord pas la main qui le nourrit. Son assistante relevait scrupuleusement ses consignes : les uns auraient droit à une audience tandis que les autres – les importuns – seraient répertoriés sur une liste noire, leur interdisant irrémédiablement l'accès de son bureau. C'était l'heure des comptes. Il fallait frapper fort, surtout ne pas laisser ses adversaires se relever. Bien sûr, Arthus allait œuvrer encore contre les résistances cachées mais chaque chose en son temps. La brutalité faisait partie de l'exercice du pouvoir ; il fallait juste s'y faire ou changer de métier.

Son assistante lui transmit une invitation à déjeuner, un chasseur de tête apparemment. Il accepta car préparer ses arrières dans ce monde d'anthropophages était impératif.

Ses premières décisions tombèrent, écartant ceux jugés trop proches de son prédécesseur. Arthus prenait possession de son territoire. L'épuration se fit par petites touches mais sans retour possible en arrière.

« Le monde de l'entreprise finissait pas vous anesthésier, on s'émoussait, on relâchait peu à peu sa vigilance et, un beau jour, on vous montrait la sortie » repensait Arthus. Le pire, c'est qu'il s'agissait d'un jeu entre personnes bien élevées : il fallait quand même dire merci.

Les origines du mal

Arthus avait prévu de retrouver des amis pour sortir et s'échapper quelques heures de la pression du bureau. C'était étrange mais il se doutait qu'il ne dormirait pas cette nuit comme si seule l'aube pouvait l'absoudre de ses actes. A l'image d'un pénitent, il devait attendre la lumière blanche jusqu'au bout de la nuit malgré la fatigue, tiraillé par un questionnement intérieur. Il avait certes choisi cette voie mais ce qui le poussait jusqu'alors lui semblait subitement dérisoire. Le pouvoir justifiait tout mais l'ascension lui donnait le vertige de par la somme des compromissions qu'elle impliquait. Non, il ne regrettait pas d'avoir éliminé ce rival. Arthus connaissait les règles du jeu mais toutes ces manigances ne produisaient rien de tangible au final. Il ne ressentait plus d'excitation ni de plaisir à conquérir les honneurs maintenant qu'il en savait le prix élevé.

Dans le bar autour de lui, des jeunes femmes riaient aux plaisanteries des hommes qui montraient avec plus ou moins de réussite leurs talents. Le comptoir disparaissait sous les corps agglutinés autour des plateaux d'antipasti. C'était un « apéro de quartier », un groupe de connaissances qui privatisait l'espace pour une soirée entre amis. Les éclats de voix se télescopaient dans le brouhaha et Arthus réalisa qu'il n'avait que des bribes de souvenirs de la demi-heure écoulée, après avoir suivi sans réfléchir la petite bande dans les rues étroites menant à ce lieu surchauffé. Un peu groggy, il parcourait du regard l'assemblée. La réalité se désagrégeait en une multitude de visages ricanant. « Quelle différence y avait-il entre la drague ici et ce qu'il pratiquait au sein de l'entreprise ? » se demanda-t-il. En effet, chacun se composait un rôle pour toucher la corde sensible du sexe opposé. Même si l'affaire se concluait ce soir, tout le monde avait en arrière-pensée de soulager sa libido. Rien n'était désintéressé… Arthus ne pouvait s'accorder de répit, il devait conserver son masque et ses nuits n'étaient pas sans conséquence.

Il crut reconnaitre, un peu à l'écart, un profil familier. Il scruta dans la lumière tamisée un détail qui aurait pu rafraîchir sa mémoire. Cette abondante chevelure brune qui tombait sur les épaules, ces lèvres délicatement ourlées, faisaient une petite musique dans sa tête. Cela lui revenait. Elle était en stage dans le département juridique et lui avait tapé dans l'œil. Arthus fut intrigué de savoir ce qu'elle faisait là dans ce café pour trentenaires alors qu'elle sortait tout juste de l'université.

Comme mu par un ressort, il se faufila au milieu de la foule agitée pour venir se positionner à un mètre de la jeune femme, tout en ayant l'air de chercher quelqu'un dans le bar. De trois-quarts, il l'épiait à la dérobée. Une grande gigue faisait face à la stagiaire. C'était presqu'un soulagement, il aurait détesté avoir à lutter pied à pied avec un importun. Une idée traversa l'esprit d'Arthus qui fit un pas de côté pour se retrouver maintenant dos-à-dos avec elle. Soudain, faisant un demi-tour sur lui-même, il heurta de son coude le bras de la jeune femme, ce qui eut pour résultat de vider une partie du contenu de son verre sur sa manche. Aux exclamations succédèrent les plus plates excuses d'Arthus. Il attrapa des serviettes en papier sur le comptoir afin d'essuyer sa maladresse.

– Je suis désolé ! Heureusement ce n'était qu'un Cola…

– Ça va, ça va… mais dites-moi j'ai l'impression de vous avoir déjà vu, non ?

– Vous croyez ? Pourtant c'est la première fois que je viens ici…

– Non, pas ici… Je crois que c'est plutôt au travail.

– Ah bon ? Racontez-moi ce que vous faites…

Nullement intimidée, elle lui expliqua qu'elle venait de débuter un stage comme juriste chez *Operandi*. Arthus écoutait sans détacher ses yeux de ces lèvres qui remuaient avec grâce alors que son chemisier entrebâillé laissait voir la dentelle de son soutien-gorge. Sa jeunesse lui donnait une candeur irrésistible qui fit sombrer Arthus dans une phase de contemplation. Isolé de ses amis, il se laissa porter par ses paroles, sans toutefois dévoiler sa situation. Elle fouillait dans sa mémoire et se risqua à un portrait chinois auquel il répondit bien volontiers. C'était distrayant. Il respirait furtivement son parfum lorsqu'il penchait sa tête le long de son cou pour saisir ce qu'elle lui disait dans le bruit des conversations. Elle remettait de temps en temps une mèche derrière son oreille. Sa décontraction charmait Arthus qui la taquinait gentiment. La température à l'intérieur du café avaient mis du feu aux pommettes de la jeune femme, ce qui rehaussait sa beauté d'un éclat particulier.

Ils bavardaient sans autre but que celui de partager ces heures volées, oubliant pour un moment leurs vies professionnelles. Aucun des deux ne souhaitait arrêter la discussion et, quand un blanc survenait, ils échangeaient des regards bienveillants en attendant que l'inspiration revienne. Vers minuit, le tenancier cria de sa voix puissante qu'il allait fermer boutique dans moins d'une demi-heure. Alors les premiers buveurs se dirent au revoir, donnant lieu à des bises et caresses appuyées. Le café recracha petit à petit son flot de joyeux drilles dans la rue. Les mines réjouies en disaient long lorsque les convives se séparaient tant bien que mal. De-ci delà des couples partaient en se bécotant sans pudeur.

Arthus et la stagiaire sortirent enfin de ce four que la fraîcheur de la nuit fit oublier. Leurs pas claquaient sur le trottoir tandis que l'écho des rires s'étouffait déjà au loin. Ils se turent sans que cela ne pèse aucunement. Arthus se rendit compte qu'ils avaient dépassé l'entrée du métro sans y prêter gare. Elle habitait à quelques rues de là et il la raccompagnait de fait. Devant l'entrée de son immeuble, ils se figèrent comme si chacun attendait que l'autre fasse le premier pas. Elle ne savait toujours pas son nom, ni lui le sien. Leur complicité fit tomber toute retenue. Elle ferma les yeux et vint poser chastement ses lèvres sur celles d'Arthus. Il crut qu'elle murmurait quelque chose mais cela n'avait plus d'importance. Elle se blottit dans ses bras tandis que se prolongeait dans l'ombre ce baiser. Les minutes durèrent et, dans ce recoin, ils étaient invisibles des passants qui rentraient chez eux à quelques mètres. Enfin le contact physique se rompit. Elle poussa la lourde porte cochère. Ils firent craquer les marches de l'escalier. A peine entrés, ils recommencèrent à s'embrasser sans prendre le temps d'allumer la lumière, puis se laissèrent choir au sol. Les mains de la jeune fille glissèrent sous la chemise d'Arthus qui en fit de même. Peau contre peau, rien ne pouvait stopper l'élan de désir. Arthus se dit qu'ils allaient faire l'amour sur la moquette. C'était excitant de faire cela avec une presqu'inconnue bien qu'ils avaient passé la soirée à se découvrir. C'était inattendu dans les pérégrinations sexuelles d'Arthus.

Leurs mains se trouvèrent et leurs corps se lovèrent, l'un contre l'autre, au cœur de la nuit.

Rien ne change

A son réveil, l'appartement était désert, la fille s'était éclipsée, le laissant seul à son sort. Arthus se demanda l'heure qu'il était et finit par tomber sur son Blackberry dans l'entrée. La petite lumière rouge indiquait des messages qu'il consulta aussitôt. Un peu plus tôt, Chiara lui avait adressé un texto, elle le savait matinal mais cela faisait plus de deux heures qu'il avait reçu le sms et elle devait s'impatienter de sa réponse.

Il ramassa ses affaires disséminés sur le sol, puis attrapa au vol un quignon de pain qui traînait sur la table de la cuisine. Tout en dévalant l'escalier, il le mordit à pleines dents. Une fois sur le boulevard il retrouva son deux-roues qu'il enfourcha comme un beau diable, les yeux encore embués de sommeil. Les images de la veille repassaient dans sa tête et, quand le trajet toucha à sa fin, il avait refait le scénario de la nuit. L'envie de revoir la jeune fille le tiraillait.

Un café l'aida à se remettre les idées en place tandis que son assistante lui apportait les courriels classés par expéditeur. Plus d'une centaine à vue d'œil... Il n'était pas d'attaque, aussi en profita-t-il pour taper sur son mobile une réponse dilatoire à la Directrice Générale : « batterie déchargée, en route pour le boulot ». Mais, au moment de l'envoyer, un texto arriva de l'énigmatique stagiaire. Il l'ouvrit et resta coi :

« Pourrais-tu me faire embaucher ? »

Pas vraiment ce qu'il attendait... Carrément incongru !

« Ah, pourquoi ? C'est si urgent ?

« On en reparle... »

La formule lui laissait un arrière-goût : « Y aurait-il anguille sous roche ? » Arthus eut soudainement la désagréable sensation que quelque chose allait de travers. Il poursuivit néanmoins l'échange afin de tirer l'affaire au clair.

« Quand veux-tu qu'on se voit ? »

Sa réponse – « Vendredi » – l'indisposa, apparemment elle n'était pas pressée de le revoir. Il posa son téléphone mais la diode rouge clignota de nouveau. Le message qui s'afficha – « Voyons nous ce soir » – était cette fois adressé par Chiara. Il accepta sans toutefois arriver à détacher son esprit de la stagiaire. Arthus, angoissé par cet événement, se dit qu'il serait facile de descendre deux étages plus bas pour s'expliquer mais il n'en fit rien. Pouvait-il se le permettre dans sa position ? En effet, que lui dire devant les autres sans éveiller les soupçons ? Sa venue serait immédiatement interprétée et la rumeur colportée, ce qui ne manquerait pas de revenir aux oreilles de la Directrice Générale... autant se saborder tout de suite.

Alors, il prit le parti de se préparer mentalement pour sa soirée avec Chiara, évacuant la perturbation psychologique produite par cette incartade. Aucun nuage ne devait ternir l'humeur de sa maîtresse attitrée. Le sixième sens de Chiara pouvait jouer des tours à Arthus pour peu qu'une certaine nervosité de sa part soit décelable.

Arthus passa commande du dîner auprès d'un grand traiteur. Une surprise pour masquer un mensonge en quelque sorte. Il finit par occulter l'aventure de la nuit dernière.

Apprêté comme pour un premier rendez-vous, il se rendit chez Chiara vers vingt-deux heures. La retrouver suscitait à chaque fois une forte excitation intellectuelle à la mesure du triomphe qu'elle représentait dans sa carrière de séducteur où le conflit d'intérêt lui assurait des récompenses condamnables. Arthus revoyait ses seins nus, son ventre lisse, ses longues jambes effilées et savourait de disposer d'elle, de ressentir son désir, de la voir céder sous son joug. Le renversement du rapport hiérarchique pendant l'acte augmentait le plaisir sexuel qu'il en retirait. Elle qui était si intouchable pendant la journée. Comme s'il faisait l'amour à une actrice sans qu'elle sache l'imposteur qu'il était. Cette sensation d'être le maître des nuits de celle qui gouvernait sa destinée le jour était inaltérable. Un sentiment de toute-puissance l'envahissait...

La porte s'ouvrit et tout fut dit. Il la contempla tandis qu'elle le dévorait intensément du regard. Tous deux savaient prendre le temps car ce jeu ne visait qu'à faire monter d'un cran la tension sexuelle, qu'à retenir le moment où aucun des deux ne pourrait plus résister, les jetant dans un corps-à-corps haletant.

A peine dans le salon, la sonnette de la porte d'entrée retentit : le livreur apportait les victuailles du traiteur. Elle se réjouit de cette initiative. Sagement, ils patientèrent que tout soit disposé sur la desserte, puis se mirent à picorer les mets tout en devisant sur les dernières pièces de théâtre. La nature de leur relation ne les autorisait malheureusement pas à s'y rendre ensemble sans risque d'être découverts. Ils entretenaient l'illusion d'une vie normale de couple.

– Au fait, j'ai un ami richissime qui propose de nous accueillir pour une croisière sur son yacht. Cela te tenterait ?

– Pourquoi pas… mais ne court-on pas le risque que notre secret soit éventé ? dit Arthus.

– Je l'ai mis au parfum, et - après tout - cela se passera sur un bateau à plusieurs milliers de kilomètres de Paris, non ?

– C'est vrai, admit-il.

– Et ton carnet d'adresse s'étoffera pendant le séjour si tu es habile, enchaina-t-elle avec une pointe d'ironie.

Comme à l'accoutumée, elle portait des talons hauts. En avançant en âge, Arthus devenait fétichiste. Il la déchaussa pour lui masser le pied, ayant toujours trouvé érotique une femme habillée qui se mettait pieds nus, comme une invitation à aller plus loin… Ce contact physique était particulièrement sensuel et Arthus savait pertinemment que ce type de massage bien pratiqué vous rendait reconnaissante la femme qui faisait l'objet d'une telle faveur.

Elle s'abandonna peu-à-peu, les yeux clos. Son autre jambe balançait dans le vide au-dessus de l'accoudoir. Le calme avait succédé aux sourires complices. Les minutes s'égrènent, puis ils trottèrent jusqu'à sa chambre où elle avait parsemé le sol de photophores qui donnaient une ambiance intimiste de leur lumière vacillante. Dans ce décor enchanteur, il prit soin de la déshabiller avec lenteur, caressant ostensiblement l'échancrure de son sexe. Elle lui titilla le creux de l'oreille de petits coups de langue. Cette zone érogène suscitait chez Arthus comme un grondement sourd qui transforma son désir en une concupiscence violente. Elle remonta sa cuisse le long de la sienne et creusa ses reins pour produire un va-et-vient sur son entrejambe. Quand la sensation atteignit son paroxysme, sa verge était si dure que cela en devint douloureux. Il enleva alors ses vêtements. Leurs sexes s'imbriquèrent en même temps que leurs bouches se collèrent avidement. Arthus ressentit cette accélération de leur pouls qui conduisait rapidement au bord de la rupture. Alors l'orgasme vint les délivrer de cette fureur, laissant échapper les plaintes de la jouissance comme les flots d'un fleuve en crue. Elle changea ensuite de position en se couchant sur le ventre. En appui sur les coudes, Arthus recouvrait maintenant son corps, l'ensevelissant sous lui.

Un peu plus tard, une sirène déchira le silence de l'avenue. Il ne se souvenait plus combien de temps leurs corps étaient resté collés l'un à l'autre comme pour anesthésier leurs épidermes à vif. Les yeux au plafond, elle murmura :

– Sais-tu que le vice-président dont tu t'es fait un ennemi est venu me demander ta place ? … c'est drôle, non ? Toi qui voulais reprendre tout son périmètre !

Arthus se redressa comme un pantin sur son ressort.

– Non ? Il ne doute vraiment de rien ! dit-il furieux.

– C'est finalement une bonne question : pourquoi devrai-je te donner son poste ? renchérit Chiara.

– Mais pour deux raison, la première est que je suis ton amant !

Il crut distinguer son sourire dans la pénombre. Elle vient poser sa tête sur son torse tandis qu'il poursuivait :

– La deuxième, parce qu'il vise ton poste… Si tu ne t'en débarrasses pas, tu peux craindre qu'il finisse par avoir ta peau. Et je sais qu'il a une relation privilégiée avec un des membres du conseil d'administration… Méfie-toi de l'eau qui dort !

– Rassure-moi, il n'y a rien de sexuel entre lui et le membre du conseil en question ? rétorqua-t-elle sur le ton de la boutade.

– Non assurément, répondit Arthus avec sérieux.

Il écarta délicatement Chiara et se rendit à la cuisine prendre une bouteille d'eau fraiche. Quand il revint dans la chambre, elle s'était assise au bord du lit et il lut dans ses yeux une interrogation. L'avait-elle vexé ?

Arthus se dit qu'il était temps de mettre à mort son adversaire avant qu'il ne reprenne du poil de la bête.

Sortie de route

Arthus avait convoqué son adversaire au prétexte de lui fixer ses objectifs semestriels mais dès son entrée dans la pièce, une sorte de rigidité corporelle trahit qu'il se doutait de la suite. Evitant le regard d'Arthus, il s'assit sans ménagement. Arthus entama le tête-à-tête en commentant les résultats mitigés d'Operandi. Avec mauvaise foi, il justifia la décision de réduire son équipe, obligé de se séparer des cinq consultants à plein temps qu'il employait depuis plusieurs années. C'était pour le bien de l'entreprise, il fallait désormais être plus agile, plus flexible... Et les contraintes budgétaires ne laissaient pas le choix. Son périmètre réduit de moitié, il devrait travailler à l'économie.

Comprenant soudainement que tout était déjà joué et qu'Arthus ne lui serait d'aucun secours, il essaya quand même de démontrer l'inanité de cette décision qui équivalait pour lui à un désaveu cinglant. Arthus l'écoutait sans la moindre empathie, se préparant à l'estocade finale. L'autre se tut, désabusé.

– Bien, je comprends ta déception. C'est ce que je redoutais... Il n'est pas tenable pour toi de continuer après cela. Mon rôle est de m'assurer que l'équipe est pleinement mobilisée pour accomplir ses missions. Je ne peux maintenir un cadre de ton niveau pour coacher une équipe aussi petite. C'est une question de taille critique et donc, par ricochet, le départ des consultants m'impose de supprimer ton poste !

– Quoi ? Tu plaisantes ! s'écria-t-il en sursautant comme électrocuté sur son siège.

– Tout est prévu... tu disposes d'un mois pour te retrouver un poste en interne et, compte tenu de ton expérience, c'est tout à fait réalisable.

– Mais nous sommes mi-juillet ! La plupart des directeurs sont partis en vacances... Tu sais que c'est impossible !

– Ecoute, je pense qu'ils sauront se rendre disponibles si tu leur passes un coup de fil... Mais, au bout de cette période de trente jours, si tu n'as toujours pas trouvé chaussure à ton pied, alors tu recevras un chèque d'indemnité d'environ quinze mois de salaire… Je t'ai d'ailleurs imprimé le détail de la simulation effectuée par les ressources humaines.

D'un doigt, Arthus fit glisser la feuille sur la table. L'autre s'en saisit, d'une main tremblante de colère, les yeux rivés sur le papier. Il bredouilla quelque chose mais ce fut inaudible. Il parcourut alors la feuille où les lignes défilaient tandis qu'Arthus le toisait.

Lorsqu'Arthus lui tendit la main pour mettre un terme à l'entretien, il nota avec désagrément que celle de son rival était molle : c'était celle d'un vaincu. La scène avait duré tout au plus une vingtaine de minutes. Son sort scellé, il n'aurait plus qu'à se battre pour faire grimper le montant de son chèque de départ. Aucun éclat de voix, le problème avait été réglé en douceur. La RH allait prendre le relai pour finir le travail. Dire qu'il y a un mois, il ignorait superbement Arthus ! En quelques instants, il était prêt à lui manger dans la main, sa dignité à terre... Arthus l'avait surestimé : son aplomb ne reposait finalement que sur le sentiment d'être intouchable. Aujourd'hui, il vacillait, incrédule d'avoir tout perdu si vite. Pas la peine de s'apitoyer pour Arthus sur celui qui lui aurait réservé le même sort s'il en avait eu l'occasion.

Arthus retourna à ses occupations. Au beau milieu de la journée, son assistante lui transféra l'appel du chasseur de tête mais – à sa grande surprise – il le contactait pour prendre des références sur un collègue qui postulait à un poste de Directeur Financier chez un concurrent. Arthus avait bêtement cru qu'il pouvait s'agir d'un poste pour lui. Pourtant, son intérêt se réveilla quand il apprit qu'il s'agissait en l'occurrence de son successeur au département des fusions et acquisitions ; celui-là même qui avait pris le parti de mettre Arthus sous sa coupe et auquel il avait échappé in extremis. « Tiens, tiens, voilà une occasion de nuire à ne pas rater » se dit Arthus…

Il laissa le chasseur de tête lui exposer la démarche, puis solliciter son avis sur les qualités de ce postulant. Tout en gardant un ton placide, Arthus retraça ce qu'il savait du parcours de son successeur, préparant la sentence qui rendrait définitivement caduque la candidature de cet ennemi.

– Vous savez, c'est le genre de personne à qui l'on aimerait trouver des talents… sa carrière ne repose que sur du sable et quelques accointances…

On ne pouvait être plus explicite. Après un tel jugement, si le recruteur lui trouvait encore de l'attrait, c'était à en perdre son latin.

– Ah ! Effectivement, je vois, répondit celui-ci, désappointé.

Le portrait à charge qu'Arthus avait dressé était sans appel. Quel recruteur pouvait prendre le risque que son client lui en fasse le reproche à terme, aussi sans mot dire le profil fut écarté. Une réputation pouvait être balayée avec quelques affirmations bien senties, surtout auprès de tiers qui n'étaient pas capables de vérifier vos dires. Arthus raccrocha, assez satisfait du retour de bâton par personne interposée qu'il venait de faire subir à cet adversaire d'hier, quand son assistante fit irruption, ce qui n'était pas dans ses habitudes.

– Désolé Monsieur mais la stagiaire de la direction juridique vous demande sur votre ligne. Elle me dit que c'est urgent…

Arthus fronça les sourcils à cette violation du secret concernant leur nuit furtive. D'une main, il fit signe à sa secrétaire de sortir.

– Allô, je vous écoute, dit-il d'un ton sec.

– Écoute, je ne peux pas te voir vendredi mais j'ai un service à te demander…

– Je ne sais pas si c'est le bon moment d'en discuter et…

Elle lui coupa la parole, ce qui l'excéda au plus haut point.

– C'est important ! … il faudrait que tu interviennes auprès de ma hiérarchie pour mon recrutement.

– Mais c'est impossible, ils ne dépendent pas de mon périmètre fonctionnel et pour quelles raisons ferais-je cela ? Quelle mouche t'a piquée ?

– Cela fait huit mois que je suis en stage et je ne vois pas venir de proposition. La situation économique est mauvaise, j'ai besoin de ce boulot !

Arthus se dit qu'il était tombé sur une folle. Il écourta l'appel, prétextant une réunion imminente. Mais cette affaire commençait à l'inquiéter. Il se remit au travail. Plusieurs réunions se déroulèrent tranquillement l'après-midi mais, quand il ralluma son téléphone, plusieurs textos s'affichèrent. Elle revenait à l'offensive et la teneur des propos avait changé.

« Je suis au courant de tout… »

Là, ça prenait une tournure qui le contraria.

« De quoi parles-tu ? » tapota-t-il les doigts tremblants d'énervement.

« Le matin alors que tu dormais encore, ton Blackberry a vibré sur la table de nuit. Tu avais reçu un texto. Par curiosité, j'ai regardé qui pouvait t'envoyer un message de si bonne heure… et je n'ai pu résister à la curiosité après avoir lu le nom ! »

Arthus tombait des nues. Un nouveau message suivit quelques secondes plus tard :

« Je pense que tu es en mesure de m'obtenir ce job… à bientôt »

Il se décomposa instantanément, elle lui faisait tout bonnement du chantage. Soit Arthus s'exécutait, soit il fallait craindre des fuites concernant sa relation cachée avec la Directrice Générale. Les choses risquaient de s'envenimer et il n'avait aucun moyen d'y pallier sans susciter des questions à haut niveau, et notamment ceux de la principale intéressée. La meilleure défense était de rompre tout contact, Arthus décida de faire le mort. Peut-être, se découragerait-elle de mettre sa menace à exécution si elle avait l'impression qu'il était insensible à ce harcèlement ?

Pendant le week-end, Arthus s'en était tenu à sa posture – non sans anxiété – alors que les textos s'égrenaient sur son téléphone. Mais le lundi, il dut se rendre à l'évidence que la situation n'était pas tenable sans concession de sa part. Ignorer davantage la requête de cette apprentie maître-chanteur ne suffirait pas à la neutraliser. Quand Chiara l'apprendrait, les conséquences seraient immédiates. Un scandale entacherait la réputation d'Arthus et ruinerait toute évolution future. Il n'avait pas entrepris tout cela pour finir par un échec… Mais les options tactiques le conduisaient toutes à une impasse. Essayer de négocier directement avec le Directeur juridique lui apparaissait irréaliste : habitué à détecter les pièges dans le cadre d'acquisitions financières et de partenariats commerciaux, il percerait à jour Arthus instantanément. Il avait pris trop d'importance depuis sa nomination pour qu'une telle confidence soit tue. Une fuite était inéluctable... Bien sûr, il pouvait toujours nier mais comment expliquer qu'une stagiaire soit au courant de sa relation avec la Directrice Générale ? La boîte de Pandore était ouverte et rien ne semblait pouvoir endiguer le flot qui en sortirait. Arthus devait donc retarder l'échéance. Il promit donc à la perfide stagiaire d'en parler à sa hiérarchie et coupa court à ses demandes de tête-à-tête. Elle revint à la charge au bout de deux semaines mais il éluda ses questions sur les progrès éventuels, évoquant des déplacements à l'étranger. Arthus jouait la montre. Cependant, son ennemie ne relâchait pas la pression et il sentait le moment fatidique se rapprocher.

Arthus était à la merci d'une stagiaire de vingt ans qui détenait un secret mortifère.

Ne douter de rien

L'avion survolait la baie, entamant ses manœuvres d'atterrissage pour se poser au bout de l'île volcanique. Ce mois de Juillet écrasait sous un soleil de plomb les ruelles blanches des villages de Santorin.

Le commandant de bord fit ses annonces à la cabine remplie d'une quarantaine de passagers. Les vacances allaient durer huit jours avec au programme une croisière sur le yacht d'un baron du CAC 40. « C'est la grande vie ! » pensait Arthus qui n'en oubliait pas pour autant le caillou dans sa chaussure. Jusqu'ici, il avait su temporiser auprès de celle qui le faisait chanter, allant jusqu'à s'engager de défendre son dossier auprès de la RH. Mais, après deux mois pendant lesquels Arthus avait tenu la distance, la vipère doutait maintenant de sa sincérité. Il arguait que les recrutements se faisaient par vague après validation des postes à ouvrir, s'abritant derrière cette explication pour gagner du temps.

L'idée lui avait même effleuré l'esprit de lui envoyer deux petites frappes pour l'effrayer mais – avec ce genre d'illuminée– Arthus courait le risque qu'elle porte plainte et que la police remonte jusqu'à lui. Et même si la probabilité était infime, il avait écarté ce scénario scabreux. Arthus ne pouvait la berner plus longtemps, aussi il lui fallait trouver un moyen de rendre inopérant son manège. Quant à Chiara, elle ne soupçonnait rien bien qu'elle le trouvait préoccupé. Elle lui en fit la remarque, puis attribua les sautes d'humeur d'Arthus à ses nouvelles responsabilités.

Ils descendirent de l'avion et la touffeur de l'été les prît à la gorge. Chiara et Arthus passèrent la première nuit dans un hôtel de luxe, accroché à la falaise, qui comptait une douzaine de suites. Santorin était un ancien volcan éteint qui s'était effondré dans la mer. Les villages avaient progressivement recouvert les pans du cratère au cours du 19ème siècle. Le caractère authentique de l'île avait été préservé grâce à un tourisme haut-de-gamme qui avait reconverti d'anciennes demeures patriciennes couronnant le sommet de l'île. Face à la mer, la piscine à débordement, comme suspendue au-dessus du vide, offrait un paysage à couper le souffle. Ils bronzèrent sur les transats durant l'après-midi qui précéda l'embarquement.

Le lendemain, le chauffeur de l'hôtel les conduisit en méhari au port. Le magnifique yacht faisait bien une vingtaine de mètre de long et l'équipage en uniforme les salua avec déférence. Leur hôte les accueillit chaleureusement. A peine montés à bord, on vint les informer que le déjeuner était servi et le propriétaire leur fit faire le tour du bateau avant de passer à table. Le raffinement était partout : marbre dans les salles de bain, loupe d'orme dans les chambres, chrome sur le bastingage. Le capitaine d'industrie avait fait fortune en créant une société informatique qui développait les systèmes de groupe comme *Operandi*. Chiara feignait d'ignorer le curieux mélange des genres de ce séjour où l'invitation laissait entrevoir de nouveaux contrats pour celui qui était un fournisseur parmi d'autres.

La cabine de Chiara et Arthus était étonnamment spacieuse et bien loin de l'image étriquée des couchettes de bateaux de plaisance. On avait davantage l'impression de voyager sur un hôtel flottant. Un membre du personnel avait déjà déposé leurs bagages au pied du lit. Derrière le hublot, la mer d'argent scintillait sous les feux du soleil. Chiara changea de tenue pour le déjeuner. Et alors qu'Arthus rangeait ses vêtements dans les tiroirs, ce fut comme un coup de tonnerre.

– Tiens au fait, j'ai reçu un appel insolite du bureau… une stagiaire qui voulait me parler, dit Chiara.

« La vermine mettait sa menace à exécution ! » pesta Arthus qui sentit la colère monter en lui et fit un effort énorme pour ne rien laisser paraître.

– Ah oui ? Hum… je crois voir de qui il s'agit : une stagiaire qui est venue me voir pour essayer de se faire embaucher… Ne t'en soucie pas, je la rappellerai, improvisa-t-il.

– Oui, s'il te plait… mon secrétariat n'est pas un bureau de doléances !

Cette fois, il n'était plus possible de biaiser, Arthus devait résoudre le problème de manière définitive… Mais il avait beau étudier le problème sous tous les angles, une seule échappatoire se présentait : démissionner afin d'éteindre l'incendie et sauver sa relation avec Chiara. Il comptait justifier une telle décision au nom de leur amour. Ainsi ils pourraient enfin afficher au grand jour leur relation. Cette annonce rendrait inoffensif le venin de son maître-chanteur. La menace s'envolerait dès qu'Arthus aurait officiellement quitté *Operandi*.

Il savait pertinemment que le réseau de Chiara lui permettrait de retrouver rapidement un poste exécutif dans un autre groupe coté. Il jouait sur les deux tableaux et se promit d'amener le sujet sur la table avant la fin de la croisière. Remis en selle par Chiara, Arthus escomptait rompre leur relation car il acceptait de moins en moins de dépendre d'elle.

Aux journées de rêve dans les criques des îles grecques à déguster du poisson pêché par le cuisinier, Arthus et Chiara jouissaient pleinement de ce décor grandiose. Le soir, après les agapes avec les autres invités, il l'enlaça pour l'emmener se promener sur la plage désertée.

– Quelle douceur cette nuit ! s'exclama-t-il.

– Oui… mais le séjour touche déjà à sa fin, murmura-t-elle avec tristesse.

La pleine lune éclairait son visage. Arthus la trouva particulièrement désirable.

– J'ai bien réfléchi… je crois que le mieux est que je te remette ma démission.

– Quoi ! Tu n'y penses pas ? se récria-t-elle, interloquée.

– Si, justement ! Parce que je ne veux plus vivre caché… la solution est de partir d'*Operandi*. Tout cela finira, tôt ou tard, par se savoir et le scandale sera grand. N'en doute-pas !

Cette explication pour préserver leur histoire la décontenança un peu. Elle contre-argumenta mais finit par se rallier à son raisonnement.

Le plus insignifiant de ses ennemis venait de faire trébucher Arthus.

Au cours des derniers jours de la croisière, il goûta peu au cynisme des discussions pendant les repas où ces super-puissants évoquaient comme des anciens combattants leurs victoires ayant entrainé la chute d'un concurrent. Arthus y contribuait à un niveau moindre mais la différence était qu'il ne tirait aucun plaisir de ces agonies. C'était juste une question de survie pour lui. Tandis que pour eux, cela confinait au sport. Ils avaient atteint le sommet de la chaîne alimentaire et, tels des chats, s'amusaient à tuer les souris pour se divertir.

Arthus reprenait goût à la vie après tous ces rebondissements. Sa combativité régénérée, il envisageait désormais un retour serein à la capitale.

Une fois à Paris, Arthus fit circuler un communiqué de presse et rapidement tout *Operandi* fut au courant. Moins de six mois après sa prise de fonction, Arthus se voyait contraint de quitter l'organisation ! « A quoi tiennent les carrières des dirigeants ? » Un faux pas lui coûtait sa place mais il évitait l'infamie d'une révélation honteuse.

Le jour de son départ, il tomba nez-à-nez avec son adversaire qui avait perdu toute chance d'intégrer le Groupe. Le regard noir de la jeune femme en disait long sur sa défaite et personne ne pourrait maintenant croire la rumeur si elle se répandait. Alors qu'elle disparaissait au fond de la coursive, Arthus soupira de soulagement qu'elle ne se soit pas laissé aller à tout déballer en place publique. Au final, cette démission telle une amputation symbolique sauvait sa carrière.

Il retrouva Chiara le soir même. Ils célébrèrent autour d'une coupe de champagne sa nouvelle vie. Plusieurs cabinets de chasseurs de tête lui avaient adressé des propositions mais Arthus souhaitait prendre le temps de la réflexion. Chiara lui assura qu'elle pouvait le placer dans plusieurs conseils d'administration s'il le souhaitait.

Cette nuit-là, Arthus se sentit très fatigué et ils firent l'amour mécaniquement comme un vieux couple.

Pandore

Chiara avait décollé avant l'aube pour un périple d'une semaine dans les filiales européennes. Arthus avait à peine bougé lorsque son pas léger avait disparu dans l'escalier en colimaçon.

Le ronronnement de la ville le tira du sommeil. Il jeta un œil au réveil et, voyant qu'il disposait de tout son temps, s'étira avec nonchalance sous la couette. Fixant le plafond blanc, il rêvassa un long moment quand quelque chose attira son attention. Un détecteur de présence, à deux mètre du sol, le genre d'alarme pour se prémunir contre les tentatives d'intrusion par les toits. Jusqu'à lors, il n'avait pas noté ce boîtier mais il lui sembla que quelque chose clochait. Ce dispositif, face au lit et non face à la terrasse, ne semblait pas à la bonne place. L'orbite luisante à sa surface faisait penser à un tout autre usage.

Ses ablutions terminées, il s'approcha du mur, intrigué, et prit appui sur la chaise adossée à la console pour se hisser à hauteur de l'appareil. Était-ce bien ce qu'il suspectait ? Une sorte de caméra…

Saisi d'une appréhension, il entreprit de dévisser le mécanisme, sans y parvenir. Perplexe, il s'assit sur le lit défait, les coudes posés sur les genoux. « Que pouvait-elle bien vouloir filmer ? » Fébrilement, il commença à fouiller la chambre en quête d'indices. Rien sous le lit, juste une multitude de boîtes à chaussures. Chiara en faisait une consommation excessive. Il passa à la penderie et se retrouva vite noyé sous les vêtements. Las, après un quart d'heure d'investigations infructueuses, il renonça, décidant de poser la question à Chiara à son retour de voyage.

Tout en s'habillant, il se fit la réflexion qu'il y avait forcément une source d'enregistrement reliée à cette caméra… si c'en était bien une. En trouvant le câble, on devait pouvoir découvrir le moniteur qui permettait de déclencher le filmage. Il se remit à la tâche. Effectivement un câble blanc courrait le long de la plinthe et finissait pas disparaitre dans l'angle du mur. Cette fois, il écarta vigoureusement les robes suspendues qui masquaient la résurgence du câble, conduisant jusqu'à une niche dans le mur. Arthus ouvrit le volet et il eut aussitôt la confirmation de son intuition. Un lecteur DVD surmonté d'une petite télévision était branché au câble de la caméra. Chiara filmait donc bien leurs ébats sexuels. Une dizaine de DVD dans leurs étuis transparents révélait que cette activité avait manifestement commencé bien avant leur liaison... Des surnoms inscrits sur chacune des jaquettes témoignaient de la volonté de conserver un souvenir des amants qui avaient défilé dans ces lieux. C'était la part d'ombre de Chiara ! Quelque chose d'inavouable... Ce genre d'agissement en disait long sur son profil psychologique. « Était-ce par jeu ou par perversion ? S'y étaient-ils prêtés de bonne grâce ou bien s'agissait-il d'un vol de l'intimité de ses partenaires ? » Pour en avoir le cœur net, une seule chose restait à faire.

Quand il arrêta le visionnage, Arthus en avait assez vu. Le film révélait toutes les positions qu'ils avaient pratiquées. Le pire était à venir en regardant au hasard d'autres DVD. L'effarement d'Arthus fut complet lorsque les images lui révélèrent les visages et les attributs virils de certains cadres dirigeants d'*Operandi*. La plupart avaient d'ailleurs quittés la société au cours des trimestres précédents. La vision de Chiara en mante religieuse qui dévorait ses collaborateurs avant de les rejeter le fit frissonner un instant. Ce qui le glaça était l'idée qu'elle pouvait utiliser ces enregistrements comme moyen de chantage à l'égard de ses partenaires sexuels pour en faire ses victimes. Le ciel virait à l'orage. Il se voyait maintenant empêtré dans une liaison morbide après avoir échappé de peu à l'opprobre... Désemparé, il n'eut pas le temps de laisser éclater sa colère car un bruit à l'étage du dessous l'alerta de l'arrivée de la femme de ménage. Il rangea précipitamment les preuves et fuit les lieux, en proie à une grande confusion.

Épilogue

Un silence lourd régnait dans la salle du Conseil d'administration malgré la présence des douze personnes qui l'occupaient. Ces sexagénaires en costumes gris et cravates austères se regardaient sans la moindre expression apparente, jouant machinalement avec leur stylo pour certains, les bras croisés pour d'autres. Au dernier étage de la tour *Operandi* en ce samedi matin, les membres du Conseil avaient été réunis en urgence comme c'était parfois le cas à l'occasion de crises internes qui exigeaient un plan de communication rapide.

Au bout de la table immense siégeait le Président du Conseil qui lisait le communiqué de presse que son assistante venait de lui déposer. Il alla dire quelque chose mais se ravisa quand on annonça l'arrivée du PDG et de la Directrice Générale.

– Faites-les entrer, dit-il d'un ton cassant.

Alors l'huissier ouvrit les deux battants de la porte massive pour laisser apparaître le PDG et Chiara. Malgré sa mauvaise humeur, le Président du Conseil ne put s'empêcher de la détailler de la tête au pied et de penser « c'est quand même une belle salope ! ».

– Bonjour Messieurs, lancèrent en cœur les deux arrivants avant de prendre place en bout de table.

Elle fixait le Président du Conseil avec une lueur étrange dans les prunelles, comme si elle pressentait un combat à livrer avec cet allié de longue date. Celui-ci avait un méchant rictus aux lèvres. Les administrateurs semblaient s'être figés devant l'imminence de l'affrontement.

– Quel est le sujet qui justifie cette convocation de dernière minute ? demanda avec autorité le PDG.

– Monsieur, je ne crois pas vous avoir donné la parole ! gronda le Président du Conseil qui poursuivit à l'attention des administrateurs.

– Messieurs, comme vous le savez, nous sommes assemblés ici pour statuer sur des agissements qui ont été portés à notre connaissance, actes qui vont à l'encontre des règles de notre

Groupe et sont de nature à dégrader notre image publique s'ils venaient à être connus de la Presse !

L'auditoire acquiesça de la tête, observant la réaction du PDG.

– Dois-je comprendre que vous me tenez responsable des comportements répréhensibles auxquels vous faîtes référence…et dont j'ignore toute la substance ? répliqua-t-il, le visage empourpré.

– La vidéo fournie par votre accusateur est en effet sans appel ! Et puisque vous persistez à nier, nous allons vous en donner un petit aperçu… Vous aviez toute notre confiance mais ce que nous avons découvert dépasse l'entendement ! enfonça le vieux Président. D'ailleurs, par décence, nous n'inscrirons pas au procès-verbal du Conseil d'administration les preuves à charge.

– De quoi me parlez-vous ? vociféra le PDG tandis que sur le téléviseur de la salle du Conseil les premières images défilaient, le son ayant été coupé intentionnellement.

On voyait deux corps allongés dans un lit étaler leur nudité aux yeux de tous. L'enregistrement n'était pas bon mais on y reconnaissait clairement la silhouette corpulente du PDG et celle longiligne de la Directrice Générale. Le Président du Conseil arrêta le visionnage assez rapidement.

– Je ne crois pas utile de poursuivre plus avant, n'est-ce pas ? Le plus grave dans cette histoire est que l'enregistrement est antérieur à l'arrivée de la Directrice Générale au sein du Groupe… ce qui laisse penser que votre relation personnelle a pesé dans le choix de son recrutement. Quoiqu'il en soit, ce fait s'avère être une faute professionnelle que nous nous devons de sanctionner !

Chiara sentit que tout était perdu mais comment était-ce possible que quelqu'un ait pu produire cette vidéo ? Elle n'en revenait pas et détourna la tête des regards réprobateurs.

– En conséquence Monsieur, nous acceptons votre démission avec effet immédiat… Souhaitez-vous ajouter quelque chose ?

Non, tout était dit. Le PDG sonné se dressa brusquement, considérant l'assemblée avec mépris. Il jeta un regard rempli de haine à son ancienne maîtresse, puis proféra des menaces avant de quitter la pièce d'un pas saccadé.

– C'est un complot ! Vous aurez les courriers de mes avocats dans la semaine… je vous ferais tous démettre !

Les secondes de silence qui suivirent semblèrent durer des minutes et, lorsque la tension fut retombée, le Président du Conseil prit la parole :

– Passons maintenant à votre cas, Madame.

Même blessée, Chiara conservait une assurance en acier trempé :

– Je ne pense pas que vous puissiez vous dispenser de mes services après le départ du PDG. Operandi en serait affecté pour les prochains mois et l'activité va plonger… Les marchés financiers vont sanctionner le cours de bourse.

– En effet, vous voyez juste… dit le Président en se radoucissant.

– Le fait que j'ai été piégée par cette vidéo ne change rien, je suis la plus légitime pour prendre la succession du PDG, vous le savez tous !

Plusieurs administrateurs se concertèrent alors à voix basse. L'un d'eux joua les émissaires en portant l'avis de l'assemblée au Président. Il hocha de la tête et, d'un air grave, déclara :

– Effectivement, nous n'avons pas d'autre choix que de vous garder… Quant à vous promouvoir PDG, sachez que vous n'êtes pas la seule sur les rangs. Un autre candidat est en lice contre vous.

Elle fronça les sourcils. S'agissait-il d'un des administrateurs ?

– Nous allons maintenant examiner la nomination du nouveau Président-Directeur Général. Messieurs, je vous propose de passer à la deuxième résolution du jour.

Les administrateurs s'animèrent, soulagés que l'affaire se soit conclue sans trop de heurt. Un bavardage commença que le Président du Conseil interrompit.

– La nomination du nouveau président-Directeur Général inscrite à l'ordre du jour est soumise à l'approbation du Conseil d'administration par vote à main levée. Je vous prie de lire la résolution contenue dans la chemise qui vous a été remise.

Ils baissèrent la tête et se focalisèrent sur la relecture du document.

– Messieurs, qui se prononce en faveur du premier candidat ?

Six mains se levèrent et, comme personne n'avait mentionné le nom de son énigmatique concurrent, Chiara ignorait toujours qui la défiait. Quand vint son tour, le rituel recommença mais les votes donnèrent lieu à une égalité parfaite.

– Bien ! dit le Président du Conseil, ma voix va donc départager les deux candidats comme le prévoit le règlement. Je vous prie, en conséquence, d'accueillir notre nouveau Président-Directeur Général...

Chiara devint livide, accusant le coup. La porte à double battant s'ouvrit et, à quelques mètres du seuil de la salle, se tenait les bras dans le dos, celui que le Conseil d'*Operandi* venait de faire roi. Il avait tué tous ses ennemis, un par un, lui qui avait failli être jeté à terre par ses plus redoutables adversaires, et avait su – dans un ultime sursaut – tirer parti d'un coup du sort pour emporter la victoire finale. Rompant sa position pour avancer dans la lumière de la salle du Conseil, Arthus souriait.

– Chers membres du Comité d'Administration, c'est avec un grand plaisir que j'accepte cette nomination. Je tiens à vous remercier pour la confiance que vous m'accordez et vous assure de mon dévouement total aux intérêts d'*Operandi*, moi qui depuis des années sert avec humilité cette grande maison... Dans le contexte tumultueux actuel, je serai particulièrement vigilant à tout comportement susceptible d'entacher notre réputation. L'éthique de notre Groupe ne peut en aucun cas tolérer de telles déviances, et c'est avec une fermeté extrême que je réprimerai ceux qui se risqueraient à de telles conduites. J'en prends l'engagement solennel devant vous !

Les membres du Conseil, ravis de cette profession de foi, se mirent à applaudir le discours d'Arthus.

– En ce qui concerne la Directrice Générale, je veux faire preuve de clémence car je connais le poids du machisme et je soupçonne des pressions odieuses de la part de mon prédécesseur... Notre Directrice Générale a accompli une transformation d'ampleur au cours de l'année écoulée au sein d'*Operandi*. C'est une grande professionnelle qui ne saurait être exclue sans fragiliser notre Groupe. Je tiens donc à maintenir la confiance du Conseil d'Administration à son égard... et je sais que nous travaillerons en bonne intelligence au quotidien comme j'ai pu déjà l'expérimenter à de nombreuses reprises.

Chiara, éberluée, se demandait si cette déclaration était bien réelle alors que le Président du Conseil reprenait la parole :

– Au nom du Conseil, nous tenons à vous remercier de nous avoir alerté sur l'existence de cette vidéo qui circulait à l'intérieur d'Operandi et menaçait inexorablement la renommée de notre Groupe ! J'ajoute que nous sommes très heureux de votre retour au service de notre entreprise... votre démission avait soulevé un certain nombre de questions que les événements récents ont permis d'éclaircir.

Le Président du Conseil fit inscrire la résolution au procès-verbal, entérinant la nomination d'Arthus, et clôtura la séance. Les membres du Conseil descendirent ensuite pour rejoindre les voitures qui stationnaient dehors. Arthus avait un déjeuner de prévu avec un journaliste. Il était temps de faire savoir au plus grand nombre son triomphe mais, au moment où il s'engouffrait par la portière, quelqu'un le tira par le bras. Chiara, les yeux remplis de reconnaissance, lui tenait la manche. Il s'écarta pour qu'elle puisse s'installer dans la berline à ses côtés.

Le cortège de véhicules de fonction s'ébranla pour se disperser dans la circulation parisienne, emportant ses passagers, tandis qu'Arthus savourait ce statut qui octroyait honneurs et privilèges jusqu'à en devenir intouchable. Mais plus que tout, il aimait quand le vernis craquait, quand ces dirigeantes venaient à se défaire du masque figé de leurs fonctions, quand l'intimité amoureuse révélait enfin la réalité de leur être et qu'elles s'abandonnaient à lui. Alors leur féminité le saisissait et emportait Arthus sur d'autres rivages où nulle hiérarchie n'avait sa place.